DUBLINERS
都柏林人

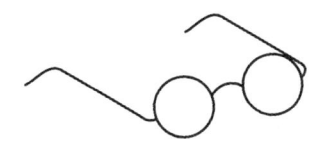

〔爱尔兰〕詹姆斯·乔伊斯 著
沈东子 米子 译

James Joyce
Dubliners

Copyright © 1914 by James Joyce
Simplified Chinese edition copyright © 2021 by Shanghai 99 Readers' Culture Co., Ltd.
All rights reserved.

图书在版编目(CIP)数据

都柏林人/(爱尔兰)詹姆斯·乔伊斯著;沈东子,米子译. —北京:人民文学出版社,2021
(20世纪现代经典文库)
ISBN 978-7-02-014878-3

Ⅰ.①都… Ⅱ.①詹…②沈…③米… Ⅲ.①短篇小说-小说集-爱尔兰-现代 Ⅳ.①I562.45

中国版本图书馆 CIP 数据核字(2019)第 013022 号

| 责任编辑 | 卜艳冰　骆玉龙 |
| 封面设计 | 钱　珺 |

出版发行	人民文学出版社
社　　址	北京市朝内大街 166 号
邮政编码	100705
印　　制	山东新华印务有限公司
经　　销	全国新华书店等
开　　本	890 毫米×1240 毫米　1/32
印　　张	8.875
字　　数	145 千字
版　　次	2021 年 6 月北京第 1 版
印　　次	2021 年 6 月第 1 次印刷
书　　号	978-7-02-014878-3
定　　价	59.00 元

如有印装质量问题,请与本社图书销售中心调换。电话:010-65233595

解读乔伊斯和他的《都柏林人》(译序)

◎沈东子

一 乔伊斯在二十世纪英语文学中的地位

说到英语文学,我们自然会首先想到英美文学,首先想到英国的莎士比亚、布莱克和D.H.劳伦斯,美国的马克·吐温、爱伦·坡和海明威,等等,不过英美文学并不完全等同于英语文学,而只是英语文学的两个部分,英语文学还应包括其他所有以英语为母语的国家的文学。这些国家所产生的优秀作家和优秀作品,同样对英语文学的发展起着至关重要的影响,比如爱尔兰的叶芝、王尔德、萧伯纳,加拿大的李科克,新西兰的凯·曼斯菲尔德,澳大利亚的怀特,南非的戈迪默以及圣卢西亚的沃尔科特等人,都在英语文学史上占据着相当重要的地位,甚至连一些非英语国家的作家,如印度的泰戈尔、黎巴嫩的纪伯伦、尼日利亚的索因卡、中国的林语堂以及英籍印度人拉什迪等,也都因其英文作品所展示的绚烂风采,而获得整个英语文学界的认同。因此可以这样说,英语文学是一种融合了人类诸种文化的语言文学,对外来文化的宽容态度,使得英语文学时时都充满了创新的活力。

詹姆斯·乔伊斯(James Joyce,1882—1941)是爱尔兰人,

尽管爱尔兰毗邻英国，而且当时受英国殖民统治，但爱尔兰自有其丰富而独特的民族文化，并不对伦敦的文化亦步亦趋。乔伊斯的青少年时代，就是在十九世纪末至二十世纪初的爱尔兰文艺复兴运动中度过的，这个时代所倡导的民族文化的观点，始终影响着他一生的创作。爱尔兰文艺复兴运动的中心人物是诗人叶芝（1865—1939），其重要的追随者有格雷戈里夫人（1852—1932）和乔治·拉塞尔（1867—1935）等人，这批文学精英在政治上拥护爱尔兰民族独立领袖奥康纳尔，同情激进党芬尼社首领詹姆斯·斯蒂芬斯策划的暴力活动，与巴奈尔领导的爱尔兰自治运动遥相呼应；在文学上则极力倡导各种新颖独特的表现手法，强调爱尔兰文化对爱尔兰心灵的影响，尤其推崇同时代挪威戏剧大师易卜生的批判现实主义和象征主义风格，主张文学要直接介入现实，所谓介入现实也就是要担当起反抗英国殖民统治、争取爱尔兰民族独立的重任。

　　乔伊斯从小就生活在一个充满政治气氛的家庭里，家中兄弟姊妹甚多，他在当中居长，下面还有九个弟妹。父亲老乔伊斯与巴奈尔过从甚密，是巴奈尔的热情拥戴者。受父亲政治倾向的影响，小乔伊斯对巴奈尔也极为敬仰。巴奈尔后因爱上一有夫之妇而遭到党内外齐声讨伐，并最终死于心力交瘁，使爱尔兰民族自治运动蒙受重大损失。巴奈尔去世那年，乔伊斯只有九岁，但他也抑制不住内心的伤痛，写下了长篇悼诗《巴奈尔之死》，充分显示了作家文学上的早慧和政治上的早熟。这首诗经他修改润色，十四年后放进了《都柏林人》中的一个短篇《纪念日》中。

乔伊斯曾先后就读于几所耶稣会主办的教会学校，其中包括被称为"爱尔兰的伊顿公学"的克隆格维斯学校，但对宗教的兴趣却逐年递减，尤其对严厉的天主教教义怀有抵触情绪。天主教是爱尔兰人最重要的宗教信仰，深入到百分之九十五以上的爱尔兰家庭，然而在漫长的岁月中，天主教并没有伴随社会的发展而发展，其教义对普通爱尔兰人的心灵所产生的影响，显然是幻灭胜过希望，压抑多于欢欣，对生活方式的种种束缚，已经演变成对精神世界的层层禁锢。青年乔伊斯对此显然具有深切的感受，这种种感受在《都柏林人》中的好几个短篇小说，如《两姐妹》《土》《对影》和《圣恩》中都可以寻到蛛丝马迹。可以说在乔伊斯的青年时代，对他影响最大的因素，除了对爱尔兰民族独立的憧憬，就是对天主教神权的叛逆。

一八九八年乔伊斯十六岁，进入都柏林大学主修哲学和语言学，掌握了丹麦语和挪威语，由此开始对欧洲大陆的文学艺术，尤其是易卜生的剧作产生广泛兴趣，毕业论文写的就是《论易卜生的新戏剧》。大学期间他彻底背弃了天主教信仰，同时也开始远离政治现实，立志成为一位用艺术影响社会的文学家。此后他偕女友诺拉出走欧洲大陆，先后辗转于法国、瑞士和意大利，一生过着"自我放逐"的生活，并在这种"放逐"中完成了他的两部最重要的作品《尤利西斯》和《芬尼根的守灵夜》。

说到乔伊斯，当然就不能不说《尤利西斯》，因为正是《尤利西斯》奠定了乔伊斯作为现代主义文学先驱的地位。《尤利西斯》是英语文学史上一部划时代的史诗性作品，出版伊始就受到同时代文坛同道如萧伯纳和伍尔夫等人的好评，当然也曾因其惊世骇俗的表现手法而招致各方保守势力的指责和各国政府的查禁。作品共分三部十八章，戏仿古希腊史诗《奥德修纪》，试图创作一部《奥德修纪》的现代版本，小说叙述犹太裔广告推销员利厄波尔·布卢姆，于一九〇四年八月十六日这一天在都柏林所经历的日常琐事，完全通过人物的心理活动，将过去、现在和未来融合起来，每一章都有不同的风格，整部作品始终流动着各个人物的潜意识，正是通过这种被后人称为"意识流"的手法，作家将种种看似变化无常的心灵体验，用"内心独白"的方式从容道来，从而赋予平淡无奇的生活深刻的悲剧意识。《尤利西斯》的问世宣告浪漫主义和批判现实主义文学运动告一段落，可谓开创了现代主义文学的先河，如今站在二十一世纪回首二十世纪的人类文学，我们不得不承认乔伊斯是这时代英语文学的一位巨人，尽管早在一九四一年初，他就已因十二指肠溃疡穿孔死于苏黎世，未能尽享作为二十世纪现代派小说大师的殊荣。

二 《都柏林人》是理解乔伊斯作品的一把钥匙

如果由评论家们来给乔伊斯的作品排名，《都柏林人》当排在《尤利西斯》《芬尼根的守灵夜》和《一位青年艺术家的画像》之后，这多少因为《都柏林人》是一部短篇小说集，这是其一；其二，该书出版于一九一四年，属作家的早期作品，其文学价值已被上述几部巨著的华光所淹没。但实际上,对于有心了解或者有志研究乔伊斯其人其作的人士而言,《都柏林人》是打开他其余作品的一把钥匙。

首先,《都柏林人》中游荡着少年乔伊斯和青年乔伊斯的影子。该书由十五个短篇小说组成,写于一九〇四年到一九〇七年间,正是乔伊斯横溢的文才初现端倪的时候。作品按乔伊斯自己的说法,可以分为童年、少年、青年和社会生活四个部分,其中《两姐妹》《遭遇》《阿拉比》描写的是童年生活,少年感觉可参看《伊芙琳》《赛后》和《两玩家》,《寄宿客店》《浮云一朵》《对影》和《伤心命案》则可以看作成年人的内心写照,最后几篇稍长的作品,如《纪念日》《母亲》《圣恩》和《死者》,反映了十九世纪末都柏林沉闷而虚伪的社会生活。透过这些作品,我们可以想象出一个聪慧敏感的爱尔兰孩子,怎样挣脱种种情感羁绊和精神樊篱,由少年走向成年,又由成年走向社会,走进爱尔兰的文学史。

其次,由《都柏林人》中的各种人物,可以略见《尤利西斯》的端倪。乔伊斯曾注明,开始写作《尤利西斯》的年份为一九一四年,即《都柏林人》刚刚付梓的那一年,这也就是说乔伊斯在创作《尤利西斯》的过程中,《都柏林人》中的人物仍旧活跃在他的脑海里,这一点已经被文学史家所证实。在《尤利西斯》的各个章节中,都可以看见《都柏林人》里各位都柏林人的身影,比如第三章提到《死者》中的主人公孔瑞,第五章提到《圣恩》中的汤姆·克南,《母亲》中的霍罗汉、《寄宿客店》里的莱昂斯,第六章提到《纪念日》里的海因斯、《对影》中的艾莱恩和《伤心命案》里的西尼可太太,等等,例子不胜枚举。由此可以看出,《都柏林人》中的人物,倾注了乔伊斯极大的心血,他们的个性是如此生动,生命力是如此强悍,乃至一个个在《尤利西斯》更为广阔的社会空间里复活过来,继续承载乔伊斯的种种感受。

乔伊斯一生所写短篇小说不多,只出版过《都柏林人》这一部短篇小说集,此后便将大量精力投入到剧本和长篇小说的创作中,但这并不说明他拙于撰写短篇小说,而恰恰表明他对短篇小说的把握已经达到炉火纯青的境界,已经无须再做更多的尝试,仅一部短篇小说集就足以使他在高手如林的短篇小说园地里,夺得与契诃夫、莫泊桑、梅里美和霍桑齐名的地位。西方评论家普遍认为,《都柏林人》是二十世纪最出色的意识流短篇小说集,它与传统的现实主义小说不同,不是着眼于奇崛的构思、曲折的情节和斐然的文采,而是进行全新的语言实验和手法探索。小说中充满了如河水一般流动的潜意识,而宗教文化中的种种隐喻、典故和象征,如航标一般漂浮在意识的水面,比如用土象征死亡,用圣餐杯象征信仰,等等,构成了一幅幅图案迷离的画面,充分表明乔伊斯对短篇小说具有独到的理解,并且有心打破传统小说的框架,做一番前无古人的探索。事实证明乔伊斯的探索是成功的,他的《阿拉比》《寄宿客店》《对影》《土》和《浮云一朵》等几个短篇,已被视为经典短篇佳作,频频被收进二十世纪不同时期的各种英语短篇小说选本。

三 《都柏林人》的写作和出版过程

像许多真正有价值的文学作品一样,《都柏林人》的成书过程也很曲折。从一九〇四年发表第一个短篇《两姐妹》,到一九〇七年完成压轴之作《死者》,全书十五篇小说断断续续写了三年。其时他已经从都柏林大学毕业,因未能找到合适的工作而无所事事,结交了一批形形色色的都柏林市民,整天泡在酒吧里高谈阔论,甚至往来于赌场,出没于娼寮,引起了都柏林文化界的极大反感。但是这期间他有两大重要收获,其一是认识了一位名叫诺拉·巴纳克尔的酒吧女招待,并被她点燃了爱情的火焰,而且一生都被这团火温暖着。诺拉虽然只是一名来自西爱尔兰乡野的年轻姑娘,也没有受过多少上流社会的教育,但是她那种活泼直率的天性,以及性感自然的女性气质,深深吸引了过于"有教养"的青年乔伊斯,他感到自己内心的种种叛逆倾向,在诺拉身上得到了充分体现,自己因为爱上这个非上流社会的女子而充满了艺术的灵性和创造的欲望。虽然家人和朋友都对他与诺拉的关系不以为然,但他还是决定与诺拉共同生活,并于一九〇四年底与诺拉一道双双离开陈腐压抑的爱尔兰,去欧洲大陆寻求发展。诺拉·巴纳克尔在乔伊斯的生命中占有怎样的地位,只要通过一件小事就可以看出来。他在一九〇四年六月十六日与她相识,把这一天称为"花开的日子"(Bloomsday),而《尤利西斯》里面的事情就全都发生于一九〇四年六月十六日,主人公取名叫布鲁姆（Bloom）。此后三十多年诺拉一直陪伴在乔伊斯的身边，并为他生下了一儿一女。出于对传统天主教婚姻形式的厌恶，两人一直没有举行婚礼，直到一九三一年，也即两人相识二十七年后，乔伊斯才赶在老乔伊斯去世前，选定父亲的生日这天与诺拉成婚。

收获之二是乔伊斯以这段生活为背景，写出了短篇小说十五篇，也即后来结集出书的这部《都柏林人》。这些小说的素材在很大程度上取自作家自己的生活经历，因而具有了解乔伊斯青少年生活的重要价值，比如《伊芙琳》一篇就映有他和诺拉相爱的影子，只是诺拉要比伊芙琳勇敢得多，乘船离开码头时心中没有丝毫恐惧；《纪念日》则取自作家本人在都柏林上学时，对爱尔兰政治生活的所见所闻；《浮云一朵》记述了作家初为人父的感受，儿子的出生不仅妨碍了他对外部世界的客观了解，同时还部分夺走了妻子的爱；另外几篇小说虽然取自身边亲人的经历，但也具有参照意义，比如据其胞弟斯坦尼斯劳斯回忆，《遭遇》记述的是他与哥哥乔伊斯一次去学校途中遇到的事情；《伤心命案》中的男主人公达非先生，其原型就是斯坦尼斯劳斯自己；《死者》中的摩根太太，则取自乔伊斯家族长辈中的一位老太太；《土》的故事素材，源于诺拉和友人一次在万圣节前夜玩的婚姻占卜游戏；《母亲》中那位处心积虑为女儿举行音乐演奏会的母亲，则干脆就是诺拉自己，等等。十五篇小说，写作只花了三年，而出版却耗费了整整七年。

一九〇五年底，乔伊斯即把《都柏林人》的初稿十二篇寄给伦敦出版商格兰特·理查兹。理查兹起初对书稿很有兴趣，回信说书稿马上可以出版。乔伊斯大喜过望，请来胞弟斯坦尼斯劳斯，准备好好庆祝一番。然而只是空欢喜一场，理查兹后来又开始对小说中的一些道德描写感到忧心忡忡，按照当时大英帝国的法律，一部书中如果出现猥亵或诽谤的内容，出版商和作者均负有法律责任。理查兹担心的"猥亵"内容，主要是一些细节描写，比如《对影》中一位戴宽檐帽的女士从法林顿身边走过时，有意用身体碰了法林顿一下，还有《两玩家》中的花花公子列内汉，用虚情假意蒙骗一位姑娘去偷盗，等等，这样的细节在如今的出版物里可谓司空见惯，读者也早就习以为常，可是在二十世纪初的英国人眼里，简直就如同诲淫诲盗，由此也可以看出当时的教会势力有多么强大。

理查兹建议乔伊斯进行修改，但是遭到乔伊斯的拒绝。眼见书稿出版遥遥无期，一九〇九年乔伊斯转而求助爱尔兰的莫塞尔出版公司。莫塞尔公司对《都柏林人》的道德观点倒是并不担忧，但是有点害怕书中不时出现的"诽谤"内容，比如对天主教的嘲讽和对英国王室的轻慢，因而要求乔伊斯删除《纪念日》中描写爱德华七世的那段讥诮文字，同时对《两姐妹》《圣恩》中有损天主教信仰的段落也提出修改意见。乔伊斯虽然一再忍让，并做了一些违心的修改，但最后还是未能满足出版公司的要求。一九一二年他与莫塞尔出版公司谈判破裂，愤然索回《都柏林人》的书稿，当晚偕全家离开都柏林，此后再也没有踏上过爱尔兰的土地。

一九一四年，乔伊斯的长篇小说《一个青年艺术家的画像》开始在《唯我主义者》杂志上连载，这位青年作家受到文学圈的瞩目，尤其引起大诗人庞德的注意。庞德是以爱才知名的，曾先后帮助艾略特和女诗人H.D.出版过成名作，他看过《都柏林人》手稿后大加称赞，说："乔伊斯先生写了一部澄澈见底的小说集，他的描写是主观的，但呈现出来的轮廓如建筑材料一般清晰。他告诉我们的都柏林八九不离十。他不想插科打诨，没用狄更斯的漫画手法，是什么就是什么，这种写法不仅适合都柏林，也适合别的城市。抹掉当地地名和少许本土特征，用别的地名替换，这些故事有可能在其他任何城市发生。"在庞德的安排下，《都柏林人》于这年六月面世，而乔伊斯这时候已无暇顾及这部短篇集，他声称自己正在创作第十六篇小说《尤利西斯》，并且已经写到了第一部的第三章。

四　如何看待《都柏林人》中的反宗教情结

乔伊斯自大学毕业后，就一直对爱尔兰天主教持激烈的批判态度，这种态度当然不会不表现在他的小说作品中。这一方面说明作家对宗教在爱尔兰人精神生活中所起的作用，尤其是对爱尔兰城市青年心灵的戕害，有着深切的感受和清醒的认识；另一方面也显示出作家对基督教文化具有深厚的造诣，只是他并没有用这种造诣去传播宗教的福音，而是用来对宗教进行强烈的反讽。

《都柏林人》中的小说作品几乎每一章都或多或少地提及宗

教，这与天主教对爱尔兰人日常生活的影响程度是相吻合的。爱尔兰人心中的宗教信仰，可以说就像爱尔兰土地上的绿草一样浓厚。然而在十九世纪末和二十世纪初的爱尔兰，这种信仰是生命的信仰呢，还是仅仅只是一种形式？乔伊斯通过《两姐妹》中弗林神父与一只圣餐杯的关系，对此作了精妙的解释。乔伊斯在小说中这样描述弗林神父：

> 他（指弗林神父）曾经就读于罗马的爱尔兰学院，所以能教我正确拼读拉丁文。他给我讲过关于地下墓陵和拿破仑·波拿巴的故事，还向我解释过不同的弥撒仪式和披在神父身上那些不同法衣的含义。有时候他拿些难以解答的问题来考我，自己从中得些乐趣，比如说他会问我一个人在某种特定的场合下该怎么做，要不就是问些这样那样的罪孽，到底是必死无疑的呢，还是可以得到赦免的，或者根本就是免予追究的。他的提问使我明白：先前自己一贯以为再简单不过的教堂里的某些条文，其实是多么复杂而又高深啊。原来神父们要对圣餐负责，还要负责对有关忏悔的事情保密，这一切对我来说似乎都过于严肃了，我有点困惑，试想怎么竟有人能够有勇气把这一切都担当起来呢；当他告诉我以下的事时我并没有感到惊奇，他说教堂里的神父们已经写了很多书，有《邮电指南》那么厚，印得密密麻麻的，就像报纸上的法院公告一样，而所有那些难以弄懂的问题，书里都有解答。通常只要一想到这一

点,我就没法回答他的问题了,或者答得非常愚蠢而言辞吞吐,而他却总是笑着,间或点三两下头。有时他喜欢让我参加弥撒仪式,体验会众对神父的例行应答,并督促我用心记牢;而且,等我喋喋不休地复述时,他往往若有所思地微笑、点头,还不时地往两个鼻孔里轮番送上大撮的鼻烟。

然而对信仰如此虔诚,对传教如此尽责的弗林神父,却忽然全身瘫痪,并最终负罪长逝。原因就在于一个小孩打碎了那只圣餐杯。

"就是那只被打破的圣餐杯作的祟……那是事情的发端。当然了,他们说那根本就不打紧,我是说杯里什么东西也没盛。可是仍然……他们还说是那男孩闯的祸呢。可是可怜的詹姆斯,他太敏感了,上帝可怜可怜他吧!"

"是那么回事吗?"姑妈说,"我听到些传闻……"

艾丽莎点点头。

"那件事影响了他的情绪,"她说,"从那以后他开始一个人闷闷不乐,跟谁也不说话,只是自顾自地四处游荡。于是就有了这么一个晚上,原本约好了他要去拜访一户教友的,可是他们在哪儿都找不到他。他们到处寻觅,找遍了也不见他的踪影。后来教会里的文书提议说到小教堂里找找看。所以他们就拿了钥匙,开了小教堂的门,然后就是那个文书和奥罗克神父,还有另一位在场的神父,带了

> 一支蜡烛进去找他……你猜怎么着?他还真在那儿,一个人坐在漆黑的忏悔室里,完全清醒着,却好像在自顾自傻笑,你没想到吧?"

如果说在《两姐妹》中,这种负罪意识还仅仅限于弗林神父,那么到了《土》里,则几乎所有的成年人都染上了这种宿命意识。《土》里的玛丽亚是个老处女,在参加万圣节前夜的蒙面游戏时,本想摸到一只象征婚姻的戒指,不想邻家的小姑娘闹了个恶作剧:

> 大伙儿又说又笑地把她领到桌子前,她听从吩咐把手伸向空中。她伸手东探探,西摸摸,然后落到了一只碟子上。她触到了一种又软又黏的东西,奇怪的是没有谁说话,也没有谁取下她的绷带。有那么几秒钟一片鸦雀无声,随后响起了脚步声和窃窃私语。有人说起了花园里的什么东西,后来唐纳莉太太厉声斥责一个邻家姑娘,要她赶紧把它扔出去,那可不是闹着玩的。玛丽亚明白上回可以不算数,于是她又重新摸了一次,这次摸到的是祈祷书。

原来她摸到了一撮花园里的土。土意味着什么呢?在天主教徒看来土意味着死亡,因此引起了众人的恐慌。乔伊斯在小说中大量穿插这种富于象征意味的隐喻,类似的例子还可以在《对影》《伤心命案》《圣恩》和《死者》等作品中看到。在乔伊斯看来,爱尔兰人的精神生活已接近崩溃,整个爱尔兰都跟弗林神父一样，心中已经没有哀痛，只有麻木，而且正由麻木走向瘫痪，又由瘫痪走向死亡。

五 《都柏林人》中到处可见孤独的城市男人

都柏林是爱尔兰最大的城市，至十九世纪末已经具有相当规模，城中的拿骚街和奥康纳尔街堪与伦敦繁华市区媲美，凤凰公园更被称为当时世界上最大的城市公园，因此《都柏林人》里的都柏林人，已经具有非常显著的现代城市人性格特征。乔伊斯在描写都柏林的市井生活时，常常用真实名称描述该市的街道、酒吧、店肆和公园，甚至连男女主人公有时候都确有其人，这一点曾经是《都柏林人》难以在爱尔兰问世的一个重要因素。然而恰恰也是这一点，使《都柏林人》具有了"为十九世纪末爱尔兰天主教中产阶级作传"的社会意义，以至于如今许多乔伊斯爱好者，都会手捧一本《都柏林人》去都柏林市寻幽访古。

乔伊斯笔下的都柏林人与狄更斯笔下的伦敦人有很大不同，狄更斯描写的伦敦正处于资本主义工业文明发展初期最黑暗的岁月，因此哪怕同为少年，奥立弗·退斯特（《雾都孤儿》）和小匹普（《孤星血泪》）的内心，显然就要比《遭遇》和《阿拉比》中的小主人公复杂得多，其命运也比后者艰难得多。也许是因为乔伊斯本人出生于中产阶级家庭，因此他笔下的城市人往往具有中产阶级的家庭背景，自然也有中产阶级的性格特征。就孩子的心灵而言，往往表现为孤单内向，敏感多思，比如《遭遇》中的小男孩，因为想找到一双绿色的眼睛，与同学结伴逃学去码头，但是并没有在异国水手们的脸上找到那双绿眼睛，后来在回家的路上碰到一个性变态的糟老头子，却发现老头的眼睛是绿色的。《阿拉比》中的小男孩则更富于浪漫的想象，因为听见自己喜欢的小姑娘说起阿拉比市场，便打定主意一定要去一趟，给小姑娘买回小小的礼物，可是一旦真的来到阿拉比，面对四处打烊的店门，他又觉得想象与现实相距太远。

孩子这种敏感内向的性格，随着时光的流逝，慢慢就变成了成年人的孤独、忧郁和恐惧，这是乔伊斯赋予都柏林男人最重要的性格特征。在这一点上，乔伊斯的艺术企图可谓与同时代的奥地利人卡夫卡不谋而合（有意思的是，乔伊斯于一九一四年开始创作《尤利西斯》时，卡夫卡于同一年也在布拉格开始了其代表作《审判》的写作，两位大师虽然未曾谋面，对城市男人却有着惊人相似的理解）。卡夫卡笔下的男主人公，因为不适应二十世纪初的"城堡生活"，不是变成甲壳虫，就是变成土拨鼠，评论家们认为这种变异倾向揭示了现代人渴望精神逃亡的潜意识。乔伊斯在表现现代人，尤其是受过教育的现代城市男人的孤独处境时，也显示出了独特的构思和深厚的功力。《寄宿客店》里的客居青年多兰，因不甘寂寞而引诱客店老板娘的女儿波莉，不想老板娘虽然是屠夫的女儿，却不乏精明的头脑，"剖析道德问题她就如用快刀砍肉一样拿手"，早就洞若观火，把此事看在眼里，并且瞅准了多兰的弱点：

他（指多兰）是个生活严谨的年轻人，不像其他人那样自以为是，夸夸其谈。要是碰上的是沙里丹先生或者米德先生或者班特姆·莱昂斯，那她想这样做恐怕就困难多了。她知道他害怕把事情闹大。客店里的房客对这件风流事都多多少少有所风闻，有的人还把细节大肆渲染了一番。更何况他已经在一家天主教大酒商的公司里干了十三年，对他来说，事情闹大或许就意味着丢掉饭碗。

于是多兰不敌老板娘的算计，只好娶了波莉。单身的男人自然寂寞，那么已婚的男人状态又如何呢？看看小钱德勒的遭遇便可略知一二。《浮云一朵》是这样描写小钱德勒的：

人们叫他小钱德勒，那是因为他的个头虽然只比中等身材稍矮一些，却给人很矮小的感觉。他的那双手又小又白，身架很单薄，说起话来慢条斯理的，一副斯斯文文的样子。他对自己那头柔软漂亮的头发和胡髭真是倍加爱护，还不时小心翼翼地往手帕上洒香水，半月形的指甲修剪得无可挑剔，要是朝你露出笑容，你还会瞅见一排稚气十足的白牙。

［……］

他还不老——才三十二岁，据说这正是刚刚开始成熟的年龄。他有多少情感和印象想用诗歌来表达啊，那一切都深藏在他的心中。他想弄明白自己的性灵是不是诗人的性灵。他心想，伤感是他天性中的主要部分，可是在那种伤感中，还糅合了复归的信念和对天意的顺从，以及纯真的喜悦。如果他能写出一部诗集来表达这一切，也许人们会乐意倾听。可是自己绝不会走红的，他明白这一点。他无法影响众人，但总可以打动几个同病相怜的人吧。说不定英国的评论家们，会因为他的诗歌中的伤感意味，而把他列入凯尔特诗派。而且他还会想法暗示这一点。他开始想象他的诗集将赢来什么样的评论：钱德勒先生具有抒写优美诗歌的天赋……这些诗作中充满了一种深沉的忧伤……凯尔特人的情调。只可惜他的名字不那么爱尔兰化。要是把他母亲的姓放在自己的姓氏前面，或许会更好一些吧：托马斯·马隆·钱德勒，或者这样更妙：托·马隆·钱德勒。他要跟盖拉赫说说这件事。

小钱德勒一直生活在自己那块貌似风雅的小天小地里，不承想遇上从伦敦回来的旧日伙伴盖拉赫。在小钱德勒的记忆中，盖拉赫原先是个小混混，整天跟一群小无赖厮混在一起，就知道狂喝滥饮，到处要钱，后来还卷入犯罪活动，因此才逃往伦敦。可是如今的盖拉赫已今非昔比，各方面的见识显然都要远胜过小钱德勒：

"托米（指小钱德勒），"他（指盖拉赫）说，"我看你是一点也没变，还是原来那个一本正经的家伙，每到星期天早上我喝得脑袋发疼、舌头发麻的时候，就来教训我一通。你该出去见见世面才是，哪儿也没去过吧，一趟旅行也没有过?"

"我去过马恩岛。"小钱德勒说。

伊格内修斯·盖拉赫哈哈大笑。

"马恩岛!"他说,"要去就去伦敦,去巴黎,可以挑选的话就去巴黎,那对你才大有好处呢。"

"你去过巴黎?"

"可以这样说吧,我去过一趟。"

"真像人家说的那么美好吗?"小钱德勒问。

他嘬了一小口酒,伊格内修斯·盖拉赫则满不在乎地一饮而尽。

"美好?"伊格内修斯·盖拉赫品味着这个字眼和嘴里的酒,"没那么美好,明白吗?当然,也可以说很美好……但那指的是巴黎的生活,那才要紧呢。哦,没有哪座城市像巴黎那么快乐,那么喧闹,那么刺激的了……"

小钱德勒喝完了杯中的威士忌,好不容易才招呼到那个侍者,又要了一杯。

"我去过红磨坊,"伊格内修斯·盖拉赫等侍者端走酒杯后,又接着说,"去过所有波希米亚风味的咖啡馆,那才叫火爆呢,像你这样老实巴交的人可受不了,托米。"

[……]

"那你说说,"他(指小钱德勒)问道,"巴黎真像人家说的那么……荒唐吗?"

伊格内修斯·盖拉赫大幅度挥动右臂做了一个手势。

"天底下又有哪里不荒唐呢?"他说,"当然在巴黎你能找到一些放纵的场所,比如去参加一场大学生的舞会吧,那些婊子放荡起来,那才叫够味呢。你明白我说的是哪号人吧?"

"听说过一些。"小钱德勒说。

伊格内修斯·盖拉赫喝掉了杯中的威士忌,摇了摇头。

"哦,"他说,"你爱怎么说就怎么说吧,比风度也好,比派头也罢,哪儿的女人都比不上巴黎的女人!"

"这么说那是一座荒唐的城市啰,"小钱德勒羞怯而固执地说,"我是说跟伦敦或者都柏林相比?"

"伦敦?"伊格内修斯·盖拉赫说,"差也差不到哪里去,去问问霍根吧,我的小老弟,问问他去伦敦时我带他去玩过哪些地方,他会让你开眼界的……喂,托米,别把威士忌给弄成甜酒啦,还是喝纯的吧!"

作家在这里借盖拉赫的嘴,强烈地讽刺了都柏林人沉迷于庸识短见,却还自视清高的可怜生活。《对影》中的主人公法林顿则生活得更为压抑,每天都伏案抄写那些无休无止的公文,还时时要遭到老板的训斥。只好一天三五次往附近的酒馆跑,想借酒逃避绝望的现实。一天他又被老板查出工作失误,立刻在众目睽睽之下遭到辱骂。不想这一次他忽然显得平静起来,不再像往日那样忍气吞声:

"我对另外那两封信一无所知。"他(指法林顿)木然地说。

"你……一无……所知？你当然一无所知。"艾莱恩先生说。"你说，"他又补上一句，先瞥了一眼身边的女士，似乎想求得她的谅解，"你是不是把我当成了傻瓜？你是不是以为我是个十足的傻瓜？"

那人瞧了瞧女士的脸，瞧了瞧那蛋状的小脑袋，最后又把目光落到女士的脸上，连他自己都还没意识到是怎么回事，一句很得体的答话就已经脱口而出：

"我倒不这样认为，先生，"他说，"我觉得这句问话用在我身上倒是很合适。"

雇员们一时屏住呼吸，鸦雀无声。所有的人都大吃一惊（妙语！作者自己的惊讶也绝不亚于其邻人），壮硕和蔼的德拉克小姐咧嘴笑了起来。艾莱恩先生的脸红得如同一朵野玫瑰，嘴巴带着侏儒的怒火抽动着。他挥起拳头在那人面前不停晃动，就好像是哪种电动玩具的把柄在颤抖：

"好你个放肆的无赖！好你个放肆的无赖！看我不给你点厉害尝尝！你等着瞧！要是不为你的放肆给我赔罪，你就马上给我滚！你得为这事滚蛋，我告诉你，否则就给我赔罪！"

骂完老板他就直奔酒馆，当掉手表后痛痛快快地喝了个一醉方休，因为他从来也没有这么痛快过，痛快地骂人，痛快地喝酒，痛快地活着。然而这种痛快毕竟是短暂的，为了这痛快他当掉了表，喝光了钱，还丢掉了饭碗，以后又将怎么办呢？晚上他拖着粗壮而疲倦的身躯回到家里，眼见老婆又出去祈祷，晚饭还未做好，就将一腔绝望和怒火全发泄到可怜的孩子身上：

他一步跨到门边，抓起立在门背后的一根手杖。

"我来教你灭火！"他说，捋起袖子好让胳膊活动自如。

小男孩一边哭道，哦，爸！一边绕着桌子跑，但是那人追在后面，一把就揪住了他的外衣。小男孩挣扎着四下张望，眼见无路可逃，便一下跪倒在地。

"来吧，再把火弄灭一次！"那人说着就挥起手杖猛抽下去。"看啊，你这狗娘养的！"

小男孩疼得发出一声惨叫，手杖打伤了他的腿。他两手绞在一起，举向空中，声音因为恐惧而颤抖。

"哦，爸！"他哭道，"别打我，爸！……我来……为你唱万福玛利亚……我来为你唱万福玛利亚，爸，只要你不打我……我就唱万福玛利亚……"

不过最让人心碎的还数《伤心命案》。人到中年的达非先生，与小钱德勒一样耽于幻想，爱好文学，只是从来也没有结过婚，每天都过着早晨乘电车上班，晚上夹份晚报步行回家的单调日子。一天他在一场听众稀落的音乐会上偶遇一位中年妇人，妇人已是别人的夫人，喜欢偕女儿出门欣赏音乐会。在数次相遇于音乐厅后，两人因同样爱好音乐而结成知己。

他经常前往她在都柏林郊外的那栋小房子，两人经常单独在一起消磨黄昏。随着两人的思想相互交融，谈论的话题也越来越接近。她的陪伴如同暖土滋养着移植的花枝。许多次她让暮色笼罩着两人，而没有去点亮油灯。昏暗而宁静的房间、与世隔绝的那份孤独和萦绕耳畔的东西，将他俩紧紧联系在一起。这种联系刺激了他的想象力，磨平了他性格中粗粝的部分，给他的精神生活注入了柔情。

可是等到妇人真的向他献上热烈的感情，可怜的达非先生马上就被吓破了胆，立即决定中断这种关系，并在一个寒冷的秋夜与她在荒凉的公园门口分手，分手的理由非常简单："男人与男人是不可能相爱的，因为不可能性交；男人与女人则不可能有友谊，因为总不免要性交。"四年后的一天下午，他在晚报上读到该妇人卧轨自杀的消息，这时才忽然如梦初醒：

> 如今她走了，他可以想见她的生活有多么孤单，夜复一夜独守空房。他的生活也很孤单，除非死掉，不再存在，变成一段记忆——若是还有谁记得他的话。[……]他在暗夜中感觉不出她在身边，耳际也没有她的声音掠过。他等待了几分钟，谛听着，然而什么也没能听见：暗夜十分宁静。他又听了听：十分宁静。他感到自己非常孤单。

对于这场不幸的命案，表面上看谁也不负责任，而实际上凶手就是自命清高的达非先生，表面上看死去的是那个妇人，实际上死去的却是这个孤独男人的良心。

六　哪几篇小说尤其值得读者反复玩味

在翻译《都柏林人》的过程中，译者常常会因疲累而陷入幻觉，以为乔伊斯是一位头发灰白的老头，隐居在阿尔卑斯山脚一座白雪覆盖的城堡里。译者壮胆敲响城堡的大门，只见那老头从城墙上探出灰白的脑袋，辨认一番后觉得似曾相识，便打开城门放出一群熟悉的都柏林人，其中有恋爱中的少女伊芙琳、被爱情吓破了胆的达非先生、文弱书生小钱德勒、洗衣房厨娘玛丽亚、浪子列内汉、酒鬼法林顿、政客蒂埃尼和精于算计的母亲穆尼太太和卡尼太太，等等，一个个神态各异，但都活灵活现。译者正待上前问几个翻译中遇到的难题，比如法林顿为什么总是喝淡啤酒而不喝黑啤？他酒后要的葛缕子豆，还有达非先生午餐时吃的竹芋粉饼干，究竟是些什么东西？玛丽亚在电车上丢失的葡萄干蛋糕，是被老绅士偷走了呢，还是被她自己忘在了车上？她知道自己摸到的是土吗？

还有，凤凰公园究竟有多大？都柏林究竟有多少间酒吧？等等，可是那伙都柏林人忽然全都消失不见了，白发老头连同城堡也不见了，眼前只剩下几页稿纸，还有一本爬满英文小字的企鹅版《都柏林人》。

这种幻觉或许可以归结为两个方面。一方面说明《都柏林人》字义微妙，隐喻繁多，作家写得机智传神，给读者留下了极为宽广的回味与想象的空间，尤其是诸种象征性描写，看似漫不经心，实则用心良苦，若不细细体会，恐怕会漏掉个中意味；另一方面也说明小说人物性格生动，形象丰满，已经拥有了强大的生命力，虽然只生活在短小的篇幅里，却已具有穿越时空的能力，只要轻轻呼唤，就可以走出书本，走进读者的心中，这恐怕就是经典作品所具有的艺术魅力。

当然除掉前述诸种因素，结构的巧妙也是作品给读者留下深刻印象的原因，仅举《两姐妹》为例，即可略见端倪。小说开篇就写"我"望着弗林神父的窗户，心中挂念着神父的生死，因为若是神父已死去，窗户就会被烛光照亮。然而窗户虽然没有亮，却听姑父说弗林神父已经死了。"我"走到神父家门口，回想神父与"我"在一起时的种种音容笑貌，又觉得他还活着，可是与姑妈一道进到屋内，看见南妮姐妹为神父料理后事，这才确信神父已不在人间。喝甜酒时听见南妮姐妹与姑妈悄声议论神父的死因，又怀疑会被躺在隔壁房间的神父听见，及至探头进去张望，看见神父静静地躺在棺材里，才又一次确信死神已经降临。如此来回往复，把梦幻与现实反复搓揉，融合为一种意识的整体，造成虚幻与真实相互交错。生与死这一永恒的命题，在这种反复搓揉中被表达得淋漓尽致。

结构巧妙的作品除了《两姐妹》，还可以举出《伊芙琳》《寄宿客店》《对影》和《伤心惨案》等，而《土》《圣恩》和《死者》则显得语言凝重，富于回味，具有强烈的暗示性。简洁的智慧语言、不拘一格的表现手法和独特的视角，构成了乔伊斯短篇小说的现代艺术特征，这一切都值得读者在阅读时反复品味。

目录

两姐妹 / 1
遭　遇 / 13
阿拉比 / 25
伊芙琳 / 33
赛　后 / 40
两玩家 / 47
寄宿客店 / 60
浮云一朵 / 69
对　影 / 87
土 / 101
伤心命案 / 109
纪念日 / 121
母　亲 / 144
圣　恩 / 160
死　者 / 190

乔伊斯二三事 / 247
乔伊斯生平年表 / 255

两姐妹

这一次他是全没指望了：已经是第三次发作了。夜复一夜我经过这幢房子（那时正是假期），琢磨着窗户里的那方光亮：夜复一夜，我都看到它就这么亮着，微弱而平和地亮着。如果他真的死了，我想，我就会在那暗晦的遮帘上看到幢幢烛影，因为我知道，一具尸体的脑袋旁边，必定得点上两支蜡烛。他过去常对我说：我已时日无多。那会儿我还以为他的话了无依据呢，现在才明白的确不假。在我抬头凝望窗口的每一个晚上，我总是喃喃自语着"瘫痪"这个词。它在我耳朵里怎么听怎么疏远，如同欧几里得几何学里的磬折形①和《教义问答》②手册里的买卖圣职罪一样。而现在，在我听起来，它就像某个心怀叵测而罪孽深重的人的名字。它使我充满恐惧，可我还是巴不得离它更近一些，也好看看它那要命的成果。

老科特坐在炉火边，在抽烟呢，这时我正好走下楼来用晚餐。姑妈给我舀麦片粥的整个过程里，他都说着话，似乎在提先前的话题：

"不，我不想说他，真的……不过有些事是有点怪……他这人怪里怪气。我跟你说说我的看法……"

---

① 磬折形：由平行四边形的一角截去较小的相似平行四边形所余的图形。
② 《教义问答》：指《梅努斯学院教义问答》。梅努斯镇的圣帕克里特学院为爱尔兰最重要的神学院，专门培养天主教神父，其教义问答在爱尔兰天主教家庭中广为流传。

他开始猛吸烟斗，一口口喷出烟来，无疑正借着这会儿工夫在脑海里盘算该从何说起呢。这个令人生厌的老蠢货！我们刚认识他那会儿他还相当有意思，讲的净是劣质酒精和蛇形管道什么的；可没过多久我就腻味了他和他那些关于酒厂的没完没了的故事。

"这个嘛，我有我自己的看法，"他说，"我觉得那是一种……怪病……不过挺难说……"

他又开始大口吸烟，到底没说出个所以然来。姑父看我盯得眼睛发直，就对我说道：

"唉，你的老朋友去世了，你听了可能会难过啊。"

"谁？"我说。

"弗林神父。"

"他死了？"

"这不，科特先生刚告诉我们的。他在这之前才路过那幢房子。"

我知道这会儿大伙正注视着我，便径自埋头进餐，仿佛这消息并没有引起我的兴趣似的。姑父对老科特解释说：

"这年轻人跟他是非常要好的朋友。告诉你吧，那老伙计教了他很多东西；他们还说他对他抱有很大希望呢。"

"上帝宽恕他的灵魂吧。"姑妈虔敬地说。

老科特瞅了我一会儿，我感到他那双黑珠子似的小眼睛贼亮地打量着我，可我并不想迁就他，仍旧低头吃着盘子里的东西。他便转脸去抽他的烟斗，终至粗鲁地朝壁炉里唾了一口。

"我可不高兴让自己的孩子，"他开了腔，"去跟他那样的人啰唆太多。"

"你这话怎么讲,科特先生?"姑妈问。

"我是说,"老科特说,"那样对孩子们没好处。我的意思是:得让小伙子走动走动,和那些跟他同龄的年轻人在一起玩,不要……我说得对吧,杰克?"

"那也是我的原则,"姑父说,"要让孩子学着安分点儿。我干吗总对那边那个罗济克鲁兹①小教徒说'要锻炼啊',就是这个道理。要知道,我还是个毛小子的时候,不分寒暑,每天早晨都要冲凉。那习惯一直保留到今天。教育实在是又精细又博大呀……该让科特先生尝尝那羊腿。"他对姑妈补了一句。

"不,不,别为我费神。"老科特说。

姑妈从食橱里端出那盘羊腿,摆到桌上。

"可你为什么觉得那样对孩子们不好呢,科特先生?"她问道。

"那对孩子们就是没好处,"老科特说,"孩子就是孩子,头脑有着很强的可塑性。只要孩子们看到那种事,你知道,就会引起……"

我赶紧塞了一嘴麦片粥,生怕自己会一张嘴流露出恼意。讨厌的红鼻子老笨蛋。

那天我很晚才睡着,想到科特先生竟把我当小孩看,我深感气恼,可我仍然绞尽脑汁,想从他那些吞吞吐吐的话语里琢磨出

---

① 罗济克鲁兹:一种宣传神秘教义的宗教教派。自称源自十七与十八世纪流行的一个秘密结社团体,该团体有各种秘传的知识与力量。这里喻指对神秘事物充满好奇心的孩子。

点名堂来。在黑黢黢的屋子里，我想象着又看到了那张呆滞灰暗的瘫痪病人的脸。我一把拉起毯子蒙住头，试图去想圣诞节的场景。但是那张灰脸孔依然尾随着我。它在喃喃低语，我明白它是渴望着能忏悔点什么。我感到自己的灵魂龟缩到了某个既恰人又邪恶的地带，而且再一次发现，它在那儿等着我。他开始以一种低缓模糊的声音向我忏悔了，而我弄不明白，他为什么一直不停地微微笑着，双唇为什么被唾沫沾染得那么黏湿。继而我就想起来，他是因瘫痪症而死去了，于是我感到自己也在空洞乏力地轻笑着，似乎想要开脱他那买卖圣职一类的罪孽。

第二天清晨，一吃过早餐我就出门去了，去看坐落在大不列颠街上的那座小房子。这是一间不惹眼的店铺，用了一个含糊其辞的名字，叫作布服店。这里主要经营儿童毛线鞋和雨伞；通常的日子里，橱窗里总是挂着一张告示，名曰：翻修伞面。现在，店铺已经打烊，也就看不到什么告示了。门把上有人用丝绦拴了一束绉纱花，两个穷女人和一个送电报的男孩，正在门口念那张别在花束上的卡片。我也凑了过去，念道：

一八九五年七月一日

詹姆斯·弗林神父（生前属于米斯街圣凯瑟琳教堂）

享年六十五岁

R.I.P.[①]

对于这张卡片的领会终于说服了我，他的确死了，而我居然

---

① R.I.P.：系拉丁文缩写语，意为"愿他安息"。

一直在核实这一点，想起来怪沮丧的。如果他还没有死去，我就会走到店铺背后那间小黑屋里去，就会看到他坐在炉边的摇椅上，蜷在他那宽大得透不过气来的外套里。也许姑妈还会给我一盒准备捎去给他的吐司牌高级鼻烟，而这份礼物将使他从昏昏欲睡的倦意中醒过神来。每每是我把带来的东西倒进他那只黑色的鼻烟盒，只因他双手哆嗦得相当厉害，自己根本做不了这件事，让他做则非把半盒烟末撒了不可。即使我都替他弄妥了，他勉强颤悠着那只大手把鼻烟举得够着了鼻孔，也还是有些渺然若无的烟尘缓缓渗过指缝，弥散到外套的前襟上来。也许就是这一阵接着一阵不断飘落的烟尘，使得他那身老派的教袍失却了先前的鲜绿色。那袍子现在的样子，倒是和那块一贯都是脏兮兮的红手帕挺相称的了。那手帕长期以来都沾着污秽的鼻烟渍，即便他拼命想用它来掸去洒落的烟粉，也总是徒劳。

我热切地想要走进去看看他，却又没有勇气去敲门。只好慢慢踱开来，沿着街道朝阳的一侧，一边走一边浏览着所有那些商店橱窗里的演出招贴画。我感到奇怪的是，我自己也好，那一天的光景也罢，都全无遭逢丧事的悲伤心绪。更可气的还有呢，我发现自己居然有一种得以解脱的感觉，似乎是他的死使我摆脱了某种束缚。我惊诧于此是因为，就像姑父前一天晚上说过的那样，弗林神父教我明白了很多东西。他曾经就读于罗马的爱尔兰学院，所以能教我正确拼读拉丁文。他给我讲过关于地下墓陵和拿破仑·波拿巴的故事，还向我解释过不同的弥撒仪式和披在神父身上那些不同法衣的含义。有时候他会拿些难以解答的问题来考我,自己从中得些乐趣,比如说他会问我一个人在某种特定的场合下该怎么做,要不就是问些这样那样的罪孽,到底是必死无疑的呢,还是可以得到赦免的,或者根本就是免予追究的。他的提问使我明白:先前自己一贯以为再简单不过的教堂里的某些条文,其实是多么复杂而又高深啊。原来神父们要对圣餐负责,还要负责对有关忏悔的事情保密,这一切对我来说似乎都过于严肃了,我有点困惑,试想怎么竟有人能够有勇气把这一切都担当起来呢;当他告诉我以下的事时我并没有感到惊奇,他说教堂里的神父们已经写了很多书,有《邮电指南》那么厚,印得密密麻麻的,就像报纸上的法院公告一样,而所有那些难以弄懂的问题,书里都有解答。通常只要一想到这一点,我就没法回答他的问题了,或者答得非常愚蠢而言辞吞吐,而他却总是笑着,间或点三两下头。有时他喜欢让我参加弥撒仪式,体验会众对神父的例行应答,并督促我用心记牢;而且,等我喋喋不休地复述时,他往往若有所思地微笑、点头,还不时地往两个鼻孔里轮番送上大撮的鼻烟。他每每一笑,那些被污损得变了颜色的大牙齿就露了出来,舌头也伸出来,抵住下唇——在我们相识之初,这是个让我感到很不自在的习惯,后来熟了,也就无所谓了。

我在阳光里散着步,记起了老科特的话,并竭力想要回想起来,在那个梦里,后来都发生了些什么。我想起来了,在梦中我见到过长长的天鹅绒窗帘,还有一盏古旧的吊灯。我觉得自己好像去了非常遥远的地方,在某个有着奇异习俗的国度——想必是在波斯吧⋯⋯可是,我已经记不起梦的结局了。

那天晚上，姑妈带我去那居丧的人家。那是日落之后，然而屋子朝向西面的窗玻璃仍然反射着一大团云彩的金褐色光辉。南妮在厅里接待了我们，由于向她大声问候显然已不合时宜，姑妈就只是轻轻握了握她的手，如此而已。这个老妇人征询似的指了指楼上，得到我姑妈点头认可之后，方才在我们前方引路，沿着那道狭窄的楼梯，吃力地往上攀，她那低垂着的头，几乎就要碰着扶梯了。在第一个转角处，她停下脚步，指着那间敞着房门的死屋，向我们示意。姑妈走了进去，我却踟蹰着举步不前，那老妇人见了，又朝我不住地招手。

我蹑手蹑脚地走进去。天灰日暮，只有迷蒙的阳光从那嵌有蕾丝花边的百叶窗帘上透进来，使房中的烛光更显惨淡。他在棺材里躺着。南妮领头，我们三人都在床脚边跪下。我佯装在祷告，却心不在焉，那老妇人的呢喃声干扰着我。我看到她背后的裙子被什么东西勉强钩住，这是多么不雅观啊，还有那双布靴的后跟，由于天长日久的踩踏，磨得都歪到一边去了。一个幻念摄住了我：那位老神父，似乎正躺在那儿，在他自己的棺材里微微发笑呢。

然而并非如此。等我们立起身来，都走到床头边的时候，我看见他并没有在微笑。他只是躺在那里，庄严肃穆而又满腹经纶地躺在那里，已经着好了参加祭祀的法衣，那双大手款款松展，握着圣杯。他灰着脸，五官粗大，面目狰狞，凹黑的鼻孔状若洞穴，头上是一圈稀疏的白发。屋里有一股馥郁的气味——是花。

我们为自己祈了福,然后退出来。在楼下那间小屋里,我们看见艾丽莎端坐在他那把摇椅中。我摸索着,朝角落里自己常坐的那把椅子寻过去。此时南妮走向餐具柜,取出一只盛有雪利酒的细颈水瓶,外加几只酒杯。她把这些东西放到桌上来,邀我们喝上一小杯。接着,她又按姐姐的吩咐,把雪利酒斟入杯中再一一端给我们。她硬要我另外还吃几片奶油薄脆饼,可我坚辞不受,唯恐吃那玩意儿会太过喧哗。她似乎对于我的婉拒有些沮丧,便悄然走向沙发,在姐姐身后坐下了。没有一个人吭声:我们都盯着空空如也的壁炉,呆呆地出神。

一直等到艾丽莎叹了一声,姑妈才说:

"啊,呃,他已经到了一个更好的去处。"

艾丽莎又叹了一口气,垂下头来表示赞同。姑妈轻轻拨弄着手中酒杯的杯脚,呷了一小口。

"他那会儿……安详吗?"她问。

"哦,安详极了,夫人,"艾丽莎说,"你都分辨不出他是在什么时候停止呼吸的。他获得了一次美好的死亡,赞美上帝。"

"那么一切都……"

"星期二一整天,奥罗克神父都在陪着他,他给他行了涂油礼[①],为他做好了所有的准备。"

"他那时还清醒吗?"

"他非常顺从天意。"

[①] 涂油礼:为濒死的基督徒举行的宗教仪式。

"他看上去确实顺从天意。"姑妈说。

"那是我们请到屋里来为他擦洗身子的女人说的。她说,他看起来好像只是睡着了,模样又安详又服帖。谁都没想到,他会出落成这样一具体面的尸体。"

"可不是。"姑妈说。

她又从杯子里呷了一口,说道:

"好了,弗林小姐,要知道你们已经为他尽了力,这对你们来说,无论如何总要好受得多吧。我应该说,你们俩都是很善待他的。"

艾丽莎抻了抻膝头皱起的衣痕。

"哦,可怜的詹姆斯!"她说,"天知道我们穷成这样,办得到的事却都尽了力——照他现在的情形,我们不忍心看到他再缺什么。"

南妮已经倒在沙发枕上,快要睡着了。

"瞧那可怜的南妮吧,"艾丽莎说着,朝她望过去,"她已经筋疲力尽了。所有的活儿我们都揽了下来,她和我,我们请那女人来给他洗浴,完了又为他打扮,然后是棺木,再就是安排在小教堂里的弥撒仪式。要是没有奥罗克神父,光是我们这么忙来忙去,还真不知道能忙出什么名堂来呢。是他给我们送来了那些鲜花,还从小教堂里拿了两支蜡烛出来,又写了讣告,在《自由人会报》[①]上登着呢,他还掌管着这场葬礼的所有文件,连同那可

---

① 《自由人会报》系对爱尔兰民族独立运动持同情态度的一份报纸。

怜人詹姆斯的保险单。"

"他岂不是太好了？"姑妈说。

艾丽莎合上双眼，慢慢摇了摇头。

"唉，没有什么朋友能跟老朋友相比的啦，"她说，"说来说去，任何朋友都是靠不住的。"

"的确，说得不假，"姑妈说，"既然他已经去到了永恒的安息之所，我想他就不会忘了你们，还有你们对于他的种种好处。"

"啊，可怜的詹姆斯！"艾丽莎道，"他生前一点都不烦扰我们。他在家时总是悄无声息的，和现在没什么两样。不过，我知道他已经走了，再也不回来了……"

"一切终将过去，而你也会念起他来。"姑妈说。

"我明白，"艾丽莎说，"我再也用不着给他端牛汁茶，你也再不用给他送鼻烟了，夫人。啊，可怜的詹姆斯！"

她打住话头，仿佛在和过去的时日作亲密的交流，继而精明伶俐地说：

"告诉你吧，后来我发觉他举止都有些怪异了。不管什么时候给他送进汤茶去，我总会看到他嘴巴大张着仰躺在椅子里，那本日常用的祈祷书跌落在地上。"

她以一指触鼻，皱皱眉头，接着往下说道：

"可他还在反反复复不住地叨念着，说是在这个夏天结束以前，他想挑个好天气驾车出去走一趟，只是想再看看爱尔兰镇上的那座老屋，我们都是在那儿降生的。他要我和南妮跟他一块儿去。他还说，只要我们能够租到一驾新型四轮马车，就是奥罗克神父对他提到过的那种——没有一点声响,轮子晃晃悠悠——那么三个人出去消磨一个星期天晚上,还是蛮合算的。奥罗克神父告诉他,去爱尔兰镇的半途中有家约翰尼·鲁斯车行,在那儿就可以租到车子。他都开始动这事的脑筋了……可怜的詹姆斯!"

"上帝宽恕他的灵魂吧!"姑妈说。

艾丽莎取出手绢,擦了擦眼睛,再把它放回口袋,然后目不转睛地睇视着空荡荡的壁炉,许久没有出声。

"他总是过于认真,"她说,"教士这职位对他来说,要承担的责任太繁重了。所以他这一辈子,可以说是受了不少波折。"

"是的,"姑妈说,"看得出他是个不得志的人。"

一阵沉默充斥着小屋。趁这工夫,我蹭到桌前,把我的雪利酒尝了尝,又悄无声息地转回到我那角落里的座椅边。艾丽莎似乎已深深陷入了沉思,有些走神了。我们尊重地等着她来打破这番沉寂,停顿了好长时间,她才慢条斯理地开了腔:

"就是那只被打破的圣餐杯作的祟……那是事情的发端。当然了,他们说那根本就不打紧,我是说杯里什么东西也没盛。可是仍然……他们还说是那男孩闯的祸呢。可是可怜的詹姆斯,他太敏感了,上帝可怜可怜他吧!"

"是那么回事吗?"姑妈说,"我听到些传闻……"

艾丽莎点点头。

"那件事影响了他的情绪,"她说,"从那以后他开始一个人闷闷不乐,跟谁也不说话,只是自顾自地四处游荡。于是就有了这么一个晚上,原本约好了他要去拜访一户教友的,可是他们在哪儿都找不到他。他们到处寻觅，找遍了也不见他的踪影。后来教会里的文书提议说到小教堂里找找看。所以他们就拿了钥匙，开了小教堂的门，然后就是那个文书和奥罗克神父，还有另一位在场的神父，带了一支蜡烛进去找他……你猜怎么着？他还真在那儿，一个人坐在漆黑的忏悔室里，完全清醒着，却好像在自顾自傻笑，你没想到吧？"

她突然打住话头，好像在聆听什么。我也侧耳倾听，可是屋里什么声响也没有。我知道这会儿那老神父仍然安详地躺在棺材里，正如我们先前所见的那样，在死亡的辉映之下肃穆而狰狞，胸前懒洋洋地捧着一只圣餐杯。

艾丽莎接着往下说：

"完全清醒着，却好像在自顾自傻笑……所以那会儿，当然了，他们就看到了那种情形，他们觉得他是出什么毛病了……"

（米子　译）

遭 遇

是乔·狄龙使我们认识了西部蛮荒之地①。他有一个小型书室，里面净是些旧杂志，比如《米字旗，加油》和《廉价奇观》。每天傍晚放学以后，我们便聚在他家后花园里，摆开印第安人式战阵。他跟他那肥仔老弟——懒汉雷奥——据守马厩的草料棚，我们则迅猛攻打，志在必得；有时大伙儿也会在草地上全力以赴，展开白刃战。可是，我们无论多么勉力征战，从来也不会成为攻城略地抑或驰骋沙场的最后胜者，所有的较量，终归以乔·狄龙跳起凯旋战舞而宣告结束。他父母每天上午八点必去伽德纳街做弥撒，只在家中大厅留下狄龙夫人身上常常散发出来的那股馨香。对我们这些相形之下既年轻又胆小的同学而言，乔·狄龙玩起来真是太疯了。有时他看上去倒是活像个印第安人：在花园里活蹦乱跳，头上戴只旧茶壶罩，边用拳头猛敲马口铁边大声吆喝：

"侠！侠客，侠客，侠客！"

因此，后来听说他谋到了一个神父职位，我们都不敢相信。然而这毕竟是真的。

那时我们当中流行着一股桀骜不驯的风气，在它的影响

---

① 西部蛮荒之地：指美国历史上未曾开拓的西部地区，当地土著居民为印第安人。

下,人和人之间所有文化的差异和脾性的不同,都变得无关痛痒了。我们团结一心,有人出于勇敢,有人出于儿戏,还有人几乎是出于惶惑。我就属于这最后一类,只是因为害怕被当成书呆子或是软骨头,才勉为其难地扮成了印第安人。那些描写蛮荒之地的西部文学作品中述及的冒险事件,其实大大有悖于我的天性,但是至少向我开启了逃避生活、消愁解闷的大门。我更偏爱几部美国侦探小说,是从几个把它们传来传去的又邋遢又漂亮的野丫头那儿得来的。这些小说书实在没什么大不了的,而且其中还有一些文学意味,即便如此,它们在学校里仍然只能秘密流传。一天,巴特勒神父正在让我们背诵那四页《罗马史》,雷奥·狄龙这个笨蛋竟被查出手里有一册《廉价奇观》。

"是这一页还是那一页?什么,是这一页?行了,狄龙,起立!背吧,'天空微露……'开始!'天'什么?'天空微露晓色……'你温习过吗?口袋里是什么?"

雷奥·狄龙交出那册书来,霎时,人人心跳加速,又都力图撑起满脸无辜的表情。巴特勒神父将书随手翻翻,眉头一皱,面露愠色。

"什么乌七八糟的东西?"他厉声说。"《阿柏支酋长》!你不好好学习你的功课《罗马史》,花时间读的就是这个?下次可别让我再在校园里撞见这种无聊玩意儿。写这书的,我敢说,准是某个无聊小文人,专靠搬弄这种东西换些酒钱。真是咄咄怪事,像你这样的小伙子,受过教育,还看这种垃圾,如果你是国立学校的学生，倒也罢了①……好吧，狄龙，我严肃地告诫你，把心思放到学业上，否则……"

课堂上这种一本正经的责难，一度使我那些对于西部的怀想黯然失色；而雷奥·狄龙那张羞赧不安的胖脸，也曾唤醒过我心中的某种良知。但是，放学以后，一旦摆脱了校园的约束力，我就又开始对野性、对逃亡充满了渴望。而这一切，似乎只有那些刊有凌乱记载的杂志能够满足我。后来，晚上的模拟战事，已经变得和学校上午的课程一样令我感到乏味了，因为我想亲身经历真正的冒险。可是我意识到，真的冒险事件，绝不会让留在家中的人们赶上；要想追寻这种经历，只有出国。

暑假临近，我却下了决心，只要能摆脱沉闷的校园生活，哪怕逃一天课也行。我和雷奥·狄龙，还有一个叫马霍尼的男生，三人一起商定了一天的行游计划。靠着节省，我们每人都攒下了六个便士，约好早晨十点在运河桥会合。马霍尼的大姊受托为他写假条，而雷奥·狄龙得让他哥哥去说他病了。我们准备沿着码头路一直走到船坞，然后摆渡，上了岸再走一段，去参观鸽舍。雷奥·狄龙生怕会在外面撞上巴特勒神父或是某个学校里的人，而马霍尼振振有词地反问：巴特勒神父不在学校待着，跑去鸽舍干什么？我们就都释然了。我开始实施计划的第一步，把他们俩的六便士零钱集中起来，与此同时，也让他们看了看我自己的六个便士。出发前夕，我们在做着最后的准备，所有人都莫名地亢

---

① 主人公念的是教会学校，巴特勒神父自视要比国立学校优越。

奋起来,大家握手、笑,然后马霍尼说:

"明天见,哥们儿!"

那天夜里我没睡安稳。因为住得最近,早晨第一个到达桥上的人便是我。我把课本往花园尽头壁炉坑边的草丛中一藏——没人会到那儿去——就匆忙沿着运河堤往前赶路。这是六月的第一个星期,一个阳光和煦的上午。我坐在桥栏上,欣赏着脚下那双轻巧的帆布鞋,前天我忙乎了一个晚上,已经用白黏土把它擦得白白净净;再看看那些温驯的马匹,正把满满一车子上班的人用力拉上山来。林荫道旁高树蔽天,枝叶婆娑,阳光透过树缝斜映在河面上。桥上的花岗岩石块被太阳晒得一点点暖起来,我心中忽然有了一段旋律,开始用手轻拍,为之击节。我是多么快乐。

就这样坐了五到十分钟光景,我看见马霍尼那件灰色的外套慢慢朝我移近。他登上山来,一路笑着,翻过桥栏坐到我身边。我们等人的时候,他就从他鼓胀的夹克衫口袋里掏出他那只弹弓,向我讲解他做了哪些改进。我问他干吗带这个来,他说可以用它来"轰雀儿"①。马霍尼俚语用得溜熟,他把巴特勒神父称作"老笨赛"。我们等了一刻多钟,雷奥·狄龙仍然未现身影。马霍尼终于跃下桥栏,嚷嚷道:

"拉倒吧,我知道胖子不敢来了。"

"那他的六便士……"我说。

"那是违约罚金,被没收啦!"马霍尼说,这样对咱俩更有

---

① 轰雀儿:此即俚语,意指逗女孩子玩。

利：我们就有了一先令六便士而不止一先令[1]了。

我们沿着北滨路一直走到硫酸厂，往右一转上了码头路。周围人一少，马霍尼就扮起了印第安人。他追逐一群衣衫褴褛的姑娘，耀武扬威地舞弄着未装弹子的弹弓。有两个乞丐小子出于仗义，开始向我们掷石块，这时马霍尼提议教训教训他们，我没同意，人家还太小。于是我们继续赶路。小乞丐追在我们身后叫骂："小儿科！小儿科！"准是把我俩当成了新教徒[2]，因为马霍尼面色黝黑，帽上还佩着一枚板球俱乐部的银色徽章。到了熨斗角，我们想展开一场围攻战；想想又作罢，那至少得有三个人才玩得起来。这自然怪罪到了雷奥·狄龙头上，我们对他大肆攻击，以示报复，说他是个胆小鬼，还估算他到了下午三点，会从里安先生那儿领到多少赏钱。

接着我们到了河边。在喧嚣的、两旁砌有石头高墙的街道上穿行，花去我俩不少时间。我们东张西望，看曲柄和引擎运转来去，这令我们极其入迷，一动不动，常常因此而招来御者的高声呵斥——他们赶着载满货物、嘎吱作响的马车，嫌我俩碍手碍脚。到达码头的时候已是正午，看上去似乎所有工人都在吃午餐，我们也买了两只提子面包，在河边的一根金属管子上一坐就吃将起来。都柏林的繁忙景象真令人赏心悦目——驳船从老远的地方发来信号，喷吐着羊毛似的烟圈；棕色的渔船列队停靠在林森村旁；而对岸，那艘巨大的白帆船正在忙着卸货。马霍尼

---

[1] 英国旧币单位，十二便士为一先令。
[2] 爱尔兰有天主教信仰传统，人们排斥新教徒。

说，要是我们能搭上一艘那样大的船出海，才真叫过瘾呢。就连我也盯着那些高耸的桅杆，一边看一边想象，地理课上老师灌输的那点少得可怜的知识，竟渐渐在我眼前现出了栩栩如生的本来面目。学校和家庭似已杳然自去，它们所能施加的影响也好像减弱了。

我们乘船横渡丽妃河①，预先付清了船费。同船的还有两个码头工人和一个背着书包的犹太小孩。短暂的航途中，我俩一脸严肃，煞有介事，可是一旦四目相对，便会忍不住笑起来。上岸时看到了那条正在卸货的优雅的三桅船，就是我们早先在对岸就已注意到的那条。旁边有人说这是一条挪威船。我便踅到船尾，想弄明白船上神奇的异国风情，却无甚收获，只好转回来仔细打量那些外国水手，看看他们当中有没有人长着绿眼睛，这都是由于我有着某种淆乱不清的概念……这些水手的眼睛蓝的蓝，灰的灰，黑的黑（少许），唯一称得上是绿眼睛的水手是个高个儿，他取悦于人的招数是在码头上大喊大叫，兴高采烈，一有木板卸落下来他就招呼：

"好咧！好咧！"

我俩看累了眼前的场景，慢慢朝林森村踱过去。天气愈发溽热了。杂货店的橱窗里陈列着霉迹斑斑的点心，我们买了一些新鲜的，又买了巧克力，一路走一路嚼，嘴巴一直没闲着。经过的街道污秽不堪，渔民们就把家安在这里。因为找不到牛奶站，我

---

① 丽妃河：爱尔兰语即"生命之河"，流经都柏林市区的一条河，景色幽美。

们就走进一家路边食档，每人买了一瓶覆盆子柠檬汁。有这东西提神，马霍尼又来劲儿了，他去追一只猫，想把它逼到一条巷子里去。可是猫不理他的茬儿，自顾自窜进了一片开阔地。我们一下子都觉得倦乏极了，因此，一走到那片野地里，立刻在田垄间找了一处斜土埂歇了下来，从那儿可以看到多德河。

天色已经不早了，我们太过疲乏，没法再按计划去游览鸽舍，得赶在下午四点以前到家，以免被人发现我们的这一番历险。马霍尼不无懊悔地盯着他的弹弓发呆，我见势赶紧提议乘火车快快回家，他脸上这才有了些悦色。太阳跌落到云堆后面去了，剩下孤零零的我们，思绪如此倦怠，食物渐显匮乏。

此刻，除了我俩，野地里阒无人迹。我们躺在斜坡上默不作声，这样过了有一会儿工夫，我看见有人远远地从野地尽头踅过来。我一边懒洋洋地瞅他，一边嚼着一种女孩子用来算命的绿茎。这人沿坡而上，悠游迟缓，一手叉腰，一手执杖，那手杖随着步履的前行一路轻击着草地。他穿戴寒酸，着一身绿不绿、黑不黑的套装，戴一顶我们通常称之为便壶帽的高冠帽子。他似乎已有相当年纪，连唇上的短髭都已呈现出灰白色。从我们身边经过的时候，他飞快地瞥了我俩一眼，然后继续走他的路。我们目送他，他走出大概有五十步远吧，一转身，开始顺原路返回，朝我们这边慢慢踱过来，一路以杖点地，击节不已。他走得如此之慢，以至于我都以为他是在草地上找寻什么遗漏的东西。

他来到我们身边，停下脚步，先跟我们打招呼。大家于是互道日安，他便挨着我们在斜坡上慢条斯理而小心翼翼地坐下。谈话从天气开始，他声称这个夏天会很炎热，末了又加上一句，说是天气已经和他小时候不一样了——他做小孩，那还是很久以前的事。他说人一生中最快活的时光莫过于学生时代，如果能使昔日重来，青春重现，不管花多大代价他都无所顾惜。他就此抒发着胸臆，我们却不以为然，一直沉默着不说话。然后他谈起了学校和书本，问我们是否读过托马斯·穆尔[①]的诗，还有沃尔特·司各特[②]和李顿勋爵[③]的作品。我佯装读过他所提到的每一本书，于是他下了结论：

"啊，看得出你是个书虫，就跟我似的。对了，"他指着马霍尼再作补充，其时那小子正大睁着眼睛注视着我们，"他不同，他好动。"

他说他家中藏有沃尔特·司各特爵士和李顿勋爵两人的所有著作，声称读他们的东西永远也不会感到腻味。"当然啦，"他说，"李顿勋爵的有些作品，小孩子是读不了的。"马霍尼便问小孩子为什么读不了，他这一问问得我心惊肉跳，我是担心面前这人把我看得和马霍尼一样蠢。不过，这人只是微微一笑，正是这一笑让我发现了他嘴里黄牙间宽大的缝隙。接下来他问我俩谁的女朋友最多。马霍尼轻描淡写地先说他有三个。那人又问我有几个。我说我一个也没有。他不相信，硬说他敢保证我肯定有一个。我便默然。

[①] 托马斯·穆尔（1779—1852），爱尔兰诗人。
[②] 沃尔特·司各特（1771—1832），苏格兰诗人及小说家。
[③] 李顿勋爵（1803—1873），英国小说家及剧作家。

"跟我们说说，"马霍尼粗蛮无礼又带几分淘气地对那人说，"你自己呢，有几个？"

那人笑了笑说，他在我们这个年纪，有过许许多多的女朋友。

"每个男孩，"他说，"都必定有一个小恋人。"

他在这个话题上的姿态深深触动了我，如此奇异的豁达大度，在他们那个年龄段的男人中间是十分少见的。我打心眼里认为，他那些有关男孩和恋人的论调都站得住脚，可我不喜欢他那种口吻，纳闷他为什么哆嗦了一两回，好像是惧怕什么，或是突如其来感到一阵寒意似的。他说话的时候，我注意到他口音很纯正。接着他跟我们谈论起姑娘来，说她们的头发是多么柔亮，双手又是何等绵软，还说其实所有的小妞并不像表面上看上去那么美妙，云云。他说什么事也比不上看小妞带劲，他最喜欢盯着年轻漂亮的姑娘看，看她曼妙的素手、亮丽的柔发。他给我一种印象，那就是他正在反复念叨一些用心背下来的话语，或是由于被自己言语中的某些词汇深深迷醉，思绪正在同一个轨道上慢条斯理地兜圈子。有时候他似乎是点到即止，好像那是人人知晓的不争事实，间或地，他又压低嗓门，神秘兮兮，就像是在告诉我们某种他并不希望别人从旁听到的秘密。他重来复去，啰里巴唆，措辞单一，腔调乏味。我早已转移了视线，这会儿一边凝视着坡脚，一边半心半意听他说话。

这样过了许久，他的长篇大论终于打住。他慢腾腾站起来，说是有事得离开我们一小会儿，就几分钟时间。我不用变换自己原来的视线,就见他从我们这儿缓缓走开去,朝着野地尽头的方向。他已经走了,我俩静默无声。只安静了几分钟,就听马霍尼嚷嚷起来:

"喂喂!快看,他都在干些什么呀!"

见我不搭理他,而且连眼睛都不抬一下,马霍尼又喊起来:

"我是说……他可真是个怪老头啊!"

"要是待会儿他问起咱俩的名字,"我说,"你就叫'摩菲'好了,我来当'史密斯'。"

我们再也没跟对方说话。我正在琢磨自己到底该不该拔腿走人,那人就回来了,又挨着我们坐下。还没等他坐稳当,马霍尼忽然一眼看见了先前从他身边逃走的那只猫,他一跃而起,追着那只猫跑到野地那边去了。那人和我在一旁冷眼看着这场逐猎。猫再次逃脱,马霍尼朝它刚刚攀越而过的那堵墙狠命扔起了石块。好不容易才歇手,他又在野地尽头溜达起来,一派漫无目的的自在相。

隔了一会儿,那人又开始跟我说话,评说我的朋友是个野小子,又问他在学校是不是常挨鞭子。我心生恼意,想争辩说我们才不是国立学校的学生呢,只有那儿的学生才像他说的那样常吃鞭子。可是我没有说出口,而是继续保持着沉默。他便跟我谈起了用鞭子责罚学生这个话题,思绪好像再次被自己的言语魇住,开始围绕这个新的中心一遍又一遍慢悠悠地兜圈子。他说男孩子要都学马霍尼那个样,就得统统用鞭子抽,狠狠地抽;对于一个粗野而不守规矩的男孩来说,除了一顿痛痛快快的鞭刑,再没有什么能够给他留下最好的教训。笞手心不管用，掴耳光不管用，他需要的是一顿肿胀透实的鞭刑。我对这个观点感到极为吃惊，颇不情愿地朝他那张脸瞥了一眼。这一瞥不打紧，让我见着一双深绿色的眼睛，正从急剧抽搐的前额下面窥视着我。我重新移开视线。

那人继续宣讲他的长篇独白，似乎把他先前的宽宏大量忘得一干二净。声称一旦让他发现某个男孩和姑娘们交往甚或谈情说爱，他就会用鞭子抽他，再抽他，反反复复地抽，教会他吸取教训，不再跟姑娘们饶舌。如果一个男生和姑娘谈上了恋爱，又为此编造谎言，矢口否认，那么他就会给他一顿臭揍，那将是一顿世上从未有人领教过的鞭刑。他说世界上再没有任何事能让他如此热衷的了，他向我仔细描述他将如何鞭打这种男生，就好像他正在诠释的不是一顿再简单不过的鞭刑，而是某种复杂玄妙的奥理似的。他说，他会热衷于此的，比对世上的任何事情还要着迷；而他的声音，那一度引我洞悉玄义奥理的单调的声音，忽然有了改变，变得几乎可以说是亲切起来，好像要试图说服我，使我相信我应该理解他所说的一切。

我一直等到他的长篇大论再一次打住，然后突然站起来，以免泄露自己心头渐积的焦虑，为此，刚才我磨蹭了好一会儿，一直装作在用心地整理一只鞋子。可是现在，我站起来就说，我得走了，我向他道日安，我镇静地迈上斜坡，可是心却和着恐惧加快律动，我怕，怕他会来抓我，捉住我的脚踝。一上到坡顶我立即转身，我的视野里不要有他，我狂喊，声音高亢，回荡四野：

"摩菲!"

　　我的话音里有一种强打精神装出来的勇敢,我真为自己微不足道的伎俩感到惭愧。在"摩菲"看见我并且吆喝着作答之前,我不得不再一次呼唤这个名字。当他从野地那边奔过来时,我的心跳得多么厉害!他奔跑着,好似雪里送炭。我追悔莫及,为我深心里曾经那么持久地对他怀着的轻视。

(米子　译)

阿拉比

里士满北街是一条死胡同，这儿一向静寂，只在基督兄弟会①学校的男生们放学时才是个例外。胡同紧里头矗立着一幢楼房，楼高两层，无人居住，和旁边一块方地上的邻屋相阻隔着。街上别的房子，各自都很有些体面的住户似的，以镇定自若的棕色脸孔互相对视着。

我家先前的房客是个教士，他就死在后面那间客厅里。透着霉味的空气，从长期关闭的屋子里散发出来，在所有房间里窜来窜去。厨房后面那间废弃的屋子，七零八落地四散着老旧的废纸。我从中找到几本书页已经翻卷泛潮的平装书：沃尔特·司各特写的《修道院院长》，还有《虔诚的领圣餐者》和《弗多克回忆录》。我最喜欢最后一本，就因为它的书页已经变黄。屋后的荒园中央有一株苹果树，周围蔓生着灌木丛，我在一丛灌木下面发现一只生锈的自行车打气筒，那是死去的房客留下来的。那教士生前仁慈慷慨，已经在遗嘱里把他所有的银钱全部捐献给了教会，屋里的家具，则留给他妹妹。

冬日昼短，晚饭还没吃完，黄昏便来临了。等大伙儿在街上聚齐，家家的房子已经变得暗晦不明。而头顶的夜空，则呈现一

---

① 基督兄弟会：一六八四年创立的一个宗教团体，其宗旨为教育贫民，所办学校的经费募自民间。

片变幻不定的紫罗兰色，衬着它，街灯托举出微弱的光晕。寒气袭人，我们一直要玩到周身发热，大伙儿吵吵嚷嚷的声音在静寂的街心回旋。游冶过程中，我们穿过屋后条条黑暗而泥泞的小巷，在那儿遭到棚户区一伙野孩子的夹道狙击；大伙儿跑到一家家黑暗潮湿的花园后门口，那儿的一个个炉坑每每腾起阵阵难闻的气味；我们又来到黑黢黢、臭烘烘的马房中，看见马夫在那儿给马梳理鬃毛，不时地抖动一下扣好的马具，发出悦耳的声音。待到转回街上，从家家户户厨房窗口透出的灯光已经把这一带照亮。这时只要有人发现我叔叔正好转过街角，一伙人就都避到暗影里去，直至看见他确实进了家才放心。要么就是曼根的姐姐会到门口来唤她弟弟回去用茶点，我们便在暗影里盯着她看，看她对着大街凝神张望的样子。我们倒是要看看，如果喊不到人，她是继续留在门口呢，还是会进屋去。如果她待着不走，我们就从藏身的暗处走出来，乖乖朝曼根家台阶踅过去。她等着我们，从半开半闭的门里射出的光线勾勒出她的身形。她弟弟在就范之前，总要先拿她寻一番开心。我则倚靠着栅栏看她，她一走动便裙裾生风，柔软的发辫也左右荡动。

　　每天清晨，我都要伏在前厅地板上窥视她的房门。我这边百叶窗是拉好了的，只留下不到一英寸宽的缝隙，她看不到我。她一走到门阶处，我的心就狂跳起来。我跑到门厅，抓起课本，紧跟出去。我的视线一直逮牢她穿褐色衣裙的身影，只是快临近她和我分道而行的路口时，我才加快步伐，从她身边超过去。一天又一天，每天早晨都是这个情形。除了偶尔招呼一声，我从来不跟她搭话。可是每每听到她的名字，我却好似听到召唤，周身热血沸腾。即便在与浪漫最不搭界的种种场合，她的影子也与我常相为伴。每逢星期六晚上，我婶婶常去市场购物，我得去为她拎包。我们穿行在五光十色的大街上，被醉汉和讨价还价的妇人们搡来挤去，身边充斥着各种喧嚣：劳工们在骂骂咧咧；看着几桶猪颊肉的店伙计在高声唠叨；街头歌手带有鼻音的吟唱——他唱的是称颂奥唐诺万·罗沙①的那首《你们都来吧》，要不就是一首讲述我们祖国苦难的民歌。这些噪声使我对生活渐渐萌生出一种单一的感受，好像觉得自己正捧着圣餐杯，从群蛮间安然走过。有时，她的名字会以种种奇异的方式涌到我的唇边，像是祈祷又像是唱赞美诗，连我自己都不明就里。我的双眼时常充盈着泪水（不知何故），每每心潮跌宕起伏，几欲漫溢胸怀。我对未来想得极少，不知道自己往后还会不会去与她说话，如果说了，我又怎么才能向她表明心迹、吐露爱意呢？尽管如此，我的身体仍然好似一架竖琴，她的音容笑貌如同手指，从琴弦上一掠而过。

  一天晚上，我走进教士寿终正寝的那间后客厅。那是个幽暗的雨夜，屋中寂然无声。透过一扇破损的玻璃窗，我倾听着雨水击打地面的音籁，细雨如针，绵绵不绝，浸洗着泥泞的花坛。俯视下方，远处有一支灯火，或是一扇透着光亮的窗户，在闪闪烁烁。我很庆幸我所见无多。所有感官此刻似乎都欲求得隐遁，我

---

① 奥唐诺万·罗沙（1831—1915），爱尔兰政治活动家与作家。

便有些晕晕乎乎，于是一边紧合双手直至手有些发抖，一边不断地喃喃自语："啊，爱情！啊，爱情！"

她终于跟我搭话了。她一开口我的脑子就乱起来，以至于都不知道该说些什么才好。她问我去不去阿拉比①，我竟忘了我当时说的是"去"还是"不去"。那可是一家很大的商场呀，她说，她真想去。

"为什么不去呢？"我说。

她一边说话，一边将腕上的银手镯转过来又转过去。她说她去不了，因为那个星期她们女修道院有一次静修。说话时，她弟弟和另两个男孩正在一旁抢帽子。我独自站在栅栏边，她则挽住一根栏片的尖端，向我微倾着头。对门的灯光勾勒出她颈部光洁的曲线，照亮了搭在颈上的头发，然后流泻下来，辉映出她扶栏的一只素手。光线继续流泻，落在她裙裾的一侧，她就那么安然自若地站着，里边衬裙的白色角边隐约可见。

"你去好了。"她说。

"我要是去了，"我说，"一定给你捎点东西回来。"

从那天晚上开始，我产生了多少难以数计的愚念，浪费了多少白天和黑夜的时光！我多么希望动身前这段冗长乏味的日子赶快到头啊，无论是在夜晚的卧房还是在白天的教室，她的身影总是横在我和我徒劳攻读的书页之间，"阿拉比"这个词的音节穿越灵魂的静谧向我袭来，一种东方式的大喜悦笼罩着我。我要求

---

① 阿拉比：阿拉伯的古名。此处是一家商场的名字，所经营的商品及布置的式样颇具东方特色。

在星期六晚上出门去逛阿拉比商场。婶婶十分惊奇,担心这事跟共济会①有什么干系。而在课堂上,我几乎答不出问题来,只好眼睁睁看着老师的脸由晴转阴。他希望我不要就此懒惰下去。我终日走神,没有丝毫耐心去处理生活中的正经事,觉得它们挡在我和我的渴望之间,对我来说,它们就像是儿戏,丑陋而单调的儿戏。

星期六上午,我提醒叔叔说,晚上我要去商场。他正在衣帽架旁漫不经心地找寻帽刷,爱搭不理地应着:

"好的,孩子,我知道啦。"

由于他正待在过道里,我没法去前厅窗边趴下,因而觉得家里气氛很糟糕,就慢悠悠朝学校踱去。天气阴冷无情,我的心疑虑不安。

回来吃晚饭时,叔叔还没到家。天色尚早。我坐在那儿,盯着钟看了有那么一会儿工夫,等到开始嫌它的"滴答"声扰人心烦,便离开了那间屋子。我登上楼梯,到了楼上。楼上冷寂幽暗的房间全都空空荡荡,使我得以解脱,我一边唱着歌一边到处乱走,从一间屋子窜到另一间屋子。透过前窗向下望去,我看见同伴们正在街上玩耍。听着他们微弱而模糊不清的喧嚷,我把前额倚在冰凉的窗玻璃上,查看她住的那幢黑房子,就这样在那儿站了约莫一小时光景,却什么也没有看见,只有想象勾勒出的那个穿着褐色衣裙的身影,被灯光柔柔地照着,显出颈部的曲线、栅

---

① 共济会:一个国际性的秘密互助团体,反天主教,故招笃信天主教的爱尔兰人反感。

栏上的素手，还有衣裙的角边。

我重新下楼时，看见麦瑟夫人正坐在炉火边上。这位当铺老板的遗孀，是个絮絮叨叨的老妇人，出于某种虚情假意的宗教目的，她专事收集用过的邮票。我不得不忍受着茶桌上的家长里短。晚饭延误了一个多小时，叔叔仍未回来，麦瑟夫人起身要走。她表示抱歉，说不能久等，已经过八点了，她不想在外面逗留得太晚，夜里的风让她受不了。她走后，我开始攥紧拳头，在屋中踱来踱去。婶婶说：

"我的上帝，恐怕你得取消今晚到商场去的打算了。"

九点，叔叔的弹簧锁钥匙在开过道的门。我听见他自言自语，还有衣帽架被他挂上去的大衣压得晃里晃荡的声音，我能听懂这些信号。晚饭吃了一半，我就问他要钱，好去逛商场。他已经全然忘却了这件事。

"这个时候，人家都上床了，睡觉都睡了好一会儿了。"他说。

我笑不起来，婶婶敦促他：

"你就不能给他些钱让他去？实际上，你已经耽误了他太多时间。"

叔叔说真抱歉他忘了这事，又说他相信这句老话："光学习，不玩耍，杰克变成小傻瓜。"他问我想上哪儿去，我跟他说了第二遍，他又问我知不知道《阿拉伯人与骏马的离别》。我走出厨房时，他正要向婶婶背诵那故事的开场白呢。

我手里紧紧攥住一枚两先令的银币，沿着白金汉街大步流星地向车站走去。街上到处有卖东西的小贩充塞着视野,煤气灯发出耀眼的光,令我想起此行的目的。一趟空寂少人的列车上,我在三等车厢找了个座位。列车令人难熬地耽搁了好一阵子,才缓缓驶出了车站,穿过颓然破败的屋区,跨过明灭闪烁的河流。在威斯兰德罗车站,人群朝车厢门口拥来,列车员把他们推开,声称这是一趟驶往商场的特别列车。我独自一人坐在空荡荡的车厢里,几分钟后,列车停在一座临时搭建的木制月台边,我下了车走到街上,看见路边灯光下有一座钟,此时是十点差十分。在我前方耸立着一幢大型建筑物,它彰显着那个魅人的名字。

  我找不到任何只需花六便士就能进去的入口,又担心商场怕是要关门了,便倏地溜进一个转门,交了一先令给一位神情倦怠的看门人。之后我发现自己正站在一个大厅里,四周围了一圈半间房高的游廊。几乎所有的摊位都已打烊,大半个厅堂没入了黑暗。我忽生一种阒寂之感,犹如置身于礼拜结束之后的教堂。待小心翼翼地步入商场中心,我发现还有数间未关门的摊档,一些人围在那里。在一块用彩灯饰有"乐声咖啡馆"[①]几个字的帘子前,两个男人正数着一只托盘里的钱。我听着钱币滑落的声音。

  我费劲地想起自己是为什么来的这儿,于是朝一个摊位走过去,端详那儿陈列着的瓷花瓶和印花茶具。在这间摊档的门口,有个女郎正与两位年轻绅士谈笑风生。我听出他们的英国口音,又隐约听到他们之间的谈话:

[①] 原文中该店名为法语。

"噢，我从来没说过这种事。"

"哎，你确实说了。"

"啊，我的确没说。"

"她那样说过吗？"

"说过，我听见她说的。"

"啊，这简直——瞎扯。"

那女郎一看见我，就走过来询问我是不是要买东西。她的语调一点儿也不热情，似乎只是出于责任才这样对我说的。我诚惶诚恐地看了看大厅黑森森的入口处，那儿一边一个立着两个东方哨兵似的大花瓶。我小声说道：

"不了，谢谢。"

那女郎替一只花瓶挪了挪位置，就又回到两个年轻人那里。他们又谈起了先前的话题。有那么一两次，女郎掉过脸来瞥了我两眼。

我在她的摊位前徘徊不去，好像我真的对她的货物很感兴趣似的，虽然我也清楚这样待下去毫无意义。然后，我才慢吞吞走开来，沿着商场的中央小道往前走。我把两个便士扔进口袋，它们落在袋中贮有的一枚六便士钱币上，碰出声响。这时我听到有人在游廊那端喊了一声，灯就熄了。霎时，整个大厅上方漆黑一片。

我抬头凝视着黑暗，看见自己就像是被幻象驱策并愚弄着的玩物。我的双眼因痛苦和愤怒而灼灼燃烧。

（米子　译）

伊芙琳

　　她依窗而坐，看着暮色渐渐侵噬了林荫道。她的头斜倚着窗帘，鼻孔里满是窗帘布上的尘埃味。她累了。

　　行人渐稀。从最后一幢房子里出来的男人踏上了归家的路，她听见他的脚步声一路噼里啪啦响过混凝土人行道，又嘎吱嘎吱踏上了新落成的红屋区前那条煤渣铺就的小道。曾几何时，那儿还是块地，他们每天晚上都和人家的孩子在那儿玩耍。后来，一个从贝尔法斯特①来的人买下了那块地，在上面建起了房子——和他们这儿的棕色小屋完全两样的、有着明瓦的亮堂砖房。过去，街坊邻里的孩子们常在那片空地上玩，迪万家的、沃特家的、邓恩家的，还有小瘸子基奥、她和她的兄弟姐妹。不过，厄尼斯特从来不玩，他少年老成，那时已经有些早熟。她父亲常常携着一根刺李木拐杖赶来，将他们逐出野地。但也常有小基奥负责望风，一见她爸来，便狂呼示警。即便如此，那时他们似乎还是相当快活的：父亲脾气还没这么糟，而且，母亲也还健在。那是很久以前的事了。现在，她和她的兄弟姐妹都已长大，妈妈却过世了。蒂西、邓恩也死了，沃特一家回了英格兰。物换星移，眼下，她也要步他们的后尘，辞别家乡了。

---

① 贝尔法斯特：北爱尔兰首府。

家呀！她环顾四周，屋中所有熟悉的器物历历在目，多年来，她每周为它们拂拭一遍灰尘，纳闷这么多尘埃到底从哪儿来的。也许，她再也见不着这些旧物了，她做梦都想不到会有这么一天。而且，在那么多年漫长的时间里，她竟然从未弄清过那位教士的名字，他的照片就挂在破损的簧片风琴上方的墙上，已经泛黄了，旁边还有一张向圣女玛格丽特·玛丽·阿尔柯克①许愿的彩色画片。教士大概是父亲的一位校友，家里一有客人，父亲就要把照片指给人家看，往往还漫不经心地添上一句：

"他现在在墨尔本②。"

她已经答应出走，就要离开家了。那样做明智吗？她努力从方方面面掂量这个问题。在家里，无论如何，她还不愁吃住，她还有亲友，大家相互知根知底。当然，她也得拼命劳作，家里、店里都一样。等到世人发觉她跟一个汉子私奔了，他们会怎么议论她？可能会说她是个傻瓜；至于她空出来的位置嘛，也许会登出广告，招人来补缺。盖文小姐这下该称心了。平时，她总是爱占她的上风，特别是当旁边有人的时候：

"希尔小姐，你难道没看见女士们都在等着吗？"

"打起精神来，希尔小姐，拜托啦！"

离开这间店，她是不会伤心流泪的。

当然，在她的新家，在那未知的远方，情形肯定就不同了。

---

① 玛格丽特·玛丽·阿尔柯克（1647—1690），法国修女。
② 墨尔本：澳大利亚南部重要港口城市。

那时她会结婚——她,伊芙琳。那么人们就会尊重她,她将不会再有母亲那样的遭遇。哪怕是现在,她都已经过了十九岁,还能时时感觉到父亲暴力的威胁。她明白正是这种感觉,让自己成天提心吊胆。儿女成长的过程中,父亲时常体罚哈里和厄尼斯特,却从不招惹伊芙琳,因为她是女孩子;但是最近,他开始吓唬她,说什么要不是看在她死去的母亲分上,他一定要给她点厉害尝尝。现在,没有任何人来保护她了。厄尼斯特死了,而在教堂装饰行当谋生的哈里,又常常奔走于乡间。此外,每个星期六晚上,围绕钱,总有一场雷打不动的口角,这已经令她厌倦得有些难以言述了。她总是把自己挣来的薪水——七个先令——分文不少地交出来,哈里也尽可能地寄些钱来,但麻烦的是向父亲要钱。他说她一贯乱花钱,又数落她没头脑,表示不想把自己辛辛苦苦挣到的钱交给她,让她随随便便扔到大街上,还啰里啰唆说了很多,反正星期六晚上,他脾气往往坏得没治。最后,他会把钱给她,再问她是否有这打算——为星期天的晚餐准备点什么。她只好尽快奔出去,去采购。她在人群中挤来挤去,手里紧紧攥住自己那只黑皮夹子;等到负载着沉甸甸的食品回到家时,已是深夜。她拼命干活的目的,是为了把这个家拢到一起,也为照看母亲托付下来的两个年幼弟妹,她得让他们按时上学、按时吃饭。这可真是辛劳的营生——艰难的生活——可是现在,临别之际,对于生活中的如许不如意,她反而觉察不出来了。

她就要和弗兰克去开辟另一种生活了。弗兰克人很好,开朗，有男人味。她将乘夜班船和他一道私奔，去做他的妻子，到布宜诺斯艾利斯①和他生活在一起，他在那儿经营了一个家，等着她。她还记得，他们的初次相逢有多么美好。他那时寄宿在大街上一户人家里，那一带她经常光顾。似乎是几星期以前，他站在大门口，倒戴着遮檐帽，头发乱蓬蓬地往前奔拉在古铜色的面孔上。他们就此相识。那时，他每天晚上都要到店外去接她，再送她回家。他还带她去看《波希米亚女郎》。和他一起坐在剧院里，她真是高兴极了；他俩坐的是雅座，她还有些不习惯。他酷爱音乐，还能哼上几句。人们都知道他俩在谈情说爱。每当他唱起那首少女爱上水手的歌，她就会意乱情迷。他常开玩笑，把她唤作"小疙瘩"。起初，身边有个男伴，令她备感新鲜，后来，她就喜欢上了他。他知道许多遥远国度的故事。他曾在阿兰航运公司的一艘驶往加拿大的轮船上做过舱面水手，月薪一英镑。他跟她说，自己先后在哪几艘船上待过，干过哪些活。他曾随船穿越麦哲伦海峡②，能给她讲述那儿可怕的巴塔哥尼亚人的故事。他说他后来在布宜诺斯艾利斯交了好运，这次回祖国，是专为度假来的。自然，父亲看出了他俩的蹊跷，不许她再搭理弗兰克了。

"我知道这些水手都是什么东西。"父亲说。

有一天，他跟弗兰克吵了一架，从那以后，她只好私下去会她的情人了。

---

① 布宜诺斯艾利斯：阿根廷首都。
② 麦哲伦海峡：位于南美大陆最南端的海峡。

夜幕笼罩了林荫道。她膝上放着的两只白信封逐渐模糊了字迹。一封是写给哈里的，另一封给父亲。她最偏爱厄尼斯特，但也喜欢哈里。她注意到父亲近来一天天见老了；他会想她的。有时他也显得非常之好，不久以前，她身体不适，躺了一天，他给她念了一篇鬼故事，还为她在炉上烤面包片。另有一天，那时母亲还在世，他们全家到豪斯山去野餐。她还记得，父亲戴上了母亲的软帽，逗得孩子们哈哈大笑。

时光流逝，离别在即，但她仍然坐在窗前，将头轻抵着窗帘，嗅着窗帘布上的粉尘味。大街深处传来一阵路边风琴手演奏的乐声，她熟悉这旋律，纳闷它怎么偏拣今天晚上出现，令她想起自己对母亲的承诺：答应要尽力拢住这个家。她还记得母亲临终最后一夜，她也是在过道那边紧闭的黑屋子里，听到过外面传来的一支哀怨的意大利乐曲。那风琴手当时被勒令走开，父亲为此给了他六便士。记得父亲昂首阔步地走回病房，骂出声来：

"该死的意大利佬，跑这儿来了！"

沉思中，母亲凄惨的一生浮现在眼前，令她直感触目惊心。作为平凡生活的牺牲品，母亲的生命在疯病中宣告结束。此时此刻，伊芙琳浑身打战，仿佛又听见母亲不断狂言乱语的声音：

"我亲爱的小心肝！小心肝！"

她凛然一惊，一跃而起。逃吧！她必须逃离！弗兰克会要她的，他会给她新的生活，也许，还有爱情。是的，她要享受人生，为什么她就不可以开开心心的呢？她有追求幸福的权利。弗兰克会拥她入怀，把她搂得紧紧的。他会救她的。

北墙码头，她站在来回涌动的人群中。他拉着她的手，她知道他在跟她说话，一遍又一遍地絮叨着跟此行有关的一些事。

码头上到处是背着棕色行囊的士兵。透过几扇有遮檐的宽门，她一眼瞥见轮船乌黑的船身，亮着舷窗的轮船正停靠在码头墙边。她一声不吭，只觉得面颊既苍白又冰冷，心中泛起一缕迷乱的哀愁。她祈祷，希望上帝会佑护她，并为她指点迷津。轮船在雾霭中鸣出一声绵长而凄越的笛响。这一走，明天，她就已经和弗兰克一起，待在驶往布宜诺斯艾利斯的海途中了。连旅行的船票都已订好。他为她做了这么多，她还能反悔吗？痛苦带给她一阵翻肠倒胃的眩晕。她翕动嘴唇，默默但热烈地祷告上天。

铃声叮当，惊心动魄。她发觉他抓着自己的手。

"来吧！"

仿佛全世界的海浪都涌上了她的心头。他正要把她拉下海去；他会淹死她的。她两只手牢牢抓住铁栏杆。

"来呀！"

不！不！不！这绝不可能。狂乱中，她一双手把栏杆抓得更紧了。她凄厉地尖叫一声，声音划过海面。

"伊芙琳！伊薇[①]！"

他穿过障碍冲将过来，向她呼唤，让她跟上。别人嚷嚷着让

[①] 伊薇是伊芙琳的昵称。

他快走,可他不管,还在朝她直唤。她显露给他的是一张白皙的脸,懈怠地,像一只无助的动物。他从她眼中,已经看不到一丝爱意、半点别情,仿佛她与他形同陌路。

(米子 译)

赛　后

汽车像子弹一样掠过纳亚斯大道，直奔都柏林。在英契科山顶上，游客们三五成群地聚集在一起，观看汽车匆匆返归故里。欧洲大陆通过这条贫瘠的路线，聚敛了自己的产业和财富。人群不时地发出阵阵欢呼声，为心怀感激的落后者鼓劲，不过他们同情的其实是那些蓝色的汽车——那些法国朋友的汽车。

那些法国人其实已经胜券在握，他们的车队跑完了全程，排在第二名和第三名的位置上。排名第一的那辆德国车的车手，据说是位比利时人。因此每当一辆蓝色的汽车奔上山顶，都备受欢呼，而每一阵欢呼又都赢来了车手们的点头和微笑。在其中一辆漂亮的汽车里，坐着四个年轻人，他们此刻那副兴高采烈的样子，远远超过了为法国人的胜利而高兴，他们简直就像是在狂欢。他们四人是车主夏尔·塞果因，加拿大出生的年轻电工安德烈·利维埃尔，个头高大的匈牙利人维罗纳，还有一位衣冠楚楚的小伙子多伊尔。塞果因很快活，因为他先前出乎意料地接到了一批订货单（他即将在巴黎开设一家车行）；利维埃尔很快活，因为他被指定出任那家车行的经理。这两个年轻人这么快活（他们是表兄弟），还因为法国车队获得了胜利[①]。维罗纳也很快活，

[①] 塞果因和利维埃尔是法国人。

因为他得以饱饱地吃了一顿,况且他天生就是一个乐观的人。那第四个人呢,则过于激动,快活得不知如何才好。

他[1]年约二十六岁,长着一脸柔软的浅棕色胡髭和一双天真无邪的灰色眼睛。他父亲早年是一位激进的民族主义者[2],但很早就改变了观点,后来在王城卖肉,又在都柏林城内城外开店铺,赚了不少钱。他运气还不错,得到警察的某些照顾,最后变得阔绰起来,成为都柏林报界不时提及的大富豪。他把儿子送到英国一所大型天主教学院念书,后来又送他到都柏林大学学法律。可是吉米对学业心不在焉,有一段时间甚至称得上行为放荡。反正他有钱,又有人缘,把时间和兴趣都花在了音乐和汽车上。此后他又被送往剑桥去长见识,在那儿待了一个学期。他父亲表面上教训他,其实打心眼里欣赏他这种无节制的生活,付清了儿子的欠账后,又把他带回了老家。他就是在剑桥遇见塞果因的。他俩刚相识,吉米就发现跟这样一个人相处真是其乐无穷,他见过那么多世面,而且据说还拥有法国几家最大的旅馆。这样的人(连他父亲也同意)虽然算不上是非常可爱的伙伴,但也值得交往。维罗纳也很讨人喜欢——是一位挺出色的钢琴手——只可惜穷了些。

汽车载着欢乐的年轻人快活地往前开。那对表兄弟在前排就座,吉米跟他那位匈牙利朋友坐在后面。维罗纳显然心情愉快,一路上都用深沉的男低音哼着曲子。两个法国人哈哈大笑,不时

---

[1] 即多伊尔,也就是下文提到的吉米。
[2] 指为谋求爱尔兰摆脱英国统治而独立的民族主义团体成员。

地从前座抛过来一些玩笑话，吉米老是得探过身子，去捕捉那些连珠炮似的笑话，他不光要去猜测它们的意思，还得顶着疾劲的风大喊，做出恰当的回答。这可不是一件轻松的事，更何况维罗纳的哼哼唧唧吵死人，还有汽车的嘈杂声。

风驰电掣的运动让人感到兴高采烈，更何况有臭味相投的哥们儿，又有钱，这是让吉米感到兴奋的三个原因。那天他在这伙大陆哥们儿的陪伴下跟很多朋友见了面。在中途停靠站，塞果因介绍他去见了一些法国赛车手，车手那张黧黑的脸露出了一排明亮的白牙，算是对他那种茫然的敬意做出了回答。受到那样的礼遇后，再回到观众的胳臂和笑脸当中，确实是一件愉快的事情，何况还有钱呢——他的确掌握了一大笔钱，也许塞果因并不认为那是一大笔钱，吉米尽管偶尔也会犯一些恶习，但还是继承了父亲谨慎的本性，深知积攒下这么一笔钱是多么不容易。鉴于这种认识，他从不挥霍无度。当年他一时性起花起钱来，也都适可而止，明白那是血汗钱，如今要把自己的一大部分财产都用来投资，那自然就要倍加慎重了。这对于他可不是一件开玩笑的事。

当然这笔投资有利可图，塞果因巧妙地让人产生这样一种印象：他只是看在哥们儿的面上，才把吉米那几个爱尔兰小钱算进了车行的资本里。吉米很佩服父亲做生意的精明头脑，这笔投资起先还是父亲出的主意。做汽车生意可以挣钱，挣大钱，况且塞果因看起来确实财力雄厚。于是吉米每天都坐上了这辆派头十足的汽车。它跑得多顺溜啊，在这乡村道路上真是出尽了风头！这趟旅行犹如一只神奇的手指按住了生命真实的脉搏，使所有的神经振奋,同那奔驰的"蓝色动物"一齐跳动。

他们驾车驶上了贵妇街,街上的交通格外拥挤,到处都响着汽车喇叭声,以及急不可耐的电车司机敲响的铜锣声。快到英格兰银行时,塞果因将车停住,吉米和他的朋友下了车。一小群人聚集在人行道上,对这辆气喘吁吁的汽车表示敬意。他们约定晚上在塞果因的旅馆吃饭,吉米和他那位形影相随的朋友则回家换衣服。汽车缓缓驶往格雷夫顿街,这两个年轻人挤出了围观的人群。他们朝北而行,心中有些失落,头顶上的那一盏盏灯,在夏夜的雾霭中闪出昏黄的光。

吉米的家人把他参加这顿晚宴看成一件大事。他父母反复玩味着那些外国大城市的名称,感到十分惶惑,惶惑中又夹杂着某种骄傲,还有某种渴望。吉米穿戴完毕,看起来也挺帅气,他站在客厅里,最后摆弄了几下领带上的蝴蝶结。他父亲也许从生意人的角度感到了一种满足,要知道儿子身上的那种品性,用钱可是买不来的,因此他对维罗纳格外友善,那种态度表现出了对异国才艺的真正崇敬。不过那位匈牙利人也许并没有注意到主人的这种微妙情感,他正迫不及待地想饱餐一顿呢。

晚餐美味可口,无比美妙。吉米觉得塞果因有很高的品位。晚会上又增加了一位名叫罗斯的英国年轻人,吉米在剑桥时曾经看见过他跟塞果因在一起。小伙子们在一间舒适的屋子里喝酒,屋内被烛形灯照得亮亮堂堂。他们大声说话,无所顾忌,吉米很有想象力,他觉得在那位显得刻板的英国人身旁,那两位法国人显得热情洋溢,举止优雅,他觉得这正是他自己那种优美而得体的风度。他很钦佩主人引导话题的那种机智，五个年轻人各有各的爱好，又个个都是口无遮拦。维罗纳怀着无限敬意，开始对那位略为惊奇的英国人叙说英格兰情歌的种种妙处，并对古老乐器的失传表示惋惜；利维埃尔则一本正经地对吉米讲述法兰西汽车修理工如何如何了不得。那位匈牙利人声若洪钟，声称那些浪漫主义画家笔下的假琵琶是多么荒唐可笑，而塞果因则想方设法将话题引向政治。大家随心所欲，各得其所。吉米深受感染，感到父亲被埋没的热情又在自己心中复活了，他最后使漠然的罗斯也感到了激动。房间里越来越热，塞果因的任务则越来越棘手，因为处理不妥就会有爆发个人冲突的可能。机敏的主人寻机为了博爱举起了酒杯，趁大伙一饮而尽的时候，他有意推开了一扇窗户。

那天夜晚，城市披上了都会的面纱。五个年轻人沿着斯蒂芬公园慢慢往前走，走在飘着芬芳的雾霭里。他们快活地高声嚷嚷，披风在肩膀下飘动。路人都纷纷为他们让道。在格雷夫顿街拐角处，一个矮胖的男人正送两位标致的女士上车，那辆汽车由另一个胖男人驾驶。汽车开走后，那矮胖男人瞥见了这伙人。

"安德烈。"

"法利！"

接下来便是说不完的话，法利是美国人，谁也不清楚他们在谈什么。维罗纳和利维埃尔的嗓门最响，所有的人都非常兴奋。他们爬上一辆车，挤揉在一起，笑得更加厉害。在欢快的钟声中，他们驾车驶过人群，融入温柔的夜色里。到了威斯特兰街，他们又登上火车，吉米觉得才坐了一会儿，就到了王城站。检票

员朝吉米打了个招呼,那是一个老头:

"晚上好啊,先生!"

这是一个宁静的夏夜,港湾像一面黑色的镜子呈现在他们眼前。他们勾肩搭背走向港口,一边还齐声唱着《有个小子叫洛塞》,每唱一句就顿一下脚:

"嗨!嗨!嗨嘿,千真万确①!"

来到船台上,他们登上一只划艇,朝那艘美国游船划去。接着便是吃饭,唱歌,玩牌。维罗纳以不容置疑的口吻喊道:"太美啦!"

船舱里有一架钢琴,维罗纳为法利和利维埃尔弹奏了一支华尔兹,法利扮骑士,利维埃尔扮淑女。然后又是一首即兴方步舞曲,小伙子们各扮各的角色。多快活啊!吉米起劲地跳着,心想他至少明白了什么叫生活。后来法利气喘吁吁地喊道:"别跳啦!"一个男人端进来几样酒菜,年轻人出于礼貌都围坐下来。于是他们以波希米亚方式举起了酒杯,为爱尔兰干杯,为英格兰干杯,为法兰西干杯,为匈牙利干杯,为美利坚合众国干杯。吉米大发了一番议论,滔滔不绝,只要中间稍有停歇,维罗纳就会喊:"听啊!听啊!"他坐下来时,赢来了劈劈啪啪的掌声。一定是讲得很不错啦。法利拍拍他的背,放声大笑。多么快活的哥们儿啊!多么棒的伙伴!

打牌!打牌!桌子被清理干净了。维罗纳悄悄回到钢琴前,

---

① 此句为法语。

为他们演奏即兴曲。其余的小伙子赌了一轮又一轮，一个个沉浸在这种冒险活动中，赌得出神入迷。他们为红桃皇后的健康干杯，又为方块皇后的健康干杯。吉米不由得为缺少看客而感到可惜。因为人人用尽心机，赌注下得非常高，有人开始掏出了钞票。吉米不太清楚谁是赢家，他只知道自己老是输。这只能怪他自己，因为他老是出错牌，旁人只好为他记下欠账。这些人都是些赌鬼，他真希望他们别赌了，因为天色已经很晚了。有人为"纽波特美女号"游船干杯，后来又有人建议最后再来一盘豪赌。

琴声早已停止了，维罗纳大概走上了甲板。这一盘赌得真是吓人，在胜负就要见分晓的时候，他们停下来为运气干杯。吉米知道最后一盘是罗斯与塞果因之间的较量。真是激动人心啊！吉米自己也很激动。当然，他肯定是输家，还不知道自己已经输出去多少钱了呢。小伙子们站了起来，出最后几张牌，又是嚷嚷，又是比画。罗斯赢啦！顿时一片欢呼声，震得船舱一阵摇晃。纸牌被收了起来。接下来他们开始算账收钱。法利和吉米输得最惨。

他知道到了早上，他就会后悔莫及，可是现在他庆幸终于可以休息了，庆幸因浑身的倦意而忘却了自己的愚蠢。他将胳膊支在桌子上，脑袋埋在两手间，数着太阳穴的跳动。舱门打开了，他看见那个匈牙利人站在一道灰暗的光线里：

"天亮了，先生们！"

（沈东子　译）

两玩家

灰暗而暖人的八月黄昏降临了这座城市，温馨的空气和夏日的记忆弥漫着街区。因为是星期天休息日，街上窗门关闭，游动着一群群穿戴漂亮的人。街灯如同闪烁的珠宝，从灯柱的顶端照耀下来，照耀着下面不停变换形状和光色的人群，而那些人则不停地在温暖而灰暗的夜色中窃窃私语。

两个年轻人顺着鲁特兰广场的斜坡走下来，其中一人刚好要结束冗长的独白，另外那个则一脸乐意倾听的样子。他走在路边，不时被同伴粗鲁地挤到马路上。他长得红润而粗壮，头上那顶赛艇帽掀得老高，因为听到那番宏论，从他眼角、嘴角和鼻翼漾出的笑波，一阵阵汇集到脸上，"嘿嘿"的笑声更是不绝于耳，直笑得前仰后合。他那双眼睛闪烁出狡黠而欢快的亮光，不时地瞟向同伴的脸。有那么一两次，他抖了抖像斗牛士一样披在一边肩膀上的浅色雨衣。他的马裤、白色胶底鞋和随意披挂的雨衣，都显示出他的年轻。然而他整个人又因为腰身而显得过胖，头发稀疏而灰白，那张脸呢，一旦笑意逝去，就会露出憔悴。

等到他确信那段宏论已告结束，又轻声笑足了半分钟，然后说：

"哦！……真是太有意思啦！"

他的声音听上去还很有些力度呢。为了加强语气，他又不无调侃地补上一句：

"真是独一无二，举世无双，或者可以说绝无仅有！"

说完他便不再吭声，显得若有所思。在多塞街的一家酒馆里侃了整整一个下午，他的舌头已经有点麻木。多数人都认为列内汉是条寄生虫，尽管担此恶名，他却有足够的机敏和辩才去阻止朋友们联手对付他。他可以无所畏惧地闯进哪间酒吧，参加他们的聚会，机巧地待在一旁，直到被人邀入下一轮碰杯。他是个无所事事的家伙，满脑子故事、歪诗和谜语，而且对任何不敬都视若无睹。谁也不清楚他是怎么活过来的，只是觉得他跟赌马有些关系。

"你在哪儿把她搞上手的，考利？"他问。

考利用舌迅速舔了一圈上唇。

"有天晚上，小子，"他说，"我正沿着贵妇街走，在水塔的大钟下逮着一骚娘们儿，就说了声晚上好。知道吧，我们绕着运河兜了一圈，她告诉我她在布袋街给一户人家当女佣。那天晚上我搂了她，还捏了捏。到了下个星期天，小子，我就约她见了面，一起去多尼布鲁克①，领她钻进了麦田。她告诉我她以前跟过一个卖牛奶的家伙……真不赖呢，小子，她每晚给我送烟，来回的车钱也全由她掏。有天晚上她给我送来两支特棒的雪茄——哦，那才叫棒呢，知道吗，就是老家伙们抽的那种……我担心啊，小子，她是不是想到成家的事了。不过这娘们儿挺鬼的。"

---

① 多尼布鲁克：位于都柏林郊外东南两英里的一个村寨。

"也许她以为你会娶她呢。"列内汉说。

"我跟她说过我没工作,"考利说,"我说过我给'皮姆①'干过。她不知道我叫什么,我不好意思告诉她,可是她还以为我挺有身份的呢,知道吧。"

列内汉又轻声笑起来。

"我可从来也没听说过这么棒的妞,"他说,"太有意思啦。"

听见这样的恭维,考利加大了步伐,他那结实的身体左右摇晃,逼得他的伙伴在小道和马路间拐来拐去。考利乃警察局巡官的公子,身架和步态都酷似其父,走路时手垂两侧,身体挺直,脑袋一晃一晃的。他的脑袋圆而硕大,且油光闪亮,无论什么天气都汗津津的。那顶大圆帽歪戴着,像是从一颗土豆里长出来的另一颗土豆。他总是直视前方,好像在列队行走,若是想瞧瞧身后街上的什么人,就得把整个屁股都掉转过去。眼下他正在城里闲逛,只要哪儿有事情可做,就会有朋友前来劝说他。常常有人看见他与便衣警察比肩而行,谈笑风生。他知道任何事情的内幕,而且喜欢评头论足,发表高论时根本不听对方说些什么。他的话题总离不开自己:他跟谁又说了些什么呀,谁跟他又说了些什么呀,以及他又说了些什么话将事情搞定之类。他复述这一切时,总会按佛罗伦萨人的习惯,把自己名字的第一个字"考"念成"豪"②。

列内汉送给伙伴一支烟。两个年轻人穿过人群时,考利频频

---
① 一家公司名称。
② 指考利说话时很容易像佛罗伦萨人一样,读错字母 h 的发音。

挑逗过路的姑娘,而列内汉则始终盯着被月晕环绕的黯淡的圆月,无限痴迷地注视着灰暗的流云掠过月亮的脸。过了好一会儿,他说:

"哎……告诉我,考利,你有把握得手吧,嗯?"

考利意味深长地闭上一只眼,算是回答。

"她会依你吗?"列内汉疑惑地问,"你可不了解女人。"

"她不会有问题,"考利说,"我知道如何摆布她,小子,她对我百依百顺。"

"那么说你是个情场老手喽,"列内汉说,"而且是那种地道的老手!"

在他那番恭维里面含有一丝嘲弄的意味。为了让自己脸面上过得去,他习惯于将一些嘲弄掺杂进他的奉承里。好在考利的脑瓜没这么聪明。

"玩什么女人都不如玩女佣,"他断言,"记住我的话。"

"那要什么女人都玩过,才敢这么说。"列内汉道。

"起先我喜欢泡小妞,知道吧,"考利诚恳地说,"就是南区的那些小妞。我常常掏钱领着她们坐车上哪儿去,小子,去戏院听音乐会或者看戏,要不就买些巧克力糖果什么的,在她们身上花的钱还真不少啊。"他说,口气很认真,生怕别人不会相信他。不过列内汉却深信不疑,表情严肃地点了点头。

"我懂这一招,"他说,"这是傻瓜的招数。"

"我他妈的好不容易才甩掉她们。"考利说。

"是有点儿傻。"列内汉说。

"不过还是迷上了其中一个。"考利说。

他伸出舌头舔湿了上唇,眼睛因回忆而亮出光泽。这时候列内汉也凝视着月亮苍白的脸盘,好像陷入了沉思。

"她……其实挺好的。"考利说,有些愧意。

沉默一阵后,他又补充说:

"她现在落入黑道了,有天晚上我看见她和两个家伙坐在车里,从伯爵街呼啸而过。"

"我觉得这是你干的好事。"列内汉说。

"在我之前她还跟过别人呢。"考利说,显得很世故。

这次列内汉可不大相信了。他摇了摇头,笑着说:

"你可蒙不了我,考利。"

"老天在上!"考利说,"这可是她自己告诉我的!"

列内汉做了个伤心的手势。

"欺骗朋友,这可是卑鄙的行为。"他说。

两人走过三一学院的护栏时,列内汉跳到马路上望了望钟楼。

"超过二十分钟了。"他说。

"时间足够,"考利道,"她会在那儿的,我总让她等一等。"

列内汉一阵窃笑。

"嘿!考利,你对付女人可真有一手啊。"他说。

"我能看穿她们所有的小诡计。"考利承认。

"不过你跟我说说,"列内汉道,"你真有把握做得到?这可是一件挺棘手的事呢,她们在这种事情上守得挺紧的……

对吧?"

他那双闪亮的小眼睛搜寻着伙伴的脸,想得到肯定的答复。考利摆了摆脑袋,像是要甩掉一只纠缠的小虫,眉头也皱了起来。

"我会搞定的,"他说,"别再跟我提这事,行不行?"

列内汉不再吭声。他可不想惹恼他的伙伴,引来一顿臭骂,说是根本不需要他出什么馊主意。玩点小花招是必要的。不过考利眉头很快又舒展了,他的思绪又换了一种神游的方式。

"她是个正经妞。"他说,一副很欣赏的样子。她确实很正经。

他们沿着拿骚街溜达,然后又拐进了吉尔戴街。在距俱乐部门廊不远的人行道上,站着一个竖琴弹奏者,正朝一小圈听众拨动琴弦。他漫不经心地拨着,不时瞟一眼每位新来者的脸,或者同样漫不经心地瞅瞅天空。他那把竖琴显得同样心不在焉,琴罩脱落在地,那模样就跟听众的眼神和弹拨者的手一样无精打采。那双手一只在低音区弹奏《安静些,哦,摩伊尔》的曲子,另一只则在每组音符过后掠过高音区,听起来深广而丰盈。

两个年轻人一声不响地走在马路上,哀伤的音乐尾随着他们。快走到斯蒂芬公园时,两人横过了马路。灯光、人群和喧嚣的汽车声使他们摆脱了落寞。

"她在那儿!"考利说。

只见一个年轻女子站在休谟街拐角处。她身穿一件蓝色上衣,头戴一顶白色水手帽,立在界石上面,一手撑着一柄遮阳伞。列内汉马上来了兴致。

"我们好好瞧瞧她，考利。"他说。

考利斜眼瞅着他的伙伴，脸上露出一丝不快。

"你也想插上一手？"他问。

"什么话！"列内汉正色道，"我又没叫你引荐，只是想瞧瞧她而已。我又不会吃了她。"

"噢……瞧瞧她？"考利说，口气也变得温和了些，"行啊……你就照我说的去做。我过去跟她搭话，你就从旁边走过去。"

"行！"列内汉说。

考利的一条腿已经跨过护栏，这时列内汉又叫住了他：

"那以后呢？我们在哪儿见？"

"十点半。"考利答道，另一条腿也越了过去。

"在哪儿？"

"默琳街拐角，我们会转回来的。"

"那就去好好干吧。"列内汉挥手告别。

考利没有答话。他慢慢悠悠地穿过马路，摇头晃脑的样子。他那魁伟的身躯、自如的步态和铿锵有力的脚步声，无不显示出征服者的气派。他走近那年轻女子，也不寒暄，立刻就攀谈起来。她手中那柄遮阳伞舞得更快了，脚跟转来转去。有那么一两次，他凑近她说话时，她笑得低下了头。

列内汉注视了他们有好几分钟，随后他沿着护栏快步走了一段路，再斜穿过马路。快走到休谟街拐角时，他闻到一股浓郁的香味，赶紧看了一眼那年轻女人。她穿了一身星期天华装，一条黑皮带将藏青哔叽裙束在腰间，皮带上一枚硕大的银纽似乎恰好扣在她身体中央，如一枚别针别住了她那件质料轻巧的白色上衣。她套了一件镶着珍珠母纽扣的黑色短夹克衫，还披了一条略显陈旧的黑色毛皮围巾。围巾的两端被有意松开了，露出一大束别在胸前的红玫瑰。列内汉用一种赞赏的目光注视着她那结实的躯体。她的脸庞，红润而丰腴的面颊，还有毫无羞色的碧眼，全都焕发出一种坦荡和粗犷，整个人显得不拘小节。她长着两只大鼻孔和一张大嘴，每逢抛媚眼时那嘴便咧开，露出两颗凸出的门牙。列内汉从旁边走过时，摘下了帽子，过了大约几秒钟，考利也向他致以回礼。他漫不经心地挥了挥手，又挪了挪帽子。

　　列内汉一直走到谢尔班酒店才停下来等着。等了好一会儿后，他才看见他们朝他走来，待到他们往右边拐，他便尾随上去，踏着那双白鞋轻巧地走着，一直沿着默琳广场的一侧走。他和着他们行走的节奏不紧不慢地走着，看见考利的脑袋像转轴上的一只大球，老是转向那年轻女子的脸。他一直把那一对儿拢在视野里，直到他们登上多尼布鲁克电车的阶梯。这时候他才转过身，顺原路往回走。

　　此时他孤身一人，看上去面容憔悴，别人的欢乐似乎也已弃他而去。走到杜克草坪前的护栏时，他伸出一只手拶着护栏走。竖琴弹奏者制造出来的那种氛围，似乎又笼罩了他的心头。他的脚轻柔地踩着节拍，而手指也伴随着每一组音符，一路慵懒地敲打着护栏。

他漫无目的地绕着斯蒂芬公园走着，随后便拐进了格雷夫顿街。尽管他在穿过人群时长了不少见识，可是心情并不好，既不屑于理睬那些企图取悦他的东西，也不想搭理那些鼓励他大胆些的目光。他知道他得胡说八道，话语滔滔，而他的脑瓜和口舌都已干涸，无法胜任这种工作。如何排遣与考利重聚前的这段时光，这个问题让他有点儿心烦。除了不停地走动，他想不出有什么别的方法。走到鲁特兰广场的拐角时，他转向了左边，感到置身于阴暗而宁静的街区里，自己会更自在些，那种氛围也比较符合他的心境。走到一间简陋的店铺橱窗前时，他终于停了下来，橱窗上方写着"爽心酒吧"几个白字，橱窗玻璃上则有两行草体"姜汁啤酒，姜汁麦酒"，里面的一只蓝色大盘里陈放着一块切开的火腿，火腿旁则有一碟非常非常薄的葡萄干布丁。他专注地望着这些食物，望了好一会儿，随后溜了一眼马路前后，便快步钻进了酒吧。

他可是饿坏了，因为除了问两位吝啬的助理技师要来的几块饼干，从早餐到现在，他都没吃过任何东西。他在一张未铺台布的木桌前坐下，面对两名女招待和一名修理工。一个脏兮兮的姑娘走过来侍候他。

"青豆多少钱一盘？"他问。

"一个半便士，先生。"姑娘说。

"来一盘青豆，"他说，"一瓶姜汁啤酒。"

他说话粗鲁，想以此掩饰自己的斯文气，因为他一进来，别人就停止了说话。他的脸颊滚烫，为了显得自然些，他把帽子往后推了推，又把手肘支在桌子上。那修理工和两名女招待上下打量了他一遍，随后便压低了说话的声音。那姑娘给他端来了一盘热乎乎的青豆，上面调了些胡椒粉和醋，同时端来的还有一把叉子和他的姜汁啤酒。他狼吞虎咽地吃起来，感觉味道真是好极了，便暗暗记下了店名。吃完了所有的青豆，他便慢啜姜汁啤酒，坐在那儿遥想考利所冒的风险。

他想象那对恋人正走在幽暗的马路上，听见考利正用低沉的嗓音大献殷勤，又看见那年轻女人正咧嘴抛着媚眼。这种幻象使他倍感自己穷困潦倒，一文不名。对于流浪，对于扯谎，还有各种骗术和阴谋，他都已深为厌恶，到十一月他就满三十一岁了，莫非他就永远也找不到一份好工作？莫非他永远都不会有一个自己的家？他心想，要是有一堆暖火挨坐着，有一顿美味大嚼着，那该多么惬意。他与各种玩伴和各种女孩一同闲逛过的马路够长了。他知道那些玩伴值几个钱，对女人的价值也很清楚。他的心因为阅历而痛苦，对这世界充满了抵触。然而希望并没有离他远去，吃饱后的感觉要比吃饱前好得多，少了许多烦恼，也少了许多空虚。要是碰上那种心地单纯而又备好了嫁妆的姑娘，他兴许还可以在哪个暖和的角落里安顿下来，并且过上快乐的日子。

他给了那脏姑娘两个半便士，走出酒吧又开始溜达。他走进凯珀街，朝着市政厅一直往前走，随后又拐入贵妇街。在乔治街拐角他碰上了两个朋友，便停脚攀谈起来，很高兴可以停下来歇会儿。朋友们问他是否见到过考利，近况如何。他说他一整天都跟考利在一起。朋友们说话不多，百无聊赖地望着人群中的什么人，不时尖刻地议论几句。其中一人说他刚才还在莫兰西街见到过麦克，听到这话，列内汉便说昨晚他在伊根酒吧还与麦克待在一起。在莫兰西街见着麦克的那个年轻人问，麦克真的玩撞球赚了一把吗？列内汉并不知道，他只是说霍洛汉在伊根酒吧请他们喝了几杯。

十点差一刻左右他与朋友们分手，拐上了乔治街。走到城市商场时，他左拐进入格雷夫顿街。成群结队的青年男女已经变得稀稀落落，他一路上都听见一伙伙的人和一对对的人互道晚安。他走到外科医学院的钟楼时，刚好敲响十点钟。他沿斯蒂芬公园北侧快步前行，生怕考利回来得太早。赶到默琳街拐角时，他在一盏街灯的阴影里站了下来，掏出并点着了一支省着没抽的香烟。他倚着灯柱，注视着他认为考利和那年轻女子会转回来的那个方向。

他的思绪又变得活跃起来，心想不知考利干得是否顺手。他想不知道他是否已提出要求，或者要等到最后一刻才这样做。他为伙伴身处的种种艰险而担惊受怕，就好像那些艰险也属于他自己。不过一想起考利那深思熟虑的头脑，他又多少有些安慰：他相信考利肯定会顺利得手。他忽然有一种念头，觉得考利或许会打另一条路送她回家，而把他忘在这里。他搜寻着马路，却不见他们的身影。自从他在外科医学院看过钟后，肯定又过去半小时了。莫非考利会干出这等事？他点着最后一支烟，神情紧张地抽起来，专注地盯着每辆在广场远端停靠的电车。他们肯定从另一条路回家去了。他搓碎烟蒂，骂了一句什么，把烟蒂掷向马路中央。

忽然他看见他们朝他走来。他快活得浑身发抖，连忙紧贴灯柱，想从他们的步态中看出什么结果来。他们走得很快，年轻女子迈着急速的碎步，考利则大步走在她的身边，两人好像都没有说话。某种征兆如同利器一般刺痛了他。他知道考利未能得手，事情将到此为止。

他们转向布袋街，他立刻尾随上去，走在另一侧人行道上。他们停下时他也跟着停下。他们说了几分钟话，随后那年轻女子便步下台阶进入一幢住宅。考利一直站在路边，距前排台阶不远。几分钟过去了，只见前厅大门被缓慢而小心翼翼地推开，一个女人一边咳嗽一边跑下台阶。考利转身迎向她，他那宽大的身影把她护住了几秒钟，随后她又重新出现并跑上台阶。大门在她身后关上了，考利开始疾步朝斯蒂芬公园走去。

列内汉急忙赶往同一方向，这时落下来几粒雨滴。他把雨滴看作一种警告，回头瞧了一下那年轻女子隐身的住宅，看看是否有人瞧见了他，然后就急忙穿过马路，因为焦急和奔跑而气喘吁吁。他叫道：

"哎，考利！"

考利掉头看看是谁在叫他，接着又继续像先前一样往前走。列内汉在他身后奔跑，腾出一只手将雨衣披在肩上。

"哎，考利！"他又叫。

他追上他的伙伴，热切地注视着他的脸，却什么也没有看出来。

"怎么样?"他说,"成了吗?"

他们走到了伊利事务所拐角,考利左拐走上旁街,依旧一声不吭,表情严肃而平静。列内汉竭力跟上伙伴,局促不安地喘着气。他一脸迷惘,声音中透出一丝急迫:

"你就不能说说?"他说,"你干她了吗?"

考利在第一盏路灯下停住脚步,鬼鬼地瞧了瞧前方,然后以一种庄重的姿态将一只手伸向灯光,微笑着,将手掌缓缓摊开在他的尾随者的目光下。一枚小金币在他掌心里闪闪发亮。

(沈东子　译)

寄宿客店

　　穆尼太太是屠夫的女儿。这女人性格果断，很有主见。她嫁给了父亲手下的一位工头，在斯普林公园附近开了一爿肉店。可是老丈人刚一过世，穆尼先生就放肆起来。他酗酒花光了钱，欠下了一屁股的债，叫他发誓改过也毫无用处，过不了两天他肯定又会拿起酒杯。他当着顾客的面殴打老婆，又购进变质的肉来卖，结果毁了自己的买卖。一天夜晚他手提杀猪刀去找老婆，她只好去隔壁人家躲了一夜。

　　自那以后他们就分居了。她去找神父解除了婚约，自己抚养孩子，不给他钱，也不管他的食宿，他只好去市政厅谋一个差事。他是个衣衫褴褛的小个子驼背酒鬼，长着白脸孔、白胡子和白眉毛，眉毛下面的那双小眼睛总是又红又肿，布满了血丝。他一天到晚坐在值班室里，等着被人差遣。穆尼太太则用卖肉剩下的钱，在哈威克街开了一家寄宿客店①。她是一位胖而高大的妇人，客店里的客人来来往往，多半是从利物浦和马恩岛来的游客，偶尔也会有一些杂耍场的艺人。长住的客人则是城里的小职员。她精明果断地掌管着这座客店，知道何时赊账，何时摆出一副凶巴巴的样子，何时又装聋作哑。所有长住的小伙子提到她

---

① 这种客店一般都向住宿的客人提供伙食。

时，都管她叫"老板娘"。

穆尼太太的年轻房客们，每个星期付给她十五先令的房钱和饭钱（不包括啤酒或斯陶特酒①）。房客们趣味相投，非常合得来，时常议论起最亲密的人和不相干的人的机遇。"老板娘"的儿子叫杰克·穆尼，在舰队街的一间商号里做职员，是个出了名的刺头。他嘴上总挂着大兵的粗话，总要到一两点钟才归家。遇到朋友时，他总有什么有趣的事要告诉他们，他肯定总知道一件有趣的事——比如说一匹马很不错啦，或者一个艺人要发迹啦。他还擅长拳击，喜剧小调也唱得不错。每到星期天夜晚，穆尼太太的前厅就热闹非凡。杂耍场的艺人们即兴表演起来，沙里丹弹起华尔兹和波尔卡②，还有别的一些伴奏曲，"老板娘"的女儿波莉·穆尼则为大伙儿唱歌助兴。她唱道：

> 我是一个野姑娘，
> 你用不着装傻，
> 你明知我不怕。

波莉年方十九，是个身段苗条的女孩子，长着一头浅色的柔发和一只丰满的小嘴。她那双眼睛灰中带绿，与人交谈时习惯于朝上瞟，看上去像是一位任性的小姐。穆尼太太先把女儿送到一位玉米商的办事处当打字员，可是那个在市政厅当差的恶名昭彰的家伙，每隔一两天就跑到办事处去，要求跟自己的女儿说说

---

① 一种烈性黑啤酒。
② 一种曲调轻快的双人圆舞曲。

话。于是她又把女儿接回家做家务活,有意让她和那伙年轻人厮混在一起,因为波莉本来就挺活泼,而那些小伙子也巴不得身边有个女孩子。波莉当然跟小伙子们眉来眼去的,可是穆尼太太精明得很,她清楚他们不过是打发时光而已,没有一个把她女儿当回事。就这样过了好长一段时间,穆尼太太还准备把波莉送回去打字,却发现波莉和其中一个小伙子有那么一点儿意思了。她注意着这一对年轻人,不露声色。

波莉知道自己还受到监视,虽然母亲一声不响,但是其意图却明白无误。母女之间既没有公开挑明,也没有达成协议,甚至客店里的人都已开始议论纷纷的时候,穆尼太太也仍旧不加干预。波莉的举止开始变得古怪起来,而那年轻人显然感到很不自在。后来穆尼太太认为时机已到,就出面干预了。剖析道德问题她就如用快刀砍肉一样拿手:在这件事情上,她早已拿定了主意。

这是初夏一个明媚的星期天早上,虽有清风徐徐,却依然闷热难当。客店里所有的窗户都推了上去①,在拉起的窗扉下面,镶边的窗帘像气球似地鼓胀着朝街头轻轻飘荡。乔治教堂的钟楼敲响了悠长的钟声,教徒们三三两两穿过教堂前的小马戏场,戴着手套的手里握着小本的经书,满脸庄严肃穆的神情,显然还准备去做祷告。客店里已经用过了早餐,餐桌上杯盘狼藉,扔着一块块蛋壳和肉皮。穆尼太太坐在麦秆编成的椅子里,看着女佣玛

---

① 这里描写的是一种上下推拉的框格窗。

丽收拾残局。她叫玛丽把面包末和碎面包块收拢起来，用来做星期二的面包布丁。桌子收拾干净了，碎面包块收好了，糖和奶油也锁进了柜子里，她开始回想昨天晚上与波莉的谈话。事情果然不出所料：她问得坦率，波莉也答得诚实。当然双方都有些不自在。她感到不自在，那是因为她不愿意在听到这件事情时，被人认为满不在乎或者有意纵容，而波莉感到不自在，则不仅仅是因为这种事情本身让她觉得尴尬，而且还因为她不想让人猜到，其实她已经明白了母亲那种宽容背后的苦心。

穆尼太太正想得出神，忽然意识到乔治教堂的钟声不响了，于是本能地瞅了一眼壁炉架上的小金钟。十一点十七分：她有充足的时间跟多兰先生挑明那件事，然后在十二点钟以前赶到马尔波罗街。她有把握取胜。首先，社会舆论就对她有利：她是一位被愚弄的母亲。她给了他栖身之地，相信他是一位正人君子，而他却辜负了她的一番好意。他已经是三十四或者三十五岁的人，年轻不能成为他冲动的借口，他也已经见识过了一些世面，更不能用无知来为自己解脱。他利用波莉的年轻无知，占了她的便宜，这一点是显而易见的。问题是：他将如何赔偿？

事情到了这一步，非赔偿不可。男人当然轻松得很，拍拍屁股走自己的路，好像没事一般，就知道图一时痛快，而姑娘可就惨啦。碰上这种事，有的母亲拿到一笔钱就很满意了，这种例子她已经听说过很多。可是她才不会这样呢，女儿名声被毁了，唯一的补偿是：结婚。

她又算了算手中的牌，这才叫玛丽到楼上多兰先生的房间去，通知他她有话要跟他说。她感到有把握取胜。他是个生活严谨的年轻人，不像其他人那样自以为是，夸夸其谈。要是碰上的是沙里丹先生或者米德先生或者班特姆·莱昂斯，那她想这样做恐怕就困难多了。她知道他害怕把事情闹大。客店里的房客对这件风流事都多多少少有所风闻，有的人还把细节大肆渲染了一番。更何况他已经在一家天主教大酒商的公司里干了十三年，对他来说，事情闹大或许就意味着丢掉饭碗。只要他同意，一切都好解决。她知道他收入挺不错，估计还存了一笔钱。

快十一点半了！她站起来对着壁镜审视自己。红润的大脸盘上流露出果断的神情，对此她感到很满意。她想起她认识的许多女人，根本就没办法让自己的女儿出手。

而这个星期天早上，多兰先生真是心乱如麻。他两次试着刮脸，可是手抖得那么厉害，最后只好放弃了。红色的胡子三天未刮，便爬满了他的下巴，每隔那么两三分钟，眼镜片上就蒙上一层水汽，以至于他不得不取下眼镜，掏出口袋里的手绢擦拭一番。他回想起昨天晚上的那番忏悔，不禁感到心如刀绞。神父把这件荒唐事的每一个细节都从他口中套了出来，末了却说他罪孽深重，能够有机会偿还，真是万幸呢。已经干出了这等事情，除了结婚或逃跑，他还有什么其他办法呢？他无法厚着脸皮拖延了事。这件事肯定会被人大肆渲染，他的老板也一定会有所风闻。都柏林城太小了，人人都知道对方的隐私。他心烦意乱，仿佛听见老列昂尼德先生气急败坏地喊道："请把多兰先生带进来。"这时候他感到自己的心怦怦乱跳，都快蹦出喉咙口了。

多少年的辛劳全都毁于一旦,所有的勤勉都将化为乌有!作为一位年轻人,他当然有过放浪的时光,也曾经在酒店茶馆里,向同伴们夸耀自己思想自由,不信上帝。可是那一切都已成为过去,消逝了……他仍旧每个星期买一份《雷诺茨新闻报》,但他尽到了自己的宗教义务,大半时间都过着规规矩矩的生活。他有钱成家,问题不在这里。问题是他的家族会看不起她。先别说她那个声名狼藉的父亲,她母亲开的客店近来名声也不太好。他觉得自己中了圈套。他可以想象得出来,朋友们将怎样议论并嘲笑这件事。她是有点粗俗,有时候会说出"我正在见过"或者"要是我已经在知道"这样的话来①。可要是他真爱她的话,文法不通又碍什么事呢?他自己也说不上来,对她的所作所为,他是喜欢还是蔑视。当然,他也干了那事。本能告诉他,要想保持自由,就不要结婚。常言说得好,人一娶老婆,万事都啰唆。

他正绝望无助地坐在床沿上,穿着衬衫和长裤,这时候她轻声叩响了他的门,走了进来。她把一切都告诉了他,说她已经把事情全都跟她妈妈说了,她妈妈上午要跟他谈话。她哭了起来,搂住他的脖子说:

"哦,鲍勃!鲍勃!② 我怎么办?我到底该怎么办啊?"

她说她不想活了。

他徒劳地安慰着她,叫她别哭,说不会有事的,不用害怕。隔着衬衫,他感觉到她的胸脯在剧烈起伏。

---

① 引号里的两句话文法不通,表明波莉没有文化。
② 对多兰的爱称。

发生这种事情，并不完全是他的过失。作为一个光棍汉，他清楚地记得刚开始时的那种情景：她的裙裾、呼吸和手指，似乎很无意地触碰到他。后来有一天半夜，他正脱衣准备就寝，她含羞敲响了他的门，说是她的蜡烛被风吹灭了，想来他这里借个火。那天晚上她刚洗过澡，穿了一件宽松敞开的印花精纺法兰绒外衣，套着皮拖鞋的脚背一片雪白，芬芳的肌肤泛着潮红。她点亮蜡烛的时候，从袖筒里散发出淡淡的清香。

在他迟归的那些夜晚，是她为他温菜热饭，他常常食不知味，只是感到在这熟睡的客店里，唯有她伴随在他身旁。她多么体贴啊！要是逢上刮风下雨的黄昏，或是寒风凛冽的夜晚，她总会为他准备好一小杯潘趣酒。他们也许是可以快乐相处的吧……

他俩过去常各自手执一支蜡烛，踮起脚尖悄然上楼，在三楼的拐角依依不舍地互道晚安。他俩还接吻，他清楚地记得她那双眼睛、手的触摸，还有那种极度的欢乐……

可是欢乐已成为过去。他像她一样自问："我该怎么办呢？"光棍汉的本能告诉他千万别陷得太深，可是罪孽已经铸成，自尊心也告诉他，必须赎罪。

他正挨着她坐在床沿，玛丽来到门口，说女主人想在客厅里见他。他站起来穿上背心和外套，内心空前绝望。等到穿戴完毕后，他走过去安慰她：不会有事的，别害怕，然后就走了出去，撇下她趴在床上啼哭，低声喊道："哦，我的天哪！"

走下楼梯时，他的眼镜片因为潮气而变得模模糊糊，他只得取下来擦拭，这时他真想找个洞钻进去，逃到别的国家去，再也别听见这件麻烦事,可是又有一种力量逼迫他一步一步地往楼下走。老板和"老板娘"那气愤的脸孔盯着他。走到最后一段楼梯时,他碰上了杰克·穆尼,后者提着两瓶"巴斯"正从厨房走上楼来。他们冷冷地打了招呼,情人的眼睛注意到了对方那张恶犬般的脸和壮实的短胳膊。他走到楼梯脚时,又朝上瞅了一下,看见杰克正站在房门口盯着他。

他忽然想起有一天夜晚,一位杂耍艺人,金发小个子的伦敦人,对波莉进行过分的挑逗,杰克勃然大怒,差点搅了那天的聚会。所有的人都去劝他,那个艺人的脸色比往常更苍白,却强笑着说他没有恶意。杰克不停地朝他大吼,说是有谁胆敢再对他妹妹玩这种花招,他就咬断他的喉咙,不信就试试看。

*

波莉坐在床边,哭了一阵,然后擦干了眼泪,走到穿衣镜前。她把手巾角往水罐里浸了浸,用凉水擦了擦眼睛。她看着自己的侧影,重新别好耳朵上的发卡,又走回到床边,坐了下来。她久久地望着那些枕头,枕头唤醒了她内心隐秘而温柔的记忆。她把颈脖枕在铁床冰凉的横杆上,陷入了遐思,脸上再也见不到一丝烦恼的痕迹。

她耐心地等待着,甚至还带着一点儿欢喜,回忆不知不觉地变成了对未来的向往和憧憬。那种向往和憧憬是如此令人眼花缭乱,以至于她对眼前那些雪白的枕头视而不见,也不再记得她正在等待着什么。

她终于听见了母亲的呼唤,一下子跳了起来,奔向楼梯的栏杆边。

"波莉!波莉!"

"哎,妈妈?"

"你下来,亲爱的,多兰先生有话要跟你说。"这时她才想起自己一直在等待的是什么。

(沈东子 译)

浮云一朵

八年前他到诺思沃尔为他朋友送行,祝他一路平安。自那以后盖拉赫混得不错,瞧瞧他那见过世面的模样,剪裁得体的粗呢外套和无所顾忌的谈吐,你很快就会明白这一点。像他那样有才干的人很少见,功成名就后依然能保留那种才干的人,就更少了。盖拉赫的心肠不坏,他发迹是应该的。跟这样的人交朋友值得。

打从吃午饭的时候起,小钱德勒就一直想着即将跟盖拉赫的重逢,想着盖拉赫的盛情邀请,还有盖拉赫居住的那座大城市伦敦。人们叫他小钱德勒,那是因为他的个头虽然只比中等身材稍矮一些,却给人很矮小的感觉。他的那双手又小又白,身架很单薄,说起话来慢条斯理的,一副斯斯文文的样子。他对自己那头柔软漂亮的头发和胡髭真是备加爱护,还不时小心翼翼地往手帕上洒香水,半月形的指甲修剪得无可挑剔,要是朝你露出笑容,你还会瞅见一排稚气十足的白牙。

他坐在皇家法律协会自己那张办公桌前,心想这八年间的变化真是很大呢。他那位当年一身破衣烂衫的穷朋友,如今已经成为伦敦报刊上的大红人。他不时停下手中懒洋洋的笔,扭头朝办公室的窗户外张望。晚秋夕阳的余晖洒在草坪和人行道上,坐在长凳上打瞌睡的老人,还有衣冠不整的保姆,身上都笼罩着温暖的金色尘埃。阳光中闪动着许多活动的身影——沿着碎石小路边跑边叫的孩子，还有从公园里走过的各色路人。他一面看看眼前的这一切，一面思量着人生，于是变得有些伤感（他一想到人生就总是会这样），一种淡淡的哀情充盈了他的内心，他觉得跟命运抗争是多么徒劳无益啊，这是他在漫漫岁月中领悟的真谛。

他想起了堆在家中书架上的那些诗集。那些书还是他做光棍时买下来的，多少个夜晚，他坐在客厅旁的小屋子里，想从书架上取出一册念给妻子听，可总是因为羞怯而打消了念头。于是那些书也就留在了书架上。他只是偶尔背诵那么三五行，算是自我安慰而已。

等到下班的钟声敲响，他就站起来，小心翼翼地离开办公桌，也离开他那些同事，走出皇家法律协会那道古老的拱门，一副谦逊整洁的样子，然后迅速顺亨利厄塔街走去。金色的夕阳已经变得黯淡，空气中充满了刺骨的寒意。街上有一群脏孩子，他们有的站在马路上，有的四处乱跑，要不就爬上敞开门户的台阶，或者像耗子一样蹲在门槛上。小钱德勒连看都不看他们一眼，只是巧妙地穿过那帮小害虫，在荒凉府宅投下的阴影里独行，那些府宅一度是都柏林那些古老世家寻欢的场所。往昔的回忆对他没有丝毫触动，因为他的心中充满的是眼前的快乐。

他从来没有进过科丽斯酒店，但他知道那店名值多少钱。他知道许多人看完戏后就去那里吃牡蛎，喝好酒。他还听说那里的侍者都说法语和德语。夜晚他从那里快速走过时，看见店门前总是停着出租车，珠光宝气的女士由殷勤备至的男子陪伴着，跨下车来，轻快地走进去。她们身穿艳丽的服装，裹着披肩，脸上敷着脂粉，双脚刚刚碰到地，就像惊慌的阿特兰姐①一样撩起自己的裙裾。他常常从那儿走过，并不朝里面看一眼。哪怕是大白天在街上走路，他也习惯于走得很快，要是发现自己深更半夜还在街上，他就更会加快步子，又害怕又兴奋。不过有的时候他又偏去寻找刺激，专拣那些最黑最窄的路走。他壮着胆子往前走，却又害怕四周的寂静和无声游动的人影，哪怕是一声压低嗓门的短促笑声，也会把他吓得如同树叶一般瑟瑟发抖。

他朝右拐向凯普尔街，伊格内修斯·盖拉赫居然上了伦敦的报纸，八年前又有谁会想到这种事情呢？可是现在回想起来，早有许多迹象，预示他的朋友前途无量。人们那时都说伊格内修斯·盖拉赫太粗鄙。那时候，他确实跟一群无赖厮混在一起，就知道狂喝滥饮，到处要钱，到后来，他卷入了一桩见不得人的勾当，大概是跟钱有关的交易，至少那是他逃亡的一个原因。但是谁也不否认这小子聪明，伊格内修斯·盖拉赫身上总是有某种……给人深刻印象的东西。哪怕他到了山穷水尽、身无分文的地步，脸上也是一副无所畏惧的神色。小钱德勒想起了伊格内修斯·盖拉赫陷入困境时说过的一句话（想到这里，他的脸上现出了一抹骄傲的潮红）：

"歇歇吧，伙计们，"他习惯于轻轻松松地说，"瞧我这脑瓜是怎么啦？"

---

① 希腊神话中一位疾走如飞的美丽少女，声称谁能赶上她，她就嫁给谁。后来希波门内斯在竞走时设下巧计，故意扔下三只金苹果，趁她拾取时战胜了她。

伊格内修斯·盖拉赫就是这么个人,他娘的,你还不得不服他。

小钱德勒加快了脚步,平生第一次觉得自己要比身旁的那些路人更高贵,平生第一次从内心深处对沉闷粗俗的凯普尔街感到了厌恶。毫无疑问,要是你想功成名就,你就必须远走高飞。在都柏林你将一事无成。走过格雷坦桥时,他俯视着流向低矮码头的河水,觉得那些破旧的房屋非常可怜。在他看来,它们如同一群游民,挤缩在岸边,破烂的外套上沾满了灰土和煤烟,面对夕阳的映照无动于衷,只等待寒夜的第一阵冷风使它们站起身,哆哆嗦嗦地走开。他心想是不是可以写一首诗来表达自己的情感,盖拉赫说不定会帮他拿到伦敦的报纸上去发一发呢。可是他能写出不同凡响的作品来吗?他不知道自己想表达什么情感,只是觉得心中能涌出一股诗情,那就有一线希望。他迈开了步子往前走。

每走一步,他距离伦敦就越近,距离他那呆板而毫无情趣的生活就越远。一线光明开始在他心中的地平线上闪烁。他还不老——才三十二岁,据说这正是刚刚开始成熟的年龄。他有多少情感和印象想用诗歌来表达啊,那一切都深藏在他的心中。他想弄明白自己的性灵是不是诗人的性灵。他心想,伤感是他天性中的主要部分,可是在那种伤感中,还糅合了复归的信念和对天意的顺从,以及纯真的喜悦。如果他能写出一部诗集来表达这一切,也许人们会乐意倾听。可是自己绝不会走红的,他明白这一点。他无法影响众人,但总可以打动几个同病相怜的人吧。说不定英国的评论家们，会因为他的诗歌中的伤感意味，而把他列入凯尔特诗派①。而且他还会想办法暗示这一点。他开始想象他的诗集将赢来什么样的评论：钱德勒先生具有抒写优美诗歌的天赋……这些诗作中充满了一种深沉的忧伤……凯尔特人的情调。只可惜他的名字不那么爱尔兰化。要是把他母亲的姓放在自己的姓氏前面，或许会更好一些吧：托马斯·马隆·钱德勒，或者这样更妙：托·马隆·钱德勒。他要跟盖拉赫说说这件事。

他是如此沉迷于自己的梦想，以至于走过了头，不得不又折回来。他走近科丽斯酒店时又像原先那样感到不安起来，在门口徘徊了一会儿，不知如何是好。后来他推开门，走了进去。

酒吧内灯火通明，吵吵嚷嚷，他在走道上站了好一会儿，举目向四周望去，满眼都是亮光闪闪的红绿玻璃酒杯。他觉得酒吧里面全是人，所有的人都好奇地打量着他。他迅速瞧瞧左边，又瞟瞟右边（微微皱起眉头，装出很严肃的样子），等到看得清楚一些时，这才发现其实并没有人瞧他，而伊格内修斯·盖拉赫就在那儿，背靠柜台，两条腿叉得很开。

"喂，托米②，老伙计，你来啦！要什么？你喝点什么？我在喝威士忌呢，味道比海那边③的酒好。兑苏打水？要锂盐矿水？不要矿泉水吗？我也不要吧，免得败胃口……嘿，伙计，给我们来两杯麦芽威士忌，小伙子真不赖啊……你呢，打从上回见到你

---

① 凯尔特派诗人主要指爱尔兰诗人，其中包括托马斯·穆尔和威·勃·叶芝等。
② 小钱德勒名叫托马斯，托米是昵称。
③ 海那边指英国。爱尔兰与英国隔海相望。

之后，你混得怎么样啊？天啊，我们变得多老啊！你觉得我老了吧——呃，什么？头发有点灰，脑袋有些秃——是吧？"

伊格内修斯·盖拉赫取下便帽，露出剪着短发的硕大脑袋。那张宽大的脸剃得很干净，显得苍白，那双蓝灰色的眼睛衬托出脸上那病态的苍白，在艳丽的橘色领带上闪烁出亮光。嘴唇在这对比鲜明的二者之间显得很扁，没有一丝血色。他低下头，伸出两根手指，很怜惜地捋了捋头顶稀疏的头发。小钱德勒摇摇头，表示并不以为然。伊格内修斯·盖拉赫重又戴上便帽。

"真是累死人啊，"他说，"办报纸，整天忙忙碌碌，东跑西颠，到处找稿件，时常还找不到，还得不时地往稿件里增添新的内容，那些该死的印刷工人和校对总要拖上好几天。告诉你吧，回到老家来我真是高兴呢，会会老朋友，放它几天假。一回到这又脏又可爱的都柏林，我的感觉就好多啦……来吧，托米，兑水吗？够了就说一声。"

小钱德勒给自己的威士忌兑了许多水。

"你可不大会喝啊，老弟，"伊格内修斯·盖拉赫说，"我只喝纯的威士忌。"

"我平常很少喝酒，"小钱德勒拘谨地说，"碰上老朋友，才喝半杯，就这么多。"

"是吗，"伊格内修斯·盖拉赫高兴地说，"为你我，为往日的时光和我们的老交情干杯。"

两人碰杯，一饮而尽。

"今天我碰到了几个老伙计，"伊格内修斯·盖拉赫说，"奥哈拉好像混得不怎么样,他在干什么?"

"什么也没干,"小钱德勒说,"他堕落了。"

"霍根谋了个好差事,是吧?"

"对,他在土地局。"

"有一天夜晚我在伦敦遇到他,他看上去很得志……可怜的奥哈拉!喝多了,是不是?"

"还有别的原因。"小钱德勒简短地说。

伊格内修斯·盖拉赫笑了起来。

"托米,"他说,"我看你是一点也没变,还是原来那个一本正经的家伙,每到星期天早上我喝得脑袋发痛、舌头发麻的时候,就来教训我一通。你该出去见见世面才是,哪儿也没去过吧,一趟旅行也没有过?"

"我去过马恩岛①。"小钱德勒说。

伊格内修斯·盖拉赫哈哈大笑。

"马恩岛!"他说,"要去就去伦敦,或者巴黎,可以挑选的话就去巴黎,那对你才大有好处呢。"

"你去过巴黎?"

"可以这样说吧,我去过一趟。"

"真像人家说的那么美好吗?"小钱德勒问。

他啜了一小口酒,伊格内修斯·盖拉赫则满不在乎地一饮而尽。

---

① 距爱尔兰不远,属于英国。

"美好？"伊格内修斯·盖拉赫品味着这个字眼和嘴里的酒，"没那么美好，明白吗，当然，也可以说很美好……但那指的是巴黎的生活，那才要紧呢。哦，没有哪座城市像巴黎那么快乐，那么喧闹，那么刺激的了……"

小钱德勒喝完了杯中的威士忌，好不容易才招呼到那个侍者，又要了一杯。

"我去过红磨坊①，"伊格内修斯·盖拉赫等侍者端走酒杯后，又接着说，"去过所有波希米亚风味的咖啡馆，那才叫火爆呢，像你这样老实巴交的人可受不了，托米。"

小钱德勒一句话也没说，等侍者端来两杯酒，他跟朋友轻轻碰了一下杯，算是回报刚才的祝酒。他开始感到有点失望。盖拉赫的口气及自我表现的方式，都让他感到不舒服，他朋友身上有某种以前他未曾发现的粗俗。不过这也许是他住在伦敦那种乱哄哄的地方，加上报界竞争激烈的缘故吧，在这种新的华丽而粗俗的外表下，盖拉赫依然保持往日的魅力，而且，不管怎么说，盖拉赫毕竟生活过，他毕竟见识过了这个世界。小钱德勒羡慕地看着他的朋友。

"巴黎的一切都充满了欢乐，"伊格内修斯·盖拉赫说，"他们只管享受，你能说他们不对吗？要是你想找乐子的话，你就必须去巴黎。要记住，他们对爱尔兰人可热情呢，听说我是爱尔兰人，他们简直就想把我给吃了，伙计。"

---

① 巴黎的一家歌舞酒吧，表演的歌舞节目以大胆放浪著称。

小钱德勒啜了四五口酒。

"那你说说,"他问道,"巴黎真像人家说的那么……荒唐吗?"

伊格内修斯·盖拉赫大幅度挥动右臂做了一个手势。

"天底下又有哪里不荒唐呢,"他说,"当然在巴黎你能找到一些放纵的场所,比如去参加一场大学生的舞会吧,那些婊子①放荡起来,那才叫够味呢。你明白我说的是哪号人吧?"

"听说过一些。"小钱德勒说。

伊格内修斯·盖拉赫喝掉了杯中的威士忌,摇了摇头。

"哦,"他说,"你爱怎么说就怎么说吧,比风度也好,比派头也罢,哪儿的女人都比不上巴黎的女人。"

"这么说那是一座荒唐的城市啰,"小钱德勒羞怯而固执地说,"我是说跟伦敦或者都柏林相比?"

"伦敦!"伊格内修斯·盖拉赫说,"差也差不到哪里去,去问问霍根吧,我的小老弟,问问他去伦敦时我带他玩过一些地方,他会让你开眼界的……喂,托米,别把威士忌给弄成甜酒啦,还是喝纯的吧。"

"不行,真的……"

"哎,喝吧,再喝一杯也没事。怎么样?再来一杯?"

"嗯……好吧。"

"弗朗西斯,再来两杯……抽烟吗,托米?"

---

① 这里"婊子"二字为法语,专指巴黎的高级娼妓。

伊格内修斯·盖拉赫摸出烟盒。两位朋友点着烟,默默地抽着,直到侍者把酒端上来。

"我跟你说说我的看法吧,"伊格内修斯·盖拉赫在烟云中歇了一会儿,然后又说,"这是一个稀奇古怪的世界,说什么荒唐!我听到的事——我说什么来着?——我知道那些事,那些……荒唐事……"

伊格内修斯·盖拉赫抽着烟沉思了一会儿,然后用一种历史学家的平静口吻,向他的朋友描绘国外司空见惯的堕落情景。他简要叙述了许多大都市的罪恶,似乎柏林称得上是头一批。有些事情他无法证实(是朋友告诉他的),但是另一些事情他却是亲身经历过。不管那些人是身居高位还是声名显赫,他都加以无情的嘲讽。他透露了欧洲大陆许多教堂里的内幕,还叙说了上层社会引以为时髦的一些无耻行径,最后又详详细细地讲述了一位英国公爵夫人的绯闻——那绯闻他认为绝对属实。小钱德勒直听得目瞪口呆。

"哎,是啊,"伊格内修斯·盖拉赫说,"在这老派的死气沉沉的都柏林,绝对听不到这种事。"

"你去过那么多地方,见多识广,"小钱德勒说,"一定会觉得这儿很沉闷吧!"

"嗯,"伊格内修斯·盖拉赫说,"回到这里可以放松一下,明白吧,而且不论怎么说,这里毕竟像人们说的,是家乡,对吧?你总会情不自禁地产生某种感情,这也是人之常情吧……还是跟我说说你自己吧,霍根告诉我说你已经……尝到了婚姻的甜头,快两年了,是吧?"

小钱德勒脸一红,露出了笑容。

"是的,"他说,"我去年五月结的婚,正好一年了。"

"恭喜你啊,但愿这样说还不算太晚吧,"伊格内修斯·盖拉赫说,"我不知道你的地址,要不然早就跟你道喜了。"

他伸出手,跟小钱德勒握了一下。

"行啊,托米,"他说,"我祝你们两个事事如意,老伙计,财源滚滚,长命百岁,除非吃我的枪子儿。这是一位老朋友,一位好朋友的祝福,明白吗?"

"明白。"小钱德勒说。

"有孩子了吗?"伊格内修斯·盖拉赫问。

小钱德勒的脸又红了。

"有一个。"他说。

"男孩还是女孩?"

"小男孩。"

伊格内修斯·盖拉赫"啪"地拍了一下他朋友的背。

"好!"他说,"我就知道你是好样的,托米。"

小钱德勒笑起来,慌忙盯着手中的酒杯,三粒稚气十足的白牙咬着下唇。

"希望你在走之前,"他说,"能跟我们一起度过一个晚上,我妻子见到你会很高兴的。我们可以听一点音乐,然后……"

"太感谢了,老伙计,"伊格内修斯·盖拉赫说,"要是我们早些见面就好了。我明天晚上就得走。"

"今晚,也许……"

"实在是对不起,老朋友,你瞧我是跟另一个伙计一块儿到这儿来的,一个也很棒的小伙子。我们约好了去玩玩牌,所以嘛……"

"哦,这么说……"

"不过谁知道呢,"伊格内修斯·盖拉赫很理解地说,"既然已经开了个头,说不定我明年还会来一趟的,不过就是把这件高兴事推迟一下罢了。"

"好吧,"小钱德勒说,"等下次你来的时候,我们晚上好好聚一聚。一言为定,好吗?"

"一言为定,"伊格内修斯·盖拉赫说,"要是我明年回来的话,我一定去①。"

"那么再喝一杯,算是敲定了。"小钱德勒说。

伊格内修斯·盖拉赫掏出一只硕大的金表看了看。

"最后一杯了吧?"他说,"你知道,我还有个约会。"

"对,最后一杯。"小钱德勒说。

"好,那么,"伊格内修斯·盖拉赫说,"我们再喝一杯,算是告别酒②——我相信用这句方言来形容这一小杯威士忌,应该很合适。"

小钱德勒要来了酒。刚才潮红的脸现在红得更厉害了,平时他会因为一丁点小事而脸红,此时真是感到又热又兴奋。三杯威

---

① 此处四字为法文。
② 此处"告别酒"三个字为爱尔兰方言。

士忌下肚，再加上盖拉赫那呛人的雪茄，他开始感到有些头重脚轻了，要知道他可是一个体弱多病、滴酒不沾的人呢。八年后与盖拉赫重逢，与他一道在灯红酒绿、人声鼎沸的科丽斯酒店里畅饮，听他讲述自己的传奇故事，分享他那美妙的流浪生活，这种神奇的经历触动了小钱德勒那敏感的天性。他立刻就觉察到了两个人的生活迥然不同，并且觉得生活待他很不公平。以出身和教养而言，盖拉赫不如他，他相信只要给他机会，他就可以干出一番事情来，比他朋友做过的或者所能做的任何事情都要出色，绝对不仅仅是写一些花里胡哨的破文章。那么是什么挡了他的道呢？就是他那该死的胆怯！他要想法证明自己的价值，表现出男子气概。他明白盖拉赫为何拒绝了他的邀请。盖拉赫只是出于善意，才跟他见了这一面，就好像他衣锦还乡，算是看望了爱尔兰一样。

侍者端来了酒，小钱德勒推一杯给他的朋友，自己壮胆拿起了另一杯。

"谁知道呢，"两人举起酒杯时，小钱德勒说道，"也许等你明年回来的时候，我要举杯祝福伊格内修斯·盖拉赫先生及夫人健康长寿，全家幸福呢。"

伊格内修斯·盖拉赫一边喝酒，一边眯缝起一只眼睛，意味深长地盯着酒杯的边沿。喝完酒后，他使劲地咂了咂嘴唇，搁下酒杯，说：

"别担心，我的小老弟，我先得过些快活日子，多长些见识，然后才钻进那套子里——要是我真想钻的话。"

"有一天你会钻的。"小钱德勒平静地说。

伊格内修斯·盖拉赫转过身,蓝灰色的眼睛和橘色的领结都正对着他的朋友。

"你这样想?"他说。

"要是你找到你喜欢的姑娘,"小钱德勒一字一句地说,"你就会像所有的人一样,钻进那个套子里。"

他用强调的语气说完,意识到自己动了感情,尽管脸上已经涌起了潮红,他却不回避朋友直视的目光。伊格内修斯·盖拉赫瞅了他好一会儿,然后说:

"假如我真的钻了进去,你可以用你兜里的钱跟我打赌,那绝不是为了花前月下、情意缠绵的爱情。我是说我只娶钱,她得在银行里有一大笔存款,否则我不会要她。"

小钱德勒摇了摇头。

"怎么,小伙子,"伊格内修斯·盖拉赫大声说,"你知道吗?只要我那样说,明天就能得到女人和金钱。你不信?哼,我可清楚得很。成百上千——我是怎么说的啦?——成千上万的德国妞和犹太妞,钱多得都发臭啊,还真巴不得我……等着瞧吧,小老弟,看我玩这一手是不是行家,告诉你吧,我无论干什么事,为的都是钱,你等着瞧好了。"

他把酒杯举到嘴上,一饮而尽,然后哈哈大笑。笑过后他若有所思地望着前方,用较为平静的语调说:

"不过我才不急呢,让她们等去吧,我可不想吊死在一个女人身上,明白吧。"

他做出伸舌头的样子，又扮了一下鬼脸。

"那样太没意思了，我觉得。"他说。

*

小钱德勒坐在客厅旁的那间屋子里，手里抱着孩子。为了省几个钱，他们没请用人，只是安妮的妹妹莫尼卡早晚都来一小时帮帮忙。可是莫尼卡早就回家去了。眼下是九点差一刻。小钱德勒回来晚了，耽误了吃茶点，更严重的是，他忘了到比乌利商场给安妮买咖啡。她自然很生气，朝他发起火来，声称今天甭吃茶点了，可是眼见拐角的那家商店马上就要关门了，她又决定自个儿去买二两茶叶和两磅糖。她麻利地将熟睡的孩子塞进他怀里，说：

"抱好了，别弄醒他。"

桌上摆着一盏装着白色瓷罩的小灯，灯光映照着一帧镶在牛角镜框里的照片。那是安妮的照片。小钱德勒看着照片，目光落在两片抿着的薄嘴唇上。她穿着一件淡蓝色的夏季罩衫，那是他在一个周末买来送给她的。那件罩衫花掉了他十镑十一便士，可是为此他却花费了一番脑筋！那天他惶惶不安地守在店门口，等到里面的人都走光了，才走进去站在柜台前，装出悠然自在的样子，看着那姑娘将女式罩衫一件件拿出来堆在柜台上。然后他到收款处付了钱，却忘记拿找回的零钱，收款员把他叫了回去。最后在离开商店的时候，他假装细看包装是否结实的样子，其实却是想掩饰羞红的脸。他将罩衫带回家时，安妮吻了他，说是非常漂亮，非常时髦；可是一听说价钱，她就把罩衫扔到桌子上，骂道，竟然要十镑十一便士，真是欺人太甚。起先她想拿去退掉，可是试穿后又觉得很称心，特别是袖口的做工，于是又吻了他，说是他这么想着她，真是太好了。

哼！……

他冷冷地看着照片里的那双眼睛，那双眼睛也冷冷地看着他。它们确实很漂亮，那张脸蛋也很漂亮，可是他却发现其中隐藏着某种丑恶。她的神情为何如此木然，如此做作？那双冰凉的眼睛让他感到厌恶。那双眼睛漠视他，蔑视他，没有热情，也没有喜悦。他想起了盖拉赫提到那些犹太富婆时说的话。那些黝黑的东方女郎的眼睛，他思忖着，是那么富于激情，充满了渴望！……他为什么偏偏就娶了照片上的那双眼睛呢？

想到这里，他吓了一跳，紧张地看了看屋子四周，发现那套漂亮的家具也隐藏着某种丑恶，那套家具是用分期付款的方式买来的。家具是安妮亲自选定的，因此他又想起了她。家具同样也是整洁而漂亮，他心中涌起了一种对生活的厌恶。难道他就不可以逃出这小小的居所？莫非像盖拉赫那样无所畏惧地生活已经为时太晚？他就不可以去伦敦吗？可是买家具的钱还未付清呢。要是他写一本书拿去出版，或许会打开路子吧。

他面前的桌子上放着一本拜伦的诗选。他小心翼翼地伸出左手把书打开，生怕弄醒孩子，然后开始念诵书里的第一首诗：

夜色宁静，微风轻轻，
　　墓园里不见风儿的踪影，
我回来探望玛格丽特的墓碑，
　　将花瓣撒向我挚爱的坟茔。①

他停住了，感到诗歌的韵律在周身回荡。多么伤感啊！他也能写出这样的诗，表达自己灵魂的伤感吗？他有那么多的感慨需要表达，比如几个小时前在格雷坦桥上的感想，要是他还能够再回到那种心境……

孩子醒了，开始啼哭起来。他把目光从书页上收回来，试着去哄那孩子。可是孩子拒不领情。他抱着孩子摇来晃去，但哭声越来越响，他越摇越快，同时眼睛瞄向了诗的第二节：

墓穴掩埋了她的身体，
　　那身体曾经……

纯属徒劳。他念不下去了，什么事也做不成。孩子的哭声像鼓点一样刺激着他的耳膜。纯属徒劳，徒劳！他这一辈子只是一名囚徒。他气得双臂发抖，忽然弯身朝孩子的脸大吼：

"别哭了！"

孩子吓得停了一会儿，接着又尖声哭叫起来。他跳离座椅，慌忙抱着孩子在屋里走来走去。孩子可怜巴巴地抽泣着，有那么四五秒钟被一口气呛住了，后来又爆发出哭声，哭声在墙壁

---

① 这是拜伦十四岁时写的一首悼亡诗，诗中的玛格丽特是诗人的表姐。

单薄的屋子里回荡。他试着去哄他,可是他哭得更厉害了。他看着孩子那张抽动的脸,开始害怕起来。他发现孩子连哭七声,中间连一口气都没歇,不由得惊恐地把他搂在胸前。万一孩子死了!……

门被"砰"地撞开,一个年轻女人气喘吁吁地闯了进来。

"怎么回事?怎么回事?"她叫道。

孩子听见妈妈的声音,哭得更惨了。

"没什么……安妮……没什么……他哭了……"

她将手中的纸包扔在地上,一把从他怀里夺过孩子。

"你对他都干了些什么?"她叫着,盯住他的脸。

小钱德勒看着她的目光,看出其中的仇恨,心一下紧缩起来。他结结巴巴地说:

"没什么……他……他哭了……我没办法……我什么也没干……怎么?"

她理都没理他,紧紧搂着孩子在屋子里走来走去,轻声说着:

"我的小乖乖!我的小宝宝!吓着了吧,宝贝?……好了,宝贝!好了!……小羊羔!妈妈最亲最亲的小羊羔!……好了!"

小钱德勒因为羞愧而脸上发热,只得避开灯光。他听见孩子的哭声越来越弱,眼里涌出了追悔的泪水。

(沈东子 译)

对　影

　　铃声气急败坏地响着，帕克小姐走到听筒前，只听见一个尖厉的北爱尔兰口音气急败坏地喊道：

　　"叫法林顿上来！"

　　帕克小姐走回打字机旁，对一个正伏案写字的男人说：

　　"艾莱恩先生要你上去。"

　　那人低声骂了一句"见鬼！"，推开椅子站了起来。他站起来后身架显得魁伟而高大，一张暗褐色的脸，眉毛和胡须却呈淡黄色，眼珠略为前凸，眼角脏兮兮的。他掀开柜台，从顾客中挤出去，踏着沉重的步子离开了办公室。

　　他步履沉重地上楼来到二楼楼梯口，那里的一扇门上镶着一面铜牌，上面刻着"艾莱恩先生"几个字。他停下来，因为爬楼和烦乱喘了喘气，然后敲响了门。那尖厉的声音叫道：

　　"进来！"

　　那人走进艾莱恩先生的屋子。艾莱恩先生个头矮小，一副金边眼镜架在剃得光光滑滑的脸孔上。一见那人进来，他的脑瓜就从文件堆中冒了出来，那脑瓜是如此光洁而嫩红，就好像是搁在文件上的一枚硕大的蛋。艾莱恩先生一刻也没耽误，马上就问：

　　"法林顿？这是怎么回事？为什么老要我来数落你？难道还要我来问你为什么还没抄好波德利和柯万签署的那份合同？我说

过四点前必须抄好。"

"可是,先生,谢利先生说……"

"什么先生,谢利先生说……你老老实实照我说的办,别来什么谢利先生说。你总有怠工的理由,我告诉你,要是今晚还抄不好那份合同,我就把这事面呈克罗斯比先生——听见了吗?"

"听见了,先生。"

"听见了吗?……哦,还有一件小事!跟你说话简直就像跟墙说话,你首先听着,你只有半小时时间吃饭,而不是一个半小时,我倒是很想知道,你能吃上几道菜呢……听明白了吗?"

"明白了,先生。"

艾莱恩先生重又把脑瓜埋进文件堆中。那人凝视着那光滑的脑瓜——就是它主宰着克罗斯比和艾莱恩公司的事务——估计它一敲就会碎。一阵怒火猛然蹿上他的喉管,不过也就那么一会儿,随后便熄灭了,只遗下一种焦渴难耐的感觉。那人很熟悉这种感觉,只感到今晚应当好好地喝上几杯。半个月已经熬过去了,要是他按时做完抄写的活,艾莱恩先生或许会签字让他先领点钱。他站着未动,凝视着文件堆中的那个脑瓜。艾莱恩先生忽然开始翻动所有的文件,寻找什么东西,似乎这时候才意识到那人的存在,便直起脑瓜说:

"怎么?你就打算在这里站上一天?法林顿,你就这么无所事事?"

"我在等着看……"

"行啦,你用不着等着看。下楼干活去!"

那人步履沉重地走向门口,走出屋子时他听见艾莱恩先生冲着他的后背喊，要是今晚那份合同还抄不好，克罗斯比先生将亲自过问此事。

他回到楼下办公室自己的桌子前，数了数剩下待抄的纸页，然后拿起钢笔往墨水瓶里蘸了蘸，而目光却木然地停留在他已抄好的最后那几个字上："以上内容，在任何情形下，伯纳德·波德利均不得……"暮色降临，再过几分钟就会点亮煤气灯，那时候就可以抄写了。他感到得浇一浇焦渴的喉咙才行，于是便从办公桌前站起来，像刚才一样又掀开柜台，穿过办公室。他从办公室走过时，主管面带疑虑地注视着他。

"没事，谢利先生。"那人说，抬手指了指他要去的地方。

主管扫了一眼衣帽架，见上面挂得满满当当，便不再吭声。下得楼来，那人从裤兜里扯出一顶牧羊人花格便帽戴在头上，快步冲下摇晃的楼梯。他走出临街的大门，小心翼翼地沿人行道内侧一直走到一个拐角，然后猛地奔进一个门洞。现在他总算安稳地坐在奥尼尔酒店黑乎乎的小包间里了。他将滚烫的脸贴在朝向吧台的小窗子上，脸色像葡萄酒或熏肉一样暗红。他叫道：

"这儿，派特，好小伙，给我来杯黑啤。"

店主给他端来一杯纯黑啤，他一饮而尽，又开口要一粒葛缕子豆①。他将酒钱放在柜台上，像进来时一样悄悄溜出了小包间，留下店主在黑暗中摸索那枚钱。

浓雾暮色笼罩了二月的黄昏，尤思特斯街上的路灯已经点

---

① 葛缕子：一种香料植物，其种子常被用来做下酒的香豆。

亮。那人挨着房屋往前走,走到事务所门口时停了下来,心想不知能否按时做完抄写的活。上楼时一股沁人心脾的香水味扑鼻而来:很显然,他外出待在奥尼尔酒店时,德拉克小姐已经来了。他重又将便帽塞进裤兜,走进办公室,装出一副无所事事的模样。

"艾莱恩先生找过你,"主管厉声说,"你上哪儿去了?"

那人瞟了瞟站在柜台前的两个顾客,似乎暗示有他们在场,他不便答话。主管看见那两人都是男人,便冷笑一声。

"我知道你那些名堂,"他说,"一天去五趟是不是有点……好啦,你最好还是小心些,把德拉克案卷的信件副本给艾莱恩先生送去。"

众目睽睽之下的这顿训斥,再加上赶着上楼和匆忙灌下的那杯黑啤,一下把他弄得晕头转向。他坐在办公桌前一边翻找所要的东西,一边觉得要想在五点半前抄完那份合同,希望真是太渺茫了。潮湿的暗夜已经来临,他多么渴望能坐在酒吧里消磨掉这段时光,在煤气灯的照耀下和玻璃杯的磕碰声中,与朋友们一起畅喝痛饮。他拿出德拉克案卷的信件,走出了办公室。他希望艾莱恩先生不会发现其中独独少了最近的两封信。

沁人心脾的香水味在通往艾莱恩先生办公室的过道上一路飘荡。德拉克小姐是一位犹太人面相的中年妇人,据说艾莱恩先生钟情于她或者她的钱财。她常来事务所,每次来都坐很长时间,此刻她就带着一股芬芳坐在他的办公桌旁,摩挲着她那把花伞的伞柄,点头晃动着帽子上那根长长的黑色鸟羽。艾莱恩先生将椅子转过来面对着她，右腿快活地翘起来架在左膝上。那人将信件放到办公桌上，谦恭地鞠了一个躬，但是艾莱恩先生和德拉克小姐对他的鞠躬都未予理睬。艾莱恩先生用一根手指敲了敲信件，然后朝他轻轻一弹，好像在说：行了，你可以走了。

  那人回到楼下的办公室，又坐到自己的办公桌前。他盯着尚未抄完的那句话："以上内容，在任何情形下，伯纳德·波德利均不得……"心想真是莫名其妙，怎么最后三个词都是用同一个字母开头的呢①。主管开始催促帕克小姐，说她打的信件总是赶不上邮寄的时间。那人聆听了一会儿打字机的噼啪声，然后开始抄写那份合同。可是他心不在焉。思绪飞向了酒馆里的灯光和杯盏。这样的夜晚本该喝上几杯热乎乎的潘趣酒才是。他硬着头皮抄啊抄啊，可是等到时钟敲响五点时，他还剩下十四页没抄完。见鬼！他不可能按时抄完了。他真想大吼一声，朝谁猛砸几拳。他简直气晕了，结果把"伯纳德·波德利"写成了"伯纳德·伯纳德"，只好换一页白纸从头抄起。

  他觉得自己有足够的力量，独自一人就可以把这整座事务所给掀翻，他痛感自己想做点什么，想冲出去来他一番狂喝滥饮。一生的屈辱让他感到怒火中烧……他是否可以私下向出纳先预支几个工钱？不行，那出纳可不是什么好东西，绝对不是好东西，绝对不会预支工钱……他知道上哪儿去会那些小兄弟：列昂纳德、奥哈洛兰和诺西·弗林。他的心灵已经驰向痛饮和狂欢。

---

① 指最后三个词 Bernard Bodley be 的开头字母均为 B。

他是如此沉浸于自己的幻象，以致自己的名字被召唤了两次，才慌忙作答。艾莱恩先生和德拉克小姐站在柜台外面，所有的雇员都转过头来，好像要发生什么事情。那人从办公桌前站起来。艾莱恩先生出口便骂，说有两封信没见着。那人说他对此一无所知，见到什么就抄什么。辱骂复又响起，骂得那么狠、那么凶，那人忍不住攥紧了拳头，恨不能砸向他面前那侏儒的脑瓜。

"我对另外那两封信一无所知。"他木然地说。

"你……一无……所知？你当然一无所知。"艾莱恩先生说。"你说，"他又补上一句，先瞥了一眼身边的女士，似乎想求得她的谅解，"你是不是把我当成了傻瓜？你是不是以为我是个十足的傻瓜？"

那人瞧了瞧女士的脸，瞧了瞧那蛋状的小脑袋，最后又把目光落到女士的脸上，连他自己都还没意识到是怎么回事，一句很得体的答话就已经脱口而出：

"我倒不这样认为，先生，"他说，"那句问话用在我身上倒是很合适。"

雇员们一时屏住呼吸，鸦雀无声。所有的人都大吃一惊（妙语！作者自己的惊讶也绝不亚于其邻人），壮硕和蔼的德拉克小姐咧嘴笑了起来。艾莱恩先生的脸红得如同一朵野玫瑰，嘴巴带着侏儒的怒火抽动着。他挥起拳头在那人面前不停晃动，就好像是哪种电动玩具的把柄在颤抖：

"好你个放肆的无赖！好你个放肆的无赖！看我不给你点厉

害尝尝！你等着瞧！要是不为你的放肆给我赔罪，你就马上给我滚！你得为这事滚蛋，我告诉你，否则就给我赔罪！"

他站在事务所对面的一座门廊下，想看看出纳会不会单独出来。雇员们鱼贯而出，最后出纳也出来了，跟主管走在一起。只要他跟主管在一起，说什么都没用。那人觉得自己真是**倒霉透**了。他得低声下气为他的放肆向艾莱恩先生赔罪，可是他又知道，要是那样做的话，他在事务所里将无处安身。他当然记得艾莱恩先生为了给自己的侄子安排个位置，如何将小匹克撵出了事务所。他感到口干舌燥，怒火中烧，既恨自己，又恨所有的人。艾莱恩先生绝不会让他有片刻安宁，他的一生将如同地狱一般。这次他可是做了一回十足的傻瓜。难道他就不能管好自己的舌头？可是自从艾莱恩先生听见他为了取悦希金斯和帕克小姐，模仿他那口北爱尔兰土话后，他和艾莱恩先生的关系就再也合拢不起来了，那才是事情的起因。他也可以向希金斯借点钱，不过希金斯穷得叮当响，一个人要负担两个家，当然也不可能……

他感到自己硕大的躯体重又开始渴望酒馆的温馨，大雾开始让他觉得了一丝寒冷，他心想不知是否可以去奥尼尔酒店找找派特。他从他那儿顶多只能要到一先令——而一先令又有什么用呢？可是不管怎么样他得上哪儿去找点钱，他已经喝掉了最后一个便士，再不去找钱可就晚了。他的指头刚触着表链，忽然就想起了舰队街上的泰里·凯利当铺。真是太棒了！怎么先前就没想到呢？

他快步穿过教堂街狭窄的巷子，口中喃喃自语，说是让那帮家伙全都见鬼去吧，他今晚可要好好喝上几杯。泰里·凯利当铺的雇员说一块银币①吧，但是典当者坚持要六个先令，最后还是依他以六个先令成交。他兴高采烈地走出当铺，将硬币捏成一座小圆柱不停地把玩。西摩兰街的人行道上挤满了下班归来的年轻男女，衣衫褴褛的报童窜来窜去，吆喝着各家晚报的报名。那人穿过人群，得意而又满足地注视着眼前的景象，并不时地端详那些办公室的姑娘。他的脑袋里灌满了有轨电车和无轨电车来来往往的叮当声，鼻孔则已经嗅到了潘趣酒的酒香。他一边走，一边想象如何对小兄弟们讲述这场纠纷：

"于是我就那样盯着他……冷冷的，知道吧，又盯着她。后来我又把目光调回到他身上……非常沉着，知道吧，我觉得这句问话用在我身上才叫合适呢，我说。"

诺西·弗林如往常一般坐在戴维·贝恩酒馆的那个角落里，听罢事情的始末，他敬法林顿半杯酒，说他从来也没有听到过这么绝妙的事。法林顿回敬他一杯。没过多久奥哈洛兰和派迪·列昂纳德进来了，于是那故事又对他们重述了一遍。奥哈洛兰敬了一巡热乎乎的麦芽酒后，便开始讲述他在弗尼斯街的凯兰事务所时，如何与他的主管唇枪舌剑，不过那种对白有点像是田园诗中牧羊人之间无拘无束的对话，他不得不承认，相形之下他不如法林顿那么机智。说到这里时法林顿要兄弟们喝掉手里的酒，然后

---

① 一块银币相当于五个先令。

再来一杯。

他们正喝在兴头上，这时候希金斯闯了进来！他自然被灌了几杯。大伙儿要他也发表一点高见，他看见五小杯热乎乎的威士忌，不觉垂涎欲滴，便兴致勃勃地表演了一番。眼见他学着艾莱恩先生的模样在法林顿面前直晃拳头，所有的人都哄堂大笑。随后他又模仿法林顿，说这儿可都是我的哥们，都跟你一样棒，这时候法林顿睁着眼皮耷拉的脏眼，瞧着他的伙伴们，脸上露出笑容，用下唇抿掉从胡须上淌落下来的几滴酒。

喝完这一轮后便是一阵沉默。奥哈洛兰还剩几个钱，而另外两人看上去已身无分文，于是大伙儿离开了酒馆，多少有些怅然。走到丢克街拐角时，希金斯和诺西·弗林消失于左侧，其余三人则回身朝城里走去。冷雨淅淅沥沥地落在大街上，一行人快到伯勒特事务所时，法林顿提议进苏格兰酒馆歇会儿。酒馆里坐满了男人，到处是说话声和碰杯声，三个人推开门口叫卖火柴的小贩，在柜台的一角围坐下来，开始胡说八道。列昂纳德将他们介绍给一个名叫韦瑟斯的年轻人，那人在蒂沃利剧团表演杂技和滑稽剧。法林顿敬了一巡酒。韦瑟斯说他喜欢来一小杯掺有阿波利奈里斯[①]的爱尔兰威士忌，法林顿显然谙熟此种喝法，便问小兄弟们是否也掺点阿波利奈里斯。不过兄弟们只是要蒂姆将酒加加热。谈话变得如同演戏一般。奥哈洛兰敬了一巡酒，然后法林顿又再敬一巡。韦瑟斯抗议说这种待客方式也太爱尔兰化了吧，

---

① 阿波利奈里斯：一种矿泉水的品牌，产于德国。

他许诺带他们到后台去，见识见识漂亮的娘们儿。奥哈洛兰说他和列昂纳德可以去，但是法林顿不能去，因为他已经有老婆了。法林顿用那双眼皮耷拉的脏眼瞅着伙伴，表示他知道他们在拿他取笑。韦瑟斯掏钱请大伙儿都喝了一点儿药酒，许诺过会儿与大家在台球街的缪利根酒馆见面。

苏格兰酒馆关灯后，他们就左转右拐前往缪利根酒馆。他们走进后面的小包厢，奥哈洛兰已经给大伙儿点好了热乎乎的小杯特酿，一时间大家都开始感到了一丝醺醺然。韦瑟斯刚敬完一巡，法林顿就开始又敬一巡。让法林顿感到宽慰的是，他这次喝的是一杯苦麦酒。钱哗哗地流着，而酒还在不停地喝，这时候走进来两个戴着宽边帽的年轻女人，还有一个身穿格子外套的年轻男子，在紧挨着的酒桌前坐下。韦瑟斯与他们寒暄几句，告诉伙伴们说他们是蒂沃利剧团的人。法林顿的眼睛一刻也没有离开过其中一个年轻女人的方向，她的容貌有一种令人迷醉的东西。一块宽大的孔雀蓝丝巾环绕着她的帽子，在下巴处打了一个宽宽的结，一双浅黄色的手套一直套到肘弯。法林顿充满爱意地盯着她那只不时优雅挪动着的胖膀子，她朝他回眸一笑，于是他更是被她那双深褐色的大眼睛所倾倒，眼睛里那种撩人的意味，真是令他心醉神迷。她朝他抛了一两个媚眼，等到她们那伙人离开酒馆时，她从他椅子旁擦身而过，并用伦敦口音说了句，哦，对不起！他盯着她走出酒馆，盼望她会回头看他一眼，然而他失望了。他咒骂自己一文不名，咒骂他向别人敬过的所有那几巡酒，尤其咒骂他敬韦瑟斯的威士忌和阿波利奈里斯。如果说他对哪类人感到深恶痛绝，那必定就是食客。他一时恼羞成怒，乃至连小兄弟们在说些什么都没听明白。

等到派迪·列昂纳德叫他时，他才发现他们在谈论比手劲。韦瑟斯向同伴们展示他的二头肌，把自己吹得天花乱坠，于是其余两人便叫来法林顿，要他捍卫国家的荣誉①。法林顿于是捋起袖子，也朝同伴们展示他的二头肌。两条胳膊被检视比较了一番，最终同意比试比试。拿掉了酒桌上的东西，两个男人便把胳膊肘支在上面，握紧了手。派迪·列昂纳德说了一声，开始！双方便各自用力想把对方的手摁到桌面上。法林顿看上去一副决一死战的架势。

较量到来了，过了大约半分钟左右，韦瑟斯将对手的手缓缓摁到了桌面上。法林顿那张本来就呈暗褐色的脸，一下子变得更加黯淡了，他为自己居然败给这么个黄毛小子感到羞愤难当。

"你不能使身上的力啊，要公平竞争才是。"他说。

"谁不公平竞争啦？"对方说。

"再来，三局两胜。"

较量又开始了，法林顿的额上青筋暴突，而韦瑟斯那张灰白的脸则涨得通红。两人的手和臂都因为用力而颤抖。经过一段长久的较量，韦瑟斯又缓缓将对手的手放平在桌面上，围观的人群发出一阵低微的叫好声。站在桌子旁的店主朝获胜者频频点着发红的脑袋，媚态十足地说：

---

① 因韦瑟斯是意大利人，故有此语。

"嗨,真有两下子啊。"

"你懂个屁!"法林顿气呼呼地掉转身对那人说,"你他妈的瞎掺和什么?"

"好啦,好啦!"奥哈洛兰看见法林顿脸上暴怒的表情,赶紧说,"结账吧,弟兄们,再喝一两口就该上路了。"

*

奥康纳桥的拐角处站着一个满脸阴沉的男人,正等候开往桑迪蒙特的小型电车载他回家。他郁积了一肚子的怒火和怨恨,只感到羞愧交加,悲愤难平。此时他毫无醉意,口袋里只剩下两个便士。他诅咒一切。事务所的差事没了,表当了,钱花了,而他居然还没醉。他又开始感到焦渴,渴望再回到热气腾腾的酒馆里。他已经断送了自己壮汉的名声,被一个无名小子连败两次。他的心被怒火灼痛,一想到那个头戴宽檐帽的女人从他身边擦过,还说对不起!他气得差点没昏死过去。

电车把他送抵谢尔本路,他拖着硕大的身躯,沿兵营围墙的阴影一路前行。他并不想回家,从侧门走进家时,他发现厨房里空空荡荡,炉火也已奄奄一息。他朝楼上大吼:

"艾达!艾达!"

他太太是个长脸的小妇人,丈夫不喝酒时她就拿他撒野,一旦丈夫喝醉就被拿来出气。两人养了五个小孩。一个小男孩奔下楼梯。

"谁？"那人瞅着暗处问。

"我，爸。"

"你是谁？查理？"

"不是，爸，是汤姆。"

"你妈呢？"

"她上教堂去了。"

"好啊……她给我留饭了吗？"

"是的，爸。我……"

"点灯！干吗到处都黑乎乎的？别的孩子都睡了？"

小男孩去点灯，那人重重地坐进一把椅子。他开始学着儿子单调的口音，自言自语道：上教堂去了，上教堂去了，去就去吧！灯点亮时，他一拳砸在桌子上，叫道：

"我的饭呢？"

"我去……做，爸。"小男孩说。

那人火冒三丈，一跃而起，指着那堆火说：

"就那火！你把火弄灭了！好啊，我来教你再灭一次！"

他一步跨到门边，抓起立在门背后的一根手杖。

"我来教你灭火！"他说，捋起袖子好让胳膊活动自如。

小男孩一边哭道，哦，爸！一边绕着桌子跑，但是那人追在后面，一把就揪住了他的外衣。小男孩挣扎着四下张望，眼见无路可逃，便一下跪倒在地。

"来吧，再把火弄灭一次！"那人说着就挥起手杖猛抽下去。"看啊，你这狗娘养的！"

小男孩疼得发出一声惨叫,手杖打伤了他的腿。他两手绞在一起,举向空中,声音因为恐惧而颤抖。

"哦,爸!"他哭道,"别打我,爸!……我来……为你唱万福马利亚……我来为你唱万福马利亚,爸,只要你不打我……我就唱万福马利亚……①"

(沈东子 译)

---

① 天主教把马利亚视为每一个教徒的属灵母亲,由小汤姆的这几句话可以看出,法林顿是爱尔兰天主教徒。

土

女主管答应玛丽亚，只待妇人们用过茶点，她就可以出门，因此玛丽亚一心盼望着晚上出去。厨房里干净整洁，厨子说你可以把那口大铜锅当镜子用了。炉火熊熊燃烧，在一张边桌上放着四块很大的葡萄干面包，面包好像没有切过，但是若走近些细看，你就会发现其实已经切成了平整厚实的长条，只等用茶点时拿起来分送就是。这可是玛丽亚亲手切的。

玛丽亚确实是个非常非常小巧的女人，不过鼻子和下巴都很长，说话时带点鼻音，总是柔声柔气地说：对，亲爱的，或者不对，亲爱的。一旦妇人们为入浴产生纷争，她就会被请去调解，而她也总能平息事态。一天女主管对她说：

"玛丽亚，你真是个和平使者。"

副主管和另外两个管膳宿的女人都听到了这声夸赞。金格·穆尼老是说，要不是看在玛丽亚的面上，她早就把那个熨衣服的哑巴给收拾了。人人都是那么喜欢玛丽亚。

妇人们六点钟用茶点，她在七点前就可以离开。由弹子桥到圆塔①二十分钟，由圆塔到德拉姆康德拉二十分钟，再花二十分钟买东西，这样她在八点前就可以赶到那里。她摸出镶着银扣的荷包，又念了一遍上面的那行字：来自贝尔法斯特的礼物。她非

---

① 圆塔：指坐落于都柏林郊外港口区的圆形炮塔，十九世纪初为防御法国人的入侵而修建。

常喜欢这只荷包,这是五年前乔和艾尔非参加圣神降临节①周一旅行团前往贝尔法斯特时,乔专门为她买的。荷包里有两枚银币和几枚铜毫,付过电车钱后就只能剩下五先令。这会是一个多么快乐的夜晚啊,孩子们会齐声歌唱!她只是希望乔可别喝醉了,他随便喝点什么都会变得与众不同。

他经常邀请她去跟他家人一块儿住,可是她觉得那样会妨碍人家(尽管乔太太一向待她不错),况且她也已经习惯了洗衣店的生活。乔是个好人,她也照看过他和艾尔非。乔常常这样说:

"母亲只是母亲,但玛丽亚却是我亲爱的母亲。"

同家人分手后,孩子们为她在这家名叫"灯光下的都柏林"的洗衣店找了份差事,她非常喜欢。她一度对新教徒印象不好,但是现在她觉得他们是些好人,有点内向和拘束,但仍然是容易相处的好人。后来她在温室里种了些花草,非常乐意侍弄它们。她种了一些漂亮的球兰和羊齿植物,只要有人来探望她,她就会在温室里摘一两朵花送给客人。不过有一种东西她挺不喜欢,就是挂在墙上的那些小册子②,好在女主管是个很好相处的人,显得特别有教养。

厨子告诉她全都准备好了,于是她走进妇人的房间,拉响了那口大钟。没过几分钟,妇人们就三三两两地进来了,用围裙擦着冒着热气的双手,扯下袖子遮住烫得通红的胳膊。她们在自己的茶缸前坐下,茶缸里已经由厨子和哑巴斟满了热茶,大罐子里

---

① 圣神降临节:复活节后的第七个星期天,翌日也为公休日。
② 这里指宣传新教的宗教小册子。

还调进了牛奶和糖。玛丽亚主管分发葡萄干面包，每个妇人都拿到了四片。用茶期间充满了欢声笑语。丽琪·弗莱明说玛丽亚肯定可以戴上戒指了[①]。尽管弗莱明几乎每逢万圣节前夜[②]都这样说，玛丽亚还是笑笑，说她可不想要什么戒指，也不想要男人。她笑起来时，浅绿色的眼睛里露出了失望而羞怯的亮光，鼻尖几乎顶到了下巴尖上。在其余妇人把桌子上的茶缸弄得叮当直响时，金格·穆尼举起茶缸提议为玛丽亚的健康干杯，并说她感到抱歉的是此时喝的不是黑啤。玛丽亚又笑得鼻尖差点没顶到下巴尖，瘦小的身子都快散了架，因为她知道尽管穆尼说的是平常女子的想法，但她完全是出于一片好意。

等到妇人们都用完了茶点，厨子和哑巴开始收拾茶具，这时玛丽亚真是高兴极啦！她走进她的小卧室，想到明早要做弥撒，便把闹钟的指针由七点拧到了六点。随后她取下围裙和长靴，把她最好的裙子摊在床上，又把小巧的礼靴搁在床脚。她脱掉外衣站在镜子前，回想自己还是个姑娘时，每逢星期天早上做弥撒，会穿什么样的衣服。她无限怜爱地注视着自己那曾经引以为骄傲的小巧的身体，尽管时光流逝，她发现它还是那么纤巧而光洁。

走出门外时，街上已被雨水淋得一片晶莹，她庆幸自己穿上了那件棕色的旧雨衣。电车里塞得满满当当，她只好在车厢尾部

---

① 喻指玛丽亚会订婚。
② 万圣节为每年的十一月一日，十月三十一日晚上俗称万圣节前夜。按习俗孩子们通常可以用南瓜做成各种面具，挨家挨户讨糖吃。

捡了个小凳子，面对所有乘客坐下，光脚趾头抵着底板。她想了一遍要做哪些事情，自忖一个人若是兜里有钱独自在外，真是再好不过了。她盼望着会有一个快乐的夜晚，这样的夜晚肯定会有，可又不能不想到艾尔非和乔至今互不搭理，这多少是件憾事。如今他俩老是较劲，可是小时候两人却是最要好的朋友。不过生活就是这么回事。

她在圆塔下了车，在人群中快步东挤西钻。她来到多恩斯饼屋，里面人头攒动，等了好长时间才轮到她。她买了一打便宜的什锦糕点，好不容易拎着只大包走出了饼屋。她心想还要买些什么呢，她好想再买些真正上好的东西，而他们肯定已经准备了足够多的苹果和核桃。真不知道该买些什么东西，想来想去还是买糕点好。她决定再买些葡萄干蛋糕，可是多恩斯饼屋的葡萄干蛋糕顶层铺的杏仁不够多，于是她又前往亨利街的另一家店铺。她在那里花了很长的时间东挑西拣，柜台后面那位穿着时髦的年轻女郎显然对她有些恼火，便问她莫非是想买婚宴蛋糕。玛丽亚被问得面色绯红，只是冲着那年轻女郎笑了笑。可那姑娘却当了真，切下一块厚厚的葡萄干蛋糕包好说：

"两先令四便士，请吧。"

她本以为她得站到德拉姆康德拉了，因为电车上的年轻人全都不搭理她，倒是一位年迈的绅士给她让了座。那绅士身架结实，戴了顶棕色礼帽，方脸红润，胡髭灰白。玛丽亚心想他看上去就像上校一般有教养，跟那些眼睛只顾望着前方的小伙子相比，他显得礼貌周全多了。老绅士开始跟她聊起万圣节夜和多雨的天气,猜测说包里肯定装满了给孩子们的好东西,还说孩子小时候应当多得到些快乐,这样才对。玛丽亚对此表示同意,不时拘谨地点头发出嗯哼的声音。他对她非常好,在运河桥站下车时,她对他鞠躬表示谢意。他也鞠了躬,扬了扬帽子,露出愉快的笑容。她顺着坡地一路往前走,在雨中低垂着小巧的脑袋,心想要认出一位绅士是多么容易呀,哪怕他喝了点酒。她一走进乔家,人人都叫喊起来:哦,玛丽亚来啦!乔也在,刚刚下班回来,孩子们全都身穿星期天的盛装。还有邻家的两个大姑娘,正在一起做游戏。玛丽亚将装糕点的大包交给最大的男孩艾尔菲去分发,唐纳莉太太说拎这么大一包糕点来,真是太费心了,要孩子们齐声说:

"谢谢你,玛丽亚。"

玛丽亚却说她还给爸爸和妈妈带来了特殊的礼物呢,他们一定会喜欢的,说着她开始找葡萄干蛋糕。她先找多恩斯饼屋的包,又翻雨衣的口袋,后来又看客厅的衣帽架,可是哪儿也没找着。随后她问所有的孩子,是不是有谁吃了——当然是不小心——可是孩子们齐声说没有啊,那神情分明表示如果硬要说他们偷吃,那他们就不吃糕点了。每个人都为这个谜苦思冥想,唐纳莉太太说很显然,玛丽亚把它给忘在电车上了。玛丽亚想起她如何被那位胡髭灰白的绅士所迷惑,不禁因为羞恼和失望而面色通红。一想到她原来想制造的小小的惊喜已化为泡影,想到还白白丢了两先令四便士,她差点就哭了起来。

不过乔说不要紧,让她坐在了壁炉旁。他对她非常好,跟她讲述办公室里的奇闻逸事，不断重复他回敬经理的一句妙语，玛丽亚不明白他为啥对自己的那句话笑得那么厉害，但是她说那经理肯定是个很难相处的坏脾气家伙。乔说你只要知道如何对付他，倒也不难，只要不冒犯他，他也还算明白事理。这时唐纳莉太太为孩子们弹起钢琴，孩子们则又唱又跳，那两个邻家的姑娘端来了核桃，可是谁也找不到核桃夹，乔急得快要骂人了，问没有核桃夹，叫玛丽亚怎么夹核桃呢。但是玛丽亚说她不想吃核桃，要他们别为她操心。乔又问她要不要喝瓶斯陶特酒，唐纳莉太太说要是她喜欢喝红葡萄酒，家里也有。玛丽亚说她只巴望他们别问她吃这吃那的，可是乔却不依。

于是玛丽亚便由他去，大伙儿坐在炉边回忆往事，玛丽亚心想得为艾尔非说几句好话才是。可是乔在一边嚷嚷他要是再跟弟弟说一句话，情愿被雷劈死。玛丽亚说她很抱歉提起了这件事情。唐纳莉太太对她丈夫说，用这种口气谈论自己的骨肉兄弟，真是不知羞耻，但乔说艾尔非才不是他兄弟呢，为这事两人差点争吵起来。后来乔说他不想在这样的夜晚发脾气，叫他太太再多开几瓶斯陶特酒。两个邻家的姑娘安排了几个万圣节夜游戏，于是大家又快活起来。看见孩子们欢天喜地，乔和他太太兴致勃勃，玛丽亚也觉得非常开心。邻家的姑娘们往桌上搁了几只碟子，又把孩子们领到桌前蒙上眼睛。一个孩子摸到了祈祷书，其余三人则摸到了水。等到一个邻家的姑娘摸到戒指时，唐纳莉太太用手指直羞脸孔绯红的姑娘，似乎在说，哦，我可全都知道啦！随后大家都要求蒙住玛丽亚，把她领到桌子前，看看她会摸到什么。众人给玛丽亚蒙上绷带时,她笑个不停,鼻尖几乎都顶到了下巴尖。

大伙儿又说又笑地把她领到桌子前,她听从吩咐把手伸向空中。她伸手东探探,西摸摸,然后落到了一只碟子上。她触到了一种又软又黏的东西,奇怪的是没有谁说话,也没有谁取下她的绷带。有那么几秒钟一片鸦雀无声,随后响起了脚步声和窃窃私语。有人说起了花园里的什么东西,后来唐纳莉太太厉声斥责一个邻家姑娘,要她赶紧把它扔出去,那可不是闹着玩的①。玛丽亚明白上回可以不算数,于是她又重新摸了一次,这次摸到的是祈祷书。

事后唐纳莉太太给孩子们演奏了麦克劳茨小姐改编的里尔舞曲②,乔请玛丽亚喝了一杯葡萄酒,于是大伙儿又变得欢快起来。唐纳莉太太说玛丽亚年内会进修道院,因为她摸到的是祈祷书。那天晚上乔对玛丽亚格外周到,不断地谈笑风生,追忆往事。她说这里人人都对她这么好。

孩子们终于困了,显出了睡意,乔问玛丽亚回去前可否唱一支短歌,一支旧日的歌。唐纳莉太太说,唱吧,玛丽亚!于是玛丽亚只好起来站在钢琴旁。唐纳莉太太叮嘱孩子们安静,听玛丽亚唱歌,然后便奏起了过门,说,开始吧,玛丽亚!玛丽亚涨红了脸,开始颤抖着小声唱起来。她唱的是《我梦见我住在……》,唱到第二段时,她重复唱道:

---

① 这里暗示玛丽亚摸到的是花园里的土,显然并不吉利。
② 里尔舞曲:一种苏格兰舞曲,曲调轻松欢快。

>我梦见我住在大理石的房间里,
>
>>身边簇拥着家臣和婢女,
>
>这高墙内的所有人当中,
>
>>唯有我才是希望和荣誉。
>
>我有万贯家财难以数计,
>
>>我有望族血统豪门身世,
>
>而那最最迷醉我的梦想,
>
>>却是你依然爱我并不在意。

不过没人想指出她唱错了哪个地方,等到唱完这首歌时,乔已被深深打动。他说什么也比不上往日的时光,无论别人怎么说,对他而言,什么曲子都不如可怜的老巴尔夫[①]。他的眼里噙着那么多泪水,以至于找不着想找的东西,最后只得让太太告诉他拔塞钻放在哪儿。

(沈东子 译)

[①] 巴尔夫(1808—1870),出生于爱尔兰的英国作曲家,主要作品有歌剧《波希米亚少女》等。

伤心命案

詹姆斯·达非先生住在查皮利佐德，这既是因为他宁可尽可能住得离他是其臣民的那座城市远些，也是因为他发现都柏林的其他郊区都已经变得吝啬、摩登和虚伪。他住在一幢阴暗的老宅里，透过窗户不是看见一座废弃的酒厂，就是看见一条流向下游的小河[①]，都柏林城就建在那条河旁。房间内未铺地毯，空旷的墙壁上也没有贴任何图片，每一件家具都是他亲手购置的：黑色的铁架床、铁盆架、四只藤椅、衣架、煤斗、烤架和火钳，还有一张搁着双人用写字台的大方桌。书架安置在壁橱里，用白色的木板隔出来，卧床铺着白色的床罩，床脚盖着黑红两色的毯子。盆架上方挂着一块带柄的小镜子，壁炉上唯一的装饰，就是白天放在那儿的一盏盖着白色灯罩的台灯。白色书架上的书籍按书的高低依次排列，最低一格的一角摆着一部《华兹华斯全集》[②]，而在顶格的一侧，则竖着一本用笔记簿硬布壳缝制而成的《梅努斯学院教义问答》。写字台上总是放着抄写用品，抽屉里搁着一份豪普特曼所著《米切尔·克莱默》[③]译本的手稿，其中的舞台指导文字是用紫红墨水书写的，还有一小叠用铜扣钉起来的纸张。

---

① 指流经都柏林市的丽妃河。
② 华兹华斯（1770—1850），英国诗人，一八四三年被英国皇家授予桂冠诗人称号。
③ 豪普特曼（1862—1946），德国剧作家。《米切尔·克莱默》写于一九〇〇年，反映世纪末德国人内心的苦闷和孤独。

纸张上不时会出现信手写下的一句话,尤其滑稽的是,第一面贴着"苦豆子"广告的一行用语①。只要一掀开写字台的盖子,便会飘出一阵淡淡的芬芳——这芬芳要么是一支崭新的杉木铅笔,要么是一瓶胶水或者一只被遗忘的熟透的苹果。

达非先生讨厌任何有可能导致精神与肉体混乱的东西。中世纪的医生或许会说这人有些忧郁。他那张饱经沧桑的脸就跟都柏林的马路一般棕黄,硕大的扁脑袋上长着几绺干枯的黑发,淡黄的胡髭遮不住那张木然的嘴。颧骨也给他的脸增加了一种峻色,好在眼神还不算太严峻,躲在淡黄色的眉毛下注视世界,给人的印象是时时都期待着他人悔过,但又时时陷入失望。他与自己保持着一点儿距离,用旁观者怀疑的目光观察自己的言行举止。他有一种为自己作传的老习惯,依着这习惯不时暗暗地想些有关自己的短句,主语是第三人称,而谓语用的是过去时态。他对乞丐从不施舍,行走时总是步伐坚定,拄着结实的榛木拐杖。

他在布袋街的一家私家银行做了多年出纳,每天早上乘电车由查皮利佐德赶来,中午去丹·伯克餐馆吃顿午饭——一瓶淡啤酒②和一小盘竹芋③粉饼干。四点下班后,他到乔治街的一家小馆子吃饭,在这里他有一种远离纨绔子弟的安全感,况且这里的价钱也比较公道。晚上则要么听女房东弹钢琴,要么在城郊四处闲逛,有时候也会因为爱好莫扎特的音乐,去欣赏一场歌剧或者

---

① 指用裁下的广告画做笔记簿封皮。
② 淡啤酒:一种淡味啤酒,先将啤酒酿制而成,贮存一段时日后再饮用。
③ 竹芋:一种热带美洲植物,其粉可做食品。

音乐会，这是他生活中唯一的乐趣。

他既没有伴侣，也没有朋友，既不上教堂，也不做祈祷，过着一种无需与他人交流的精神生活。圣诞节时走走亲戚，等到亲戚死了就送他们进公墓。他出于古老的礼仪尽这两项社会义务，借此保持自己的公民身份，但也仅此而已，并不想做得更多。他也容忍自己有这样的想法，在某种情况下他会抢劫那家银行，只是那某种情况从来没有出现过，因此他就一直这样平庸地生活着——毫无刺激可言。

一天晚上，在剧院的圆形大厅里，他发现自己坐在两位女士旁边。剧院里冷冷清清，观众寥寥可数，预示着演出的结局不会太妙。坐在他身边的那位女士几次环顾坐客稀少的大厅，然后说道：

"剧场今晚冷清成这样，真是太遗憾了！对着光溜溜的座位唱歌，还实在不容易呢。"

他把这番评论看作一种攀谈的邀请，并对她那种似乎毫不在意的态度感到惊讶。他一边说话，一边试图把她记住。听说她身边的那个年轻姑娘是她的女儿，他判断她比自己大概要年轻一两岁。她那张一度很俊俏的脸上，仍然显得富于灵气。那张脸呈椭圆形，轮廓非常分明，眼睛幽蓝而坚定。眼神一开始有些凛然，随后瞳孔消失于虹膜里，似乎又有些困惑，瞬间便显出极度的敏感。接着瞳孔又迅速出现，半遮半掩的天性重又被谨慎所支配，那护住丰满胸脯的阿斯特拉罕[①]羔皮上衣微微一挺，摆出一种更

[①] 阿斯特拉罕：俄罗斯南部城市名，位于伏尔加河下游，以盛产羊羔皮著称。

为凛然的姿态。

几个星期后,他在伊尔斯福特斜街的一个音乐会上与她再次相逢,并趁她女儿环顾左右之际,抓住时机与她密谈了一阵。她有一两次提起了她先生,但口气并不像是一种警告。她叫西尼可夫人,先生的祖上是从来亨①迁居而来。先生是往来于都柏林和荷兰的一艘商船船长,两人育有一个孩子。

等到第三次与她偶然相遇,他鼓起勇气提出与她约会。她来了,这是诸多约会的开始。他们总是在黄昏相见,挑选最安静的地段一同散步,但是达非先生对这种躲躲闪闪的方式感到不以为然,有点被迫偷情的意味,于是他逼迫她邀他上她家。西尼可船长倒是欢迎他常来,以为他是在向他女儿献殷勤。他在寻欢作乐中忘记了他太太的存在,根本不会想到还会有谁对她感兴趣。鉴于丈夫经常外出,女儿又不时出去上音乐课,因此达非先生有许多机会与那位女士相聚。无论是他还是她,以前都不曾有过这种冒险经历,因此也并不觉得这样做有何不妥。两人渐渐爱好相近,观点相同,他借书给她看,向她讲解各种看法,与她分享他的知识分子生活。她全都悉心聆听。

有时候为了回报他的各种理论,她也跟他讲述她的一些生活情况。她用近乎母性的关爱要他充分展露自己,由此她又成了他的忏悔聆听者。他告诉她有这么一段时间,他常常参加爱尔兰社会党的聚会,发现在一间用油灯照明的昏暗阁楼里,他在二十个

---

① 来亨:意大利西部港口城市,以出产来亨鸡和来亨草帽出名。

脸色阴郁的工人当中显得卓尔不群。等到该党分裂为三伙人，每伙人都拥有自己的领袖和自己的阁楼，他也就不再参加那类活动。他说工人讨论时太胆怯，对薪水问题拿不定主意，他们是一些脸孔肃穆的现实主义者，对精神怀有抵触，因为精神确是闲暇的产物，而对于闲暇他们又不可企及。他告诉她，都柏林在几个世纪内都不大可能被社会革命所席卷。

她问他为何不把自己的想法写出来呢。为什么要写呢？他用一种小心的讥诮口吻反问，去跟那些连一分钟的思考能力都没有的夸夸其谈者比个高低？让自己被那些把道德交给警察、把艺术交给代理人的愚不可及的中产阶级评头论足？

他经常前往她在都柏林郊外的那栋小房子，两人经常单独在一起消磨黄昏。随着两人的思想相互交融，谈论的话题也越来越接近。她的陪伴如同暖土滋养着移植的花枝。许多次她让暮色笼罩着两人，而没有去点亮油灯。昏暗而宁静的房间、与世隔绝的那份孤独和萦绕耳畔的东西，将他俩紧紧联系在一起。这种联系刺激了他的想象力，磨平了他性格中粗粝的部分，给他的精神生活注入了柔情。有时候他发现自己在倾听自己的声音，他觉得在她的心目中，他会上升为一名天使。正当他越来越亲近伴侣的热烈天性时，他又听见了一种陌生而超自然的声音，并且辨认出那是他自己的声音，那声音要求灵魂固守无可救药的孤独。我们不能献出自己，那声音说，我们就是我们自己。这些交往的结局是这样的，一天夜晚西尼可夫人表现出异乎寻常的激动，热情洋溢地一把抓住他的手，并把那手按在她的脸蛋上。

达非先生惊讶莫名。她误解了他的话，因而使他感到幻灭。有那么一个星期他没去看她，后来他写信给她，希望再见一面。他希望最后一次见面不要因旧情而过于缠绵，因而把地点选在了靠近公园①后大门的一家小饼屋。这天秋风瑟瑟，他们冒着寒风在公园里来回走了近三个小时。两人同意不再往来。每次见面，他说，都是伤心的见面。走出公园后，两人无言地走向电车，这时候她开始发抖。他看见她抖得那么厉害，害怕她会再次无法自制，便赶紧道别，离她而去。几天后他收到一个包裹，里面装着他的书和乐谱。

四年过去了，达非先生重又回到平庸的生活中。他的房间依旧跟他的脑袋一样有条理，几页新乐谱放在楼下房间的乐架上，书架里则竖着两部尼采的著作：《查拉斯图拉如是说》和《快乐的科学》②。他很少往写字台上的那叠纸上写东西，其中有句话是在最后那次约见西尼可夫人两个月后写下的，那句话这样说：男人与男人是不可能相爱的，因为不可能性交；男人与女人则不可能有友谊，因为总不免要性交。他远离音乐会，以免遇上她。他父亲去世了，银行的年轻伙伴也已退休，而他依旧每天早晨坐电车进城，每天晚上在乔治街吃顿便饭后便从城里往家里走，把阅读晚报当作饭后的甜点。

一天晚上，他正准备把一勺咸牛肉和卷心菜往嘴里塞，手忽然停住了，眼光盯着他用玻璃水瓶顶着的晚报上的一则报道。他

---

① 指都柏林的凤凰公园，该公园被认为是二十世纪初世界上最大的城市公园。
② 《查拉斯图拉如是说》和《快乐的科学》是尼采最著名的两部哲学著作。

把那勺食物放回盘子,仔细读了一遍那则报道,然后喝了一杯水,把盘子拨到一旁,将报纸对折摊在面前的两肘之间,把那则报道读了一遍又一遍。卷心菜开始在盘子里结出一层冰凉的白色油脂。一位姑娘过来问他,是不是饭菜做得不好。他说很好很好,硬着头皮又吃了几勺,随后便付钱走了出去。

他在十一月的暮色中快步走着,那根结实的榛木手杖有节奏地敲着地面,淡黄色的《晚邮报》边缘从紧身的双排扣外套的一只侧袋里露出一角。走到从公园大门到查皮利佐德那段冷清的路段时,他放慢了步子,手杖对地面的敲击也没那么急促了,那极不规整的呼吸,几乎变成了一阵阵叹息,凝结在冬日的空气里。一回到家里,他就直奔卧室,从口袋里掏出那张报纸,就着窗户微弱的光亮又念了一遍。他念得并不大声,只是像神父做祷告时那样翕动着嘴唇。报道是这样写的:

女士命丧悉尼广场车站
——一宗伤心命案

今天在都柏林市立医院,代理验尸官(莱弗雷特先生外出期间代理)对爱米莉·西尼可夫人的遗体进行了尸检,西尼可夫人年约四十三岁,昨晚死于悉尼广场车站。有证据表明,这位死去的女士在试图穿越铁轨时,被一列十点整从王城开来的慢车车头撞倒,因头部和身体右侧受伤而死亡。

火车司机詹姆斯·列农声称,他已在铁道公司干了十五年,听到保安的哨音时,他已启动列车,几秒钟后听见叫喊,便又停了下来,火车开得相当慢。

铁路搬运工皮·邓恩声称,火车即将启动时,他看见一个女人试图穿越铁轨,他一边喊一边朝她跑过去,可是他还未来得及接近她,她就被车头的挡板挂住了,然后摔倒在地。

陪审员:你看见那位女士摔倒吗?

证人:是的。

警官克罗利作证说,他到达时发现死者躺在月台上,显然已经死亡。他下令将遗体移进候车室,等候救护车赶来。

五十七号警察证实警官所言属实。

都柏林市立医院外科住院部助理医生霍尔平声称,死者两根下肋骨折断,右胳膊伤势严重,头部右侧摔倒时受伤。这样的伤势并不足以造成一个正常人死亡,据他的意见,死亡的原因很可能是休克和心力突然衰竭。

赫·布·派特森·芬雷先生代表铁道公司,对这件事深表歉意。铁道公司一向采取诸种措施,防止行人从天桥以外的地方穿越铁轨,在每座车站都贴有告示,而且还在平面道口设有标志明显的弹簧门。死者生前就习惯于在深夜穿越铁轨,由一个月台走到另一个月台。鉴于此案还牵涉某些其他情况,因此他认为铁路官员对此没有责任。

家住悉尼广场附近利奥韦尔的西尼可船长是死者的丈夫，他出席作证，声称死者是他的太太，出事时他不在都柏林，直到次日清晨才从鹿特丹①赶回来。他们结婚已经二十二年，要不是两年前太太开始酗酒，生活一直都很美满。

玛丽·西尼可小姐说，她母亲近年习惯于晚上出去买酒喝，她作证道，她经常对母亲晓以道理，并劝她加入了一个戒酒团体。她在出事后一小时才回到家。

陪审团根据医学证据做出裁决，认定列农无罪。

代理验尸官说，这是一宗最令人伤心的案例，对西尼可船长和他的女儿表示深切的同情。他要求铁道公司采取有力措施，以消除今后再发生类似事件的任何可能性。没人对此事负有责任。

达非先生从报纸上抬起眼睛，望着窗外毫无生气的黄昏景色。河流无声地在空旷的酒厂旁流淌，灯光不时在奥肯街的房屋间闪烁，这是什么结局啊！他对有关死亡过程的通篇报道感到作呕，更让他作呕的是，他居然跟她说过话，而且还引以为圣洁。陈腐的句子，虚假的同情，小心翼翼的新闻用词，全都试图淡化这则平常的死讯，所有这一切都让他感到恶心。

她不但贬低了自己，也贬低了他。他看见了她的恶行，卑微而丑恶，而她居然是他的灵魂伴侣！他想起了那些蹒跚而行的可

---

① 鹿特丹：荷兰最大的城市。

怜虫，他曾经见过那些人拿着瓶瓶罐罐等候侍者施舍。我的老天。这是什么结局！很显然她不适合生存，没有判断力，沉迷于恶习，完全是文明所唾弃的渣滓。没想到她会如此堕落！莫非他在与她交往时，一直都在自欺欺人！他记起了那天晚上她那种无法自制的情状，并用前所未有的挑剔尺度进行衡量。对于自己的所作所为，如今他可以毫无困难地表示欣赏。

　　随着光色黯淡，思绪飞扬，他开始想到她曾经碰过他的手。原先让他作呕的那种震撼，如今又击中了他的神经。他立即穿上外衣，戴上帽子，匆匆走出家门。一跨出门槛，冷风就扑面而来，钻进了他的袖口。走到查皮利佐德大桥旁的一间酒吧时，他钻进去要了一杯热乎乎的潘趣酒。

　　酒吧老板谦恭地给他端上酒，但并没有说话的意思。里面坐着五六个工人，正在谈论基尔戴尔郡一位阔人的财产共值多少钱，他们不时大盅大盅地喝酒，还抽烟，把痰吐在地板上，并不时地用沉重的靴子拨拉木屑，盖在痰迹上。达非先生坐在自己的位置上，看着那些人的方向，但是既没有看见他们，也没有听见他们说些什么。过了一会儿，他们出去了，他又要了一杯潘趣酒。他端着酒久久坐着，酒吧里异常安静，老板懒洋洋地靠着吧台翻阅《先驱报》，不时打一个呵欠。门外偶尔可以听见一辆电车，从寂静的马路上呼啸而过。

　　他坐着，怀想他与她度过的那段时光，她的两个幻影交替出现，这时他才意识到她已经死了，她已经不再存在，她已经成为一段记忆。于是他开始感到有些局促不安。然而他自问他又能做些什么呢,他不可能去上演一出蒙骗她的喜剧,也不可能与她公开同居,他的所作所为,对于他而言,已经是最好的选择。他有什么可自责的呢?如今她走了,他可以想见她的生活有多么孤单,夜复一夜独守空房。他的生活也很孤单,除非死掉,不再存在,变成一段记忆——若是还有谁记得他的话。

　　他离开酒吧时已过九点,暗夜寒冷而凄迷。他从头道门走进公园,走在干枯的树枝下。他穿过荒芜的小径,这是四年前他们一同走过的地方。她在夜色下似乎就在他的身边,有那么一瞬间,他好像感到她的声音掠过耳际,她的手触到了他自己的手。他站下来侧耳聆听。他为何要索走她的生命?为何要判处她的死刑?他感到自己的良心裂成了碎片。

　　走到军械山① 山顶时,他停住了脚步,望着流向都柏林的那条河,望着在寒夜中温暖闪烁的暗红的灯光。他又顺着斜坡往下望,看见下面公园围墙的阴影里,躺着一些人的身影。他的心因为那些用金钱换来的偷情② 而充满绝望。他厌恶自己那正人君子的生活,感到自己被人生的盛宴拒之门外。有那么一个人曾经爱过他,而他却拒绝给予她生命和幸福。他将她推向耻辱,使她因耻辱而死。而他知道躺在墙脚的那些东西正注视着他,巴望他跳下去。没谁需要他,他已被人生的盛宴拒之门外,他将目光转向那条波光闪烁的暗河,河水正朝都柏林城蜿蜒流淌。他看见河的

---

① 军械山:位于都柏林东南城郊,距市区十四英里。
② 暗指军械山山脚是卖笑的场所。

对岸有一列货车,正蜿蜒驶出国王桥①车站,像一条脑袋发红的虫子,固执而艰难地在暗夜中穿行。它缓缓滑出了他的视线,但仍能听见车头沉重的轰隆声,仿佛在不停地呼喊着她的名字。

他顺着原路往回走,耳里充满了车头有节奏的回响。他开始怀疑记忆告诉他的现实。走到一棵树下,他停下来,让那回声散去。他在暗夜中感觉不出她在身边,耳际也没有她的声音掠过。他等待了几分钟,谛听着,然而什么也没能听见:暗夜十分宁静。他又听了听:十分宁静。他感到自己非常孤单。

(沈东子 译)

---

① 国王桥:位于凤凰公园大门外,为纪念乔治四世一八二一年访问都柏林而建。

纪念日

老杰克用一块硬纸板将炭屑拢在一起，然后小心翼翼地撒在已烧得发白的煤炉圆顶上。等到圆顶被薄屑覆盖后，他那张脸就隐入了黑暗中，再次出来扇火时，对面墙上映出了他那蹲伏的身影，他的脸也渐渐重新出现在光线里。那是一张老头的脸，面容枯槁，毛发蓬乱，潮润的蓝眼朝着炉火不停眨巴，同样潮润的嘴不时张开着，合上时则机械地咀嚼两下。炭屑点着后，他把硬纸板靠墙放好，叹了一口气，说：

"现在好了，奥康纳先生。"

奥康纳先生是一位满头灰发的年轻人，脸上布满了疙瘩和粉刺。他正把烟叶塞进一管精致的圆筒内，想卷一支烟，听见有人对他说话，便若有所思地放下了手中的活计。然后他又若有所思地开始卷烟，思索了一会儿后，又舔了舔烟纸。

"蒂埃尼先生有没有说他什么时候回来？"他问，声音嘎声嘎气。

"他没说。"

奥康纳先生将烟塞进嘴里，开始搜寻口袋，结果摸出一沓薄薄的纸板卡片。

"我去给您拿火柴。"老头说。

"不用了，就用这个点吧。"奥康纳先生说。他拣出一张卡片，念了念印在上面的内容：

> **市政选举**
>
> 皇家交易所选区
>
> 理查德·杰·蒂埃尼先生
>
> 济贫法监察员
>
> 皇家交易所选区投票在即
>
> 恳请您投上一票
>
> 并帮助游说，不胜感激

奥康纳先生受雇于蒂埃尼先生的事务所，负责在该选区的一部分地方检票。不过由于风暴肆虐，加上他的鞋子又进了水，因此这天他大部分时间都跟老管家杰克一道，待在灯芯下街的委员会办公室里烤火。他们就这样一直坐到天黑。这天是十月六日[①]，外面阴沉而寒冷。

奥康纳先生撕下一角卡片，引火点着了烟。他这样做时，火苗映亮了他外套翻领上一片暗暗发亮的常春藤叶子[②]。老头专注地望着他，又拿过那块硬纸板，缓缓地扇着火，他的同伴则抽着烟。

"唉，是啊，"老头接着说，"真不知道怎样才能把孩子养大，

[①] 十月六日是爱尔兰自治党领袖巴奈尔（1846—1891）的逝世纪念日。
[②] 常春藤叶是爱尔兰自治党成员的标志。

谁能想到他会变成这种样子呢！我送他进了基督教兄弟会①，凡是能做的都为他做了，可他却整天烂醉如泥。我想过要他学规矩些。"

他懒洋洋地又把硬纸板放回原处。

"可惜我现在已经老了，要不然非让他尝尝厉害不可，我要摁住他，用棍子狠敲他的屁股——就像我以前常做的那样。他母亲啊，你也知道，老是想方设法护着他……"

"孩子就是那样被惯坏的。"奥康纳先生说。

"千真万确，"老头说，"而且得到的不是好报，而是丢脸。他一看见我吃点什么，就恶语相加，你说这世道是怎么了，做儿子的居然就那样跟老子说话？"

"他多大啦？"奥康纳先生问。

"十九。"老头说。

"你干吗不叫他去做点什么呢？"

"怎么没叫，这醉鬼离开学校后，我什么方法没试过？我养不起你了，我说，你得自个儿找份活做。可是又有什么用，他找到活后更糟，把钱全喝个精光。"

奥康纳先生同情地摇了摇头，老头不再吭声，凝视着火炉。有人打开房门喊道：

"喂！这里是共济会会场吗？"

"什么玩意？"老头问。

---

① 一个以教育贫困家庭孩子为主的天主教团体，创立于一六八四年。

"黑乎乎的你们在干什么?"一个声音问。

"是你吧,海尼斯?"奥康纳先生问。

"是呀,黑乎乎的你们在干什么?"海尼斯先生说,朝火炉的亮光走过来。

这是一个高挑的年轻人,长着一脸浅棕色的胡须。他的帽檐上挂着几颗晶亮欲滴的小雨珠,夹克外套的衣领翻竖起来。

"嘿,麦特①,"他问奥康纳先生,"怎么样?"

奥康纳先生摇了摇头。老头离开壁炉,在屋内摸索了一阵,转回来时拿了两支先后往火里点着的蜡烛,移放到桌子上。空空荡荡的屋子看得清楚了,炉火则顿时黯然失色。屋子的四壁光溜溜的,仅有一页竞选演说的招贴。屋子中央搁着一张小桌子,上面堆着成摞的纸。

海尼斯先生靠着炉架问:

"他还没给你钱?"

"还没呢,"奥康纳先生说,"看在上帝分上,但愿他今晚可别扔下我们不管。"

海尼斯先生笑了起来。

"噢,他会付你钱的,别担心。"他说。

"但愿他放聪明些,要是他想办大事的话。"奥康纳先生说道。

"你有什么想法,杰克?"海尼斯先生揶揄地问老头。

---

① 奥康纳的昵称。

老头回到炉子旁的位置上,说:

"不管怎么说,他还是有钱的,不像那个穷光蛋。"

"哪个穷光蛋?"海尼斯先生问。

"柯尔根啊。"老头讥讽地说。

"莫非就因为柯尔根是个工人,你就这么说?一个诚实的好泥瓦匠与一个酒吧老板,二者的区别在哪里呢——呃?难道工人就没有权利与其他人一样加入组织①——呃?难道他与那些见到任何有头衔的人就脱帽在手的家伙相比,不更有权利?是不是这样,麦特?"海尼斯先生问奥康纳先生。

"我想你说得对。"奥康纳先生答道。

"这人是个老实人,不会耍什么花招,他代表的是劳工阶级。而你伺候的那家伙,只是想捞什么好处。"

"当然,应当有人出来代表劳工阶级。"老头说。

"工人受尽欺侮,一文不名,"海尼斯先生说,"可是正是工人创造了一切。工人并不为自己的亲朋谋取肥缺,也不会为了取悦一位德王而玷污都柏林的名声。"

"怎么回事?"老头问。

"你不知道,要是爱德华王②明年来访,他们准备献上一篇欢迎辞?我们为什么要向一位外国君王点头哈腰呢?"

"我们的人才不会对这种欢迎辞投赞成票呢,"奥康纳先生

---

① 指爱尔兰自治党。
② 指英王爱德华七世(1841—1910),因其有德国血统,故被寻求自治的爱尔兰人讥讽为德王。

说,"他是作为自治党①候选人参选的。"

"他不会吗?"海尼斯先生说,"等着瞧吧,看看他会还是不会。我可认识他,就是那个滑头蒂埃尼吧?"

"天哪!也许你说得对,乔②,"奥康纳先生说,"不管怎么说,我还是希望他带着钱来。"

三个男人沉默无语。老头又开始将更多的炭屑拢在一起。海尼斯先生取下帽子甩了甩,又把外套的衣领翻下来,翻衣领时露出了领口上的一片常春藤叶。

"要是这人③还活着,"他点着叶子说,"我们就不会谈论什么欢迎辞了。"

"是这么回事。"奥康纳先生说。

"哦,愿上帝保佑他们!"老头说,"那种日子才叫生活呢。"

屋内又复归平静。这时候一个莽撞的小个子男人推门进来,他抽着鼻子,两耳冻得通红。他快步走到火炉旁,不停地搓着双手,好像要搓出火星方才罢休。

"这儿坐吧,汉奇先生。"老头道,将自己的椅子让给他。

"哎,别起来,杰克,别起来。"汉奇先生说。

他朝海尼斯先生随便点了点头,便坐进了老头空出的椅子里。

"去过昂琪儿街了吗?"他问奥康纳先生。

---

① 指爱尔兰自治党,该党反对英国统治,由奥康奈尔(1775—1847)创立。
② 海尼斯的昵称。
③ 指爱尔兰自治党领袖巴奈尔。

"去过了。"奥康纳先生答道,开始搜索口袋里的记事簿。

"见到格雷姆斯了吗?"

"见到了。"

"嗯,他是什么立场?"

"他不愿表态。他说:至于我投谁的票嘛,我对谁都不会说。不过我认为他没问题。"

"为什么?"

"他问我参选者都是些什么人,我对他说了,还提到了伯克神父的名字。我想不会有问题。"

汉奇先生又开始抽鼻子,双手架在火炉上狠命地搓着。过了一会儿,他说:

"看在上帝的分上,杰克,给我们撮点煤来,总还有些剩煤吧。"

老头走出了屋子。

"不行啊,"汉奇先生摇摇头说,"我去找那小鞋匠,可他说什么:哎,别急嘛,汉奇先生,只要工作正常运转,我就不会亏待你的,放心好啦。那个混账小子!真他妈的,他不是这种玩意,这会是什么呢?"

"我是怎么跟你说的,麦特?"海尼斯说,"滑头蒂埃尼。"

"哼,你跟那帮家伙一样鬼,"汉奇先生说,"那双小眼睛长得就跟猪一样。见他妈的鬼!他就不能像个男人一样付钱,却说什么:哎,别急嘛,汉奇先生,我得跟凡宁先生谈谈……我花的钱还不够多吗?小气十足的臭鞋匠!我想他大概是忘了他那矮个子老爹在玛丽巷开旧货店的那段时光了。"

"莫非确有其事？"奥康纳先生问道。

"天哪，那当然啦，"汉奇先生说，"你没听说过？那时候总有些人赶星期天一大早，趁着别人还没起床，溜进去买件背心或者长裤什么的——多便宜啊！可那滑头蛋的矮个子老爹总在角落里竖着一只黑色的小酒瓶，还记得吧？他就有那种事，他就是从那种地方钻出来的。"

老头转回来时端着几块煤，这儿一块那儿一块搁进火炉里。

"那可是顶好的见面礼啊，"奥康纳先生说，"若是他一毛不拔，怎能期待我们为他做事？"

"我也无可奈何，"汉奇先生说，"只有期待回家时被法警逮起来啰。"

海尼斯先生哈哈一笑，肩膀顶着炉架站了起来，准备走了。

"等到爱迪① 王莅临时，一切都会好起来的，"他说，"行啦，伙计们，我现在就走，明儿见，再会，再会。"

他慢步走出屋子，可是汉奇先生和老头都一声未吭，只是待到房门关上时，一直闷声望着炉火的奥康纳先生才忽然冒出一句：

"再会，乔。"

汉奇先生等了一会儿，然后朝房门的方向点了点头。

"你说说，"他在炉火的另一侧说道，"是什么风把我们的这位朋友刮到这里来了？他想干什么？"

---

① 爱迪为爱德华的小名。

"哼，可怜的乔！"奥康纳先生将烟蒂扔进火里，"他的日子跟我们一样难过。"

汉奇先生狠命地抽着鼻子，咳出那么大一口痰，差点就把炉火给浇灭了，直浇得炉火发出嘶嘶的抗议。

"跟你私下说句老实话吧，"他说，"我觉得他是另一个阵营里的人，是柯尔根的奸细，要是你非要我说的话。去转一转探一探他们的进展如何嘛，他们可不会怀疑你。明白了吧？"

"哦，可怜的乔可是个规矩人啊。"奥康纳先生说。

"他老爸倒是个规矩可敬的人，"汉奇先生承认，"可怜的老拉里·海尼斯！在世时做了不少好事！不过我恐怕我们这位朋友可不是什么 19K 金的好人，真他妈见鬼，我可以理解一个人陷入窘境，但不能理解一个人死皮赖脸，他为什么就没点男人的气概呢？"

"他来时我可没给他好脸，"老头说，"让他给他的主子卖命去，别来这儿做包打听。"

"这我就不明白了，"奥康纳先生一边掏出烟纸和烟丝，一边疑惑地说，"我觉得乔·海尼斯是个正派人，是个会耍笔杆的聪明人，还记得他写的那篇……？"

"要是你非这样说，那我就告诉你吧，那些乡巴佬和凡尼安分子①还更聪明呢，"汉奇先生说，"想知道我心里对那些小可怜虫是怎么想的吗？我相信他们当中有一半人拿了城堡②的钱。"

----

① 凡尼安会于一八五八年成立于美国纽约，主张爱尔兰脱离英国统治而独立。
② 城堡即都柏林，泛指英国人在爱尔兰的统治机构。

"谁知道呢。"老头说。

"咳,我知道事实真相,"汉奇先生说,"他们是城堡的御用文人……我不是说海尼斯……见鬼,他要更高明些……我是指那个斜眼的小贵族——你知道我说的那个爱国者是谁吧?"

奥康纳先生点点头。

"告诉你吧,就是瑟尔少校①的徒子徒孙!哼,好一位热血满腔的仁人志士!就是这么个家伙,眼下为了四便士就可以把祖国卖掉——嘿——而且还会为了自己有一个祖国可卖而卑躬屈膝,感谢万能的基督。"

这时有人敲门。

"进来!"汉奇先生说。

一个看上去像是穷教士或穷演员的人出现在门口。他那矮小的躯体紧扣着一件黑衣服,仅从衣领看不出那是教士的教服还是俗人的外套,因为那破旧外衣的领子,还有闪烁着烛光的纽扣,都紧贴在他的颈脖上。他还戴了一顶黑色的圆顶硬毡帽,除了两块红润的颧骨,缀着雨珠的脸庞还真像是湿乎乎的黄色奶酪。他忽然很失望地张开了大嘴,而明亮的蓝眼睛却又同时露出了惊讶和喜悦。

"哦,孔神父!"汉奇先生从座位上一跃而起,"是你吗?进来啊!"

"哎,不了,不了,不了!"孔神父噘着嘴忙不迭地说,像

---

① 爱尔兰军官,在与英国人作战时投靠英方。

是在跟一个小孩子说话。

"你就不进来坐坐?"

"不了,不了,不了!"孔神父说,语气小心而轻柔,"别让我打搅了你们!我只是来找找凡宁先生……"

"他在'黑鹰'①那边,"汉奇先生说,"你就不进来坐几分钟?"

"不了,不了,多谢。只是一点点小事,"孔神父说,"多谢,真的。"

他退出门口,汉奇先生拿了一只烛台,走到门口照着他下楼。

"哦,别麻烦了,千万千万!"

"不麻烦,楼梯挺黑的。"

"不用,不用,我看得见……多谢,真的。"

"走好了吗?"

"好了,谢谢……谢谢。"

汉奇先生秉烛转回来,将烛台放在桌上,又在炉火旁坐下。有那么几分钟谁也没说话。

"跟我说说,约翰。"奥康纳先生又用另一块硬纸板卡片点着了自己的烟。

"说什么?"

"他到底是个什么人?"

---

① 都柏林一酒店名。

"问个容易些的问题吧。"汉奇先生答。

"我觉得他和凡宁先生挺热乎的,时常在'卡瓦那'①聚会。他真是个神父吗?——嗯,是吧,我想是这样吧……他大概就是你说的那种害群之马……好在这种人并不多,也就那么寥寥几个……况且他也是个挺不幸的人……"

"那他靠什么生活呢?"奥康纳先生问。

"那又是秘密啰。"

"他会不会依附于哪个小礼拜堂、教堂或者教会什么的……"

"不会吧,"汉奇先生说,"他不过喜欢独往独来而已……愿上帝宽恕,"他又说,"他的酒量还挺大呢。"

"现在能搞到点酒喝吗?"奥康纳先生问。

"我也很想喝呢。"老头说。

"我问过那小鞋匠三次,"汉奇先生说,"叫他送点酒过来,后来又问了一次,可他穿件衬衫靠在柜台上,就只顾跟艾尔德曼·考利窃窃私语。"

"你为什么不叫他过来呢?"奥康纳先生问。

"唉,他在那里与艾尔德曼·考利说话,我怎么好凑过去呢。我一直等到他看见我,才说:记得我跟你说过的那件小事吧……没问题,汉……先生,他说。他妈的,那小混蛋肯定早把那事给忘了。"

---

① 酒店名。

"这里面可能有些名堂,"奥康纳先生若有所思地说,"昨天我在沙弗尔克街拐角看见他们三个吵了起来。"

"我可清楚他们玩的小花招,"汉奇先生说,"如今要是你想当上市长大人,就得给那帮市区神父捐钱,捐了钱他们就给你当上市长大人。天哪!我还真想做市区神父呢。你怎么想?你觉得我干那行当合适吗?"

奥康纳先生笑了起来。

"那捐了钱……"

"就乘车驶出市政大厅,"汉奇先生说,"身边簇拥着一大帮马屁精,还有杰克站在我背后,头戴一顶扑了香粉的假发——嗯?"

"让我做你的私人秘书吧,约翰。"

"行啊,我还要让孔神父做我的私人神父。我们要搞个家庭派对。"

"没错,汉奇先生,"老头说,"你准比他们那些人来得更有气派。有天我跟门房老基冈聊天,你觉得你们的新主人怎么样,派特①?我对他说。你们现在不大请客了吧,我又说。请客!他说,他闻到抹布的味儿就心满意足了。你们知道他还跟我说了些什么吗?现在我可以向上帝发誓,当时我都不敢相信呐。"

"说了什么?"汉奇先生和奥康纳先生齐声问。

"他说:你能想得到吗,堂堂都柏林市的市长大人,居然差人去买一磅排骨当午餐?这也算是上流生活?他说。丢人哪!丢

---

① 派特:基冈的昵称。

人！我说。就一磅排骨啊，他说，居然也可以被送进市政大厅。丢人！我说，如今这世道都是些什么人在当道啊！"

这时候有人敲门，一个男孩探进头来。

"什么事？"老头问。

"'黑鹰'叫我来的，"男孩说着，侧身走进屋内，将一只篮子放到地上，篮子里发出瓶子磕碰的声响。

老头帮男孩将瓶子从篮子里挪到桌子上，又点了点总数。摆放完毕，男孩就挎起篮子，问：

"有瓶子吗？"

"什么瓶子？"老头问。

"你就不能让我们先喝完再说。"汉奇先生说。

"老板交代说，要我把瓶子带回去。"

"明天来拿吧。"老头说。

"对了，小伙子！"汉奇先生说，"你到奥法雷尔家去一趟，叫他把拔塞钻借给我们……就说借给汉奇先生，告诉他我们马上就还他。篮子就放这儿。"

男孩出去了，汉奇先生开始快活地搓着双手，说道：

"嘿，他[①]毕竟还不算太操蛋，还算言而有信。"

"没酒杯啊。"老头说。

"嘿，别为这事操心，杰克，"汉奇先生说，"大伙儿以前都对着瓶口灌。"

[①] 指自治党候选人蒂埃尼。

"不管怎么说，总比没喝强。"奥康纳先生说。

"他这人并不坏，"汉奇先生说，"只是凡宁拿走了他一大笔钱，人是个好人，你也知道，就是吝啬了些。"

男孩拿来了拔塞钻。老头拔开了三只酒瓶，正要还钻子时，就听汉奇先生对男孩说：

"你要来一杯吗，小伙子？"

"随便，先生。"男孩道。

老头不大情愿地又打开了一瓶酒，递给男孩。

"多大啦？"他问。

"十七。"男孩应道。

眼见老头不再吭声，男孩就举起酒瓶，冲着汉奇先生说："谨祝万事如意。"说完一饮而尽，将酒瓶放回桌子上，又用袖口抹了抹嘴。他拿起拔塞钻，侧身走出房门，嘴里还呢喃着几句客套话。

"酒鬼就是这样开头的。"老头说。

"正所谓见一叶而知秋啊。"汉奇先生说。

老头将三瓶已打开的酒分给各人，于是大伙儿便喝了起来。喝了一阵后，大家便将酒瓶搁在壁炉架上伸手可及的地方，心满意足地长舒了一口气。

"唉，今天总算干了一件好事。"汉奇先生过了一会儿说。

"怎么说，约翰？"

"没说的，我领他去道森街说服了一两个家伙，我和克洛夫顿。就我们两个而言，你也知道，克洛夫顿（他当然是个正人君子）作为一个拉票员，真他妈一钱不值，跟狗都说不出一句话，我在那儿游说，他就只知道站着发呆。"

这时候又有两个人走进房间。其中一个非常胖大，身上披挂的蓝外套好像随时会往下掉，他那张大脸上挂着一副小公牛的神情，瞪着蓝眼睛，留着灰胡子。另一个则年轻些，也瘦弱些，瘦脸刮得干干净净，穿戴着很高的夹层衣领和宽边圆顶帽。

"嘿，克洛夫顿！"汉奇先生对那胖子喊道，"真是说到鬼[1]……"

"哪儿弄来的猫尿[2]？"年轻人问，"莫非那母牛下崽啦[3]？"

"哦，那当然，莱昂斯总是一眼就看到酒！"奥康纳先生笑着说。

"你们这些家伙就这样游说啊，"莱昂斯先生说，"我和克洛夫顿可是在顶风冒雨地拉票！"

"你他妈的见鬼，"汉奇先生说，"我五分钟拉到的票比你们两个一星期拉来的都多。"

"开两瓶酒，杰克。"奥康纳先生说。

"我怎么开啊，"老头说，"又没拔塞钻。"

"别急，别急，"汉奇先生说着一跃而起，"瞧我来略施小计！"

他从桌上取过两瓶酒，拿到壁炉旁，放到炉架上，然后坐回

---

[1] 此句为英语谚语，全句是"说到鬼，鬼就到"。
[2] 这里"酒"一词用的是俚语，故译为"猫尿"。
[3] 意为"莫非蒂埃尼请客啦"。

原位又喝了起来。莱昂斯先生坐在桌边，将帽子往后颈推了推，便开始晃荡起大腿。

"哪瓶是我的呀？"他问。

"这瓶，小子。"汉奇先生说。

克洛夫顿先生坐在一只木箱上，眼睛盯着炉架上的另一瓶酒。他出于两个原因保持沉默，首先他无话可说，这很自然；其次他瞧不起他的这些同伴。他原先为保守党候选人韦尔金斯游说，后来保守党撤回了自己的候选人，所谓两害相权取其轻，决定支持自治党的候选人，于是他才受雇为蒂埃尼先生拉票。

没过几分钟，只听"啪"的一声，仿佛有些不好意思似的，瓶塞从莱昂斯先生的酒瓶里蹦了出来，莱昂斯先生则从桌子前跳了起来，直奔火炉旁，拿起酒瓶又回到了自己的位置上。

"我刚才还跟他们说呢，克洛夫顿，"汉奇先生说道，"说我们今天拉到了一些选票。"

"你拉到谁了？"莱昂斯先生问。

"嗯，我拉到的第一张是帕克斯，第二张是阿特金森，还有道森街的沃德，他可是个挺好的老头啊——一位挺规矩的上流绅士，保守党的老党员！你们的候选人不是自治党的吗？他问。我说他是个值得敬重的人，只赞同对国家有好处的事，是个纳税大户。我说他在城市里有好几处房产，开了三爿店铺，降低税收对他也有好处啊。我说他是位出类拔萃的公民，是济贫法护法会会员，而且不属于任何党派，管他妈是好的坏的还是不好不坏的。跟那些人说话就得这样说。"

"那么那篇对英王的欢迎辞呢？"莱昂斯先生啜了一口后，咂了咂嘴问。

"听我说吧，"汉奇先生道，"我们国家需要的是什么呢，我对老沃德说，是钱。英王到这儿来，就意味着钱会随之滚滚流进这个国家，都柏林人将从中大获好处。瞧瞧码头那边的工厂吧，全他妈死气沉沉！要是我们把所有的工业运转起来，把那些面粉厂、造船厂和别的什么厂全都运转起来，这个国家会有多少钱啊。我们需要的就是钱。"

"可别忘了，约翰，"奥康纳先生说，"我们为什么要欢迎英王呢？巴奈尔自己可……"

"巴奈尔，"汉奇先生说，"已经死了。现在我是这样看的，这家伙被他老娘压着，直到熬白了头才坐上王位，他阅历很广，对我们并无坏处，要是你非要问的话，我可以告诉你他是个老好人，没什么恶意。他不过自言自语：老妈妈从来不去看望那些爱尔兰疯子，老天在上，我去看看他们都是些什么人吧。要是这么一个人亲临这里做一次亲善访问，我们干吗要羞辱他呢？嗯？是这样吧，克洛夫顿？"

克洛夫顿先生点了点头。

"可不管怎么说，"莱昂斯先生争辩道，"爱德华王的私生活，你们也知道，并不怎么……"

"让过去的都过去吧，"汉奇先生说，"我个人很钦佩这个人，他像你我一样，只是芸芸众生的一员，喜欢喝点儿烈酒，或许还有点儿放荡，喜欢运动什么的，他妈的，我们爱尔兰人就不能公平一点吗？"

"听上去当然好，"莱昂斯先生说，"可是瞧瞧巴奈尔的结局吧。"

"看在上帝的份上，"汉奇先生说，"这两者能相提并论？"

"我的意思是说，"莱昂斯先生说，"我们有自己的理想。我们为什么要欢迎那样一个人呢？难道你认为巴奈尔干了那种事① 后，还有资格领导我们？若如此，我们为什么要去欢迎爱德华七世呢？"

"今天是巴奈尔的忌日，"奥康纳先生说，"还是别重提旧事吧，他人都已经去了，我们都很敬重他——更何况连保守党人都敬重他呢。"他加上一句，转身看着克洛夫顿先生。

"啪"的一声，瓶塞这时从克洛夫顿先生的酒瓶里飞了出来。克洛夫顿先生从木箱那边站起来走到火炉旁，拎着酒瓶返身时，他用低沉的声音说：

"议院里我们这边的人敬重他，是因为他是位君子。"

"说得对，克洛夫顿！"汉奇先生叫起来，"只有他才能管住那窝野猫，别动，你们这群猪猡！趴着别动，狗杂种！他就这样对付他们。进来，乔！进来呀！"他一眼看见海尼斯先生出现在门口，就叫了起来。

海尼斯先生缓步入屋。

"再开一瓶，杰克，"汉奇先生说，"噢，我忘了没拔塞钻！

---

① 指巴奈尔爱上属下奥歇上尉的太太。此事在自治党内引起轩然大波，巴奈尔也因此被革除自治党主席一职，爱尔兰独立运动遭到重大打击。

这里，拿一瓶过来，我放到火炉旁。"

老头递给他一瓶酒，他将酒瓶放到炉架上。

"坐啊，乔，"奥康纳先生说，"我们正说起头儿呢。"

"哎，哎！"汉奇先生说。

海尼斯先生在桌前挨近莱昂斯先生的一侧坐下，但没有吭声。

"不管怎么说，有一个人并没有背叛他，老天在上，我要为你说话，乔！不，老天在上，你一直无所畏惧地跟随着他！"

"哦，乔，"奥康纳先生忽然说，"给我们念念你写的那篇东西——还记得吗？带着吗？"

"是呀，"汉奇先生说，"给我们念念吧，你原来听过吗，克洛夫顿？现在听听吧，那才叫棒呢。"

"念吧，"奥康纳先生说。"开始吧，乔。"

海尼斯先生似乎一时记不起他们提起的那篇东西，不过回想了一会儿后，他说：

"噢，是那篇吧……没错，有点过时了吧。"

"嘘，嘘，"汉奇先生轻声说，"开始，乔！"

海尼斯先生又犹豫了好一会儿，然后就在一片寂静中，他取下帽子，放到桌上，站了起来。他似乎先在心里排练了一遍，一阵漫长的停顿后，他念道：

巴奈尔之死

一八九一年十月八日

他清了清嗓门，开始背诵：

他死了,我们的无冕之王①死了,
　　哦,爱琳②,充满了忧伤和悲哀,
他长眠不起,是因为遭到了
　　一帮现代伪善者的疯狂陷害。

他死于那群懦弱的疯狗脚下,
　　而正是他把他们从泥淖带往荣耀;
爱琳的希望,爱琳的梦想,
　　就此随君王化作青烟袅袅。

无论在皇官、棚舍还是茅屋,
　　无论爱尔兰的心灵流落到何处,
人们都会为他的离去而哭泣
　　因为他把握爱尔兰的命数。

他可以让他的爱琳声名远播,
　　让绿色的旗帜③永不飘落,
让政治家、诗人和武士昂首挺胸,
　　直面当今世界的诸多强国。

他梦想(呜呼,只是梦想)过自由,
　　可他正要拉住那女神的手,

---

① 指巴奈尔。
② 爱琳是爱尔兰的爱称,由盖尔语演变而来。
③ 爱尔兰独立运动的旗帜为绿色。

那些背信弃义的奸人，
　　却将他的所爱从他身边拖走。

无耻啊，那些懦弱而卑劣的手，
　　专事袭击自己的主人
或者用吻将他出卖给暴民①，
　　那些摇尾乞怜的教士——绝非他的友人。

愿那亘古不变的羞辱，
　　永远糊住他们的记忆，
他们想玷污他那高贵的名字，
　　他则怀着骄傲向他们投以蔑视。

他像巨人一般倒下了，
　　高贵而无畏地搏斗到最后一息，
而今死神已将他掩埋，
　　将他与爱琳以往的英雄合为一体。

别用纷争去惊扰他的沉梦！
　　他平静地躺着，人类的苦难
或崇高的志向都不再能激励他
　　去攀缘一座座光辉的峰巅。

他们用他们的招数将他击倒，

---

① 典自《圣经·新约·马太福音》第二十六章，犹大出卖耶稣时以吻为暗号。

可是听着吧,爱琳,

他的灵魂将飞腾如火中的凤凰。

那时就会是曙色熹微的黎明。

那时自由时代就会来临,

那时爱琳就会举杯同庆,

举杯为了欢乐

也为了怀念——怀念巴奈尔的英名[①]。

海尼斯先生又在桌子前坐了下来。他朗读完毕时,先是一阵寂静,接着便爆发出掌声,连莱昂斯先生都拍起了巴掌。欢呼声持续了好一阵子,等到平息下来后,听众又纷纷悄无声息地拿起了酒瓶。

"啪"的一声,瓶塞从海尼斯先生的酒瓶里蹦了出来,但是海尼斯先生坐在桌子前未动,脸孔涨得通红,帽子也没戴回到头上。他似乎并没有听见那声邀请。

"好小子,乔!"奥康纳先生一边说,一边就掏出了烟纸和烟袋,以掩饰自己的情绪。

"你觉得呢,克洛夫顿?"汉奇先生叫道,"挺好吧,怎么样?"

克洛夫顿先生说这是一首写得非常好的诗。

(沈东子 译)

---

① 此诗为乔伊斯得知巴奈尔逝世时作,那年乔伊斯年仅九岁。这里引用的诗已经过重新修改润色。

母　亲

爱尔兰共和国胜利会的助理秘书霍洛汉先生，近一个月来经常在都柏林城中串来串去，手里、包里满是脏兮兮的纸片。他在为筹备几场音乐会张罗着。因为装了条假腿，朋友们都叫他"独脚霍洛汉"。他不停地来回奔波，准时出现在各个街角处，与有关人士就某个问题争论一番，有时还做做笔记；然而归根结底，管事的人还是可尼太太。

德莱琳小姐一赌气就变成了可尼太太。她在一所高级修道院里受的教育，学的是法语和音乐。由于天性单调乏味，处世又不圆转，上学的时候她几乎没有朋友。及至婚嫁之年，便被父母送到许多人家里去做客，在那些地方，她的演奏和清仪倒是颇得嘉许。她就这样被自己的才艺冷冰冰地环绕着，只期待会有那么几个求婚者敢于上前来勇闯禁区，给她带来辉煌的生活。可是她遇到的年轻人都那么平庸，因而她连一丁点鼓励都不愿施予他们，试图靠偷偷大嚼土耳其软糖来安慰自己浪漫的欲望。然而，眼见自己离非嫁不可的大限越来越近，亲朋好友也开始嚼她的舌头了，她就嫁给了蒙奥德码头的一个制鞋匠可尼先生，以此来堵他们的嘴。

他比她大得多。严肃的话题不时地从那张环着棕色大胡子的大嘴里冒出来。结婚仅一年，可尼太太就断定这样的人要比那些浪漫的家伙好得多，可是她自己却从未放弃浪漫的念头。他这人严肃、勤俭而虔诚，每月的头一个星期五必去一趟神坛，有时候带着她，但更多时候是自己去。然而她对自己的信仰也从来没有降低过热情，一贯是他的好太太。有时在一些陌生住宅举办的晚会上，她只要轻轻抽一抽眉毛，他就会起身告辞；要是他咳嗽咳得厉害，她就用鸭绒被盖住他的脚，并为他调一杯浓稠的潘趣酒。在他这方面，则是个模范父亲，每个星期都向某协会缴纳一小笔钱，以便自己的两个女儿长到二十四岁时，每人都会有一笔一百英镑的嫁妆。他把大女儿凯瑟琳送到一所条件良好的修道院，在那里学习法语和音乐，后来又花钱送她进专门学校深造。每年七月，可尼太太总要找机会对朋友说：

"我那好男人要带我们去石礁岛 ① 玩几个星期。"

要是不去石礁岛，就会去霍斯 ② 或是格累斯顿 ③。

可尼太太眼见爱尔兰复兴运动开始为公众所接受，便决心用上女儿的名字 ④，并把一位爱尔兰教师请到家中来。凯瑟琳和她妹妹把爱尔兰风光明信片寄给朋友们，而朋友们又回寄给她们其他的爱尔兰风光明信片。每逢那些特殊的星期天，可尼先生便带上家人去主教大教堂，弥撒完毕，总有一小群人聚在大教堂街的街角。他们全都是可尼家的朋友——不是音乐同仁，就是政治同

---

① 石礁岛：南爱尔兰海上的一群小岛。
② 霍斯：都柏林附近的一个渔港和海滨浴场。
③ 格累斯顿：爱尔兰威克洛郡东北一城镇，为爱尔兰渔港和名胜。
④ 爱尔兰复兴运动的代表人，著名诗人、剧作家威廉·叶芝（1865—1939）创作了一部诗剧《霍洛汉的凯瑟琳》，可尼太太的女儿碰巧与该剧女主人公同名。

志。他们议论完这世道的短长，便相互握手，为如此多的手交握在一起而哈哈大笑，并用爱尔兰语相互道别。没过多久，凯瑟琳·可尼小姐的名字就已经常被人挂在了嘴上。人家说，她擅长音乐，是个很可爱的姑娘，更有甚者，说她是语言运动的信徒。可尼太太对此心满意足。因此，等到有一天，霍洛汉先生来跟她建议，要她女儿在胜利会定于古典音乐厅举办的四场大型系列音乐会上担任钢琴伴奏时，她一点儿也不感到惊奇。她把他引进客厅，请他坐下，端来细颈酒瓶和银色的饼干罐。她仔仔细细地询问音乐会的细节，提出种种建议和修改意见，最后签订了一份协议，写明凯瑟琳担任四场大型音乐会的钢琴伴奏，作为报酬，付给她八个詹尼[①]。

鉴于霍洛汉先生在诸如海报的遣词造句和节目排列顺序等琐碎事情上是个外行，可尼太太就对他施予援手。她精于此道，知道哪些演员应该写得醒目些，而哪些写小些就可以。她知道第一男高音不愿意排名在米德先生的滑稽剧后面。为了让观众始终保持兴趣，她将那些不痛不痒的节目加到保留节目当中。在这些问题上，霍洛汉先生每天都要请她出主意。她非常友善，又乐于出谋献策——可以说是毫不见外。她将细颈酒瓶推到他面前，说：

"来吧，自己倒，霍洛汉先生！"

等到他给自己倒酒时，她又说：

"别客气！别客气！"

[①] 英国旧式金币名称，现已不通用。一个詹尼等于二十一先令。

一切都进展顺利。可尼太太到布朗·托马斯绸店买回几块漂亮的粉色绸缎，镶在凯瑟琳的前襟上。这可花掉了相当大一笔钱，不过有时候还是得花点钱的。她为最后一场音乐会买了一打两先令一张的戏票，把它们分送给那些若不是获得赠票就未必会前来助兴的亲朋好友。她事无巨细，全都牢记在心，也多亏了她，一切该安排的事都安排妥了。

音乐会的时间定在星期三、星期四、星期五和星期六。星期三晚上，可尼太太带着女儿抵达古典音乐厅时，她对那儿的景象并不满意。几个年轻人，外套上佩戴着亮晃晃的蓝徽章，懒洋洋地站在前厅里，谁都没有穿晚礼服。她和女儿从他们身边走过，从敞开的门口朝大厅里飞快地瞟了一眼，看见服务员一个个都无精打采。起先她还以为是自己弄错了时间。不，此时正是七点四十分。

在舞台后面的更衣间，她被介绍给胜利会的秘书菲兹派特里克先生。她笑了笑，握了握他的手。那是个小个子男人，长着一张苍白而茫然的脸。她注意到一顶棕色软帽歪歪斜斜地戴在他的脑袋上，他的口音平淡无奇。他手拿一张节目单，一边跟她说话，一边就咬着节目单湿乎乎的一端。他似乎还受得住这令人失望的现状。霍洛汉先生每过几分钟就从售票处走进更衣间通报情况。演员们围在一起，神情紧张地窃窃私语，一遍又一遍地照镜子，将手里的乐谱卷来卷去。等到八点半时，音乐厅里的那几个观众开始有些不耐烦了。菲兹派特里克先生走进来，朝屋内茫然地笑笑，然后说：

"怎么样，女士们先生们，我觉得我们最好还是开场吧。"

可尼太太对他那有气无力的话语报以轻蔑的一瞥，随后用鼓励的口气对她女儿说：

"准备好了吗，亲爱的？"

她瞅准一个机会，把霍洛汉先生叫到一旁，问他这是怎么回事。霍洛汉先生也不知道这是怎么回事。他说委员会犯了个错误，安排了四场音乐会——四场着实多了些。

"还有那些演员！"可尼太太说，"他们当然很卖力，可是也太差劲了。"

霍洛汉先生也承认那些演员很差劲，可是委员会，他说，已经决定放任前三场音乐会不管，而把所有有天分的演员都集中在星期六晚上。可尼太太不再吭声，可是眼见台上的节目一个比一个糟糕，台下的观众也变得越来越少，她开始有点后悔，干吗要为这样的音乐会花钱呢。她本来就对这一切看不顺眼，而菲兹派特里克先生苍白的微笑就更是叫她恼火了。尽管如此，她还是一言未发，只等着瞧这出好戏如何收场。音乐会拖到将近十点好歹结束了，所有人都匆匆赶回了家。

星期四晚上的音乐会，观众要多些，但可尼太太很快就发现音乐厅里的那些人多半拿的是赠券。这些观众举止随便，好像音乐会是一场非正式的彩排。菲兹派特里克先生似乎自得其乐，他并没有意识到可尼太太对他的所作所为已非常恼火。他站在幕帘边上，不时地伸出脑袋与包厢角落的两个朋友会意地笑笑。在演出过程中，可尼太太得知星期五的演出将被取消，委员会决心拼命也要保证星期六晚上满座。她一听说这个消息，就开始搜寻霍洛汉先生。她瞟见他端着一杯柠檬汁，正一跛一跛地走向一位年轻女士，就问他此事是否当真。真的，确有其事。

"可是，协议总归还是有效的呀，"她说，"协议规定的可是四场哟。"

霍洛汉先生似乎非常忙碌，他建议她跟菲兹派特里克先生说。可尼太太此时开始有所警觉，就把菲兹派特里克先生从幕帘后叫出来，告诉他她女儿签的可是四场音乐会，根据协议书的条款当然应该拿到四场音乐会的报酬，而不管委员会安排的演出是否是四场。菲兹派特里克先生一时捕捉不住问题的要点在哪儿，似乎无法解决这个难题，就说他会将此事提交委员会讨论。可尼太太怒火中烧，涨红了脸，她强忍着怒气才没有问出来：

"谁是什么委员会①？请问。"

不过她明白这样说有失淑女身份，因此并没有吭声。

小男孩们星期五一大早就被遣往都柏林的各条干道，去散发海报。所有的晚报都刊出了特别栏目，提醒乐迷们切莫错过第二天晚上的演出。可尼太太对此还是不怎么放心，她觉得还是有必要把这顾虑跟她丈夫说一下。他仔细听她讲完，然后说也许星期六晚上他陪她一块去会好些。她同意了。她就像尊重邮政总局一样地尊重她丈夫，把他视为安全可靠的大人物；虽然她也知道他并没有多少才学，但她还是很欣赏他作为一个男人的抽象的价值。她很高兴他建议随她同去。她想清楚了自己的计划。

---

① 这里可尼太太有意将 committee（委员会）念成 cometty，音近 comic（可笑），以此讽刺对方。

大型音乐会之夜终于来临了。可尼太太由丈夫和女儿陪伴着在音乐会预定开演前三刻钟抵达古典音乐厅。不巧的是那天夜晚风雨交加。可尼太太将女儿的衣服和乐谱交给丈夫拿着,走遍了整个音乐厅,寻找霍洛汉先生或菲兹派特里克先生。她谁也没找着,问服务小姐可曾在厅里见着哪位委员会成员。一位小姐费了好大的劲才找来一位名叫贝妮小姐的小个子女人。可尼太太对她说她想见秘书当中的一位。贝妮小姐觉得他们随时都可能会来,并问她是否可以为她做些什么。可尼太太专注地望着她那张老脸,看见那脸上有一种热情和值得信赖的表情,于是便答道:

"谢谢,不用了。"

小个子女人希望音乐厅会坐满。她望着窗外的雨水,直到湿漉漉街道上的那份忧郁将她那张老脸上的热情和信赖全都淹没。随后她轻叹一声说:

"唉!我们可是尽心了,天地良心。"

可尼太太只好走回了更衣室。

演员们来了。男低音和次男高音已先期到达。男低音杜根先生是一个身材颀长的年轻人,长着一脸黑胡子。他父亲是城内一所事务所的看门人,他自幼就在一家音响效果极好的音乐厅里唱舒缓的男低音。他就由这种低下的出身一直努力向上,直到跻身于一流演员的行业。他参加过大型歌剧的演出。有一天夜晚,歌剧主演忽然病倒,他接替他在女王剧院《玛丽塔娜》[①]的歌剧中

[①] 爱尔兰作曲家威廉·华莱士(1812—1865)的代表作,一八四五年开始上演,并大获成功。

扮演国王的角色，声情并茂，演得十分投入，博得了回廊观众[1]的热烈掌声；然而不幸的是，他那只戴着手套的手漫不经心地擦了一两下鼻子，结果把好印象全给毁了。他不矫饰，话不多，说"您"时说得如此轻巧，几乎都听不见。为了嗓门的缘故，他还从来不喝比牛奶更浓的东西。次男高音贝尔先生呢，则是个满头金发的小个子，每年都参加菲斯·塞奥伊奥音乐节[2]比赛，并且在第四次参赛中获得过一枚铜牌。他这人极端神经质，而且对其他的男高音极端嫉妒，并且为了掩饰自己神经质般的嫉妒，总是做出一副热情洋溢的友好状。他逗人发笑的地方就在于，老要让人家相信演出对他真是一场折磨。因此他一看见杜根先生就走过去问道：

"您也来受罪呀？"

"是啊。"杜根先生说。

贝尔先生朝他的受难同僚哈哈大笑，伸出他的手说：

"握握吧！"

可尼太太从两个年轻人身边走过，走到幕帘边上去巡视音乐厅。座位很快就坐满了，场内回旋着快乐的声音。她抽身回来，与丈夫耳语几句。他们的谈话显然与凯瑟琳有关，因为两人不时地朝她瞅上一眼，而她则站着，在与一位自治党朋友、女低音希丽小姐窃窃私语。这时一位脸色苍白、形单影只的陌生女人穿过屋内，所有的女人都瞪眼注视着披挂在她那瘦弱身体上的褪色的

---

[1] 回廊的座位相对便宜，观众也多为平民。
[2] 爱尔兰民间音乐节。

蓝外套。有人说她就是女高音格林夫人。

"真不知道他们是从哪儿把她给捞出来的,"凯瑟琳对希丽小姐说,"我肯定从来没听说过她。"

希丽小姐勉强一笑。这时候霍洛汉先生瘸着腿走进更衣室,两位年轻女士便问他那陌生女人是谁。霍洛汉先生说那是从伦敦来的格林夫人。格林夫人站在房间的一个角落里,手上呆板地握着一卷乐谱,不时神经质地东张西望。暗影遮住了她那褪色的衣裙,同时也挡住了她衣领后面纤细的颈脖。音乐厅里的声音变得更加嘈杂。第一男高音和男中音同时到达,他们都穿戴得很整齐,身板结实,神情自然,给场内带来了一股勃勃生机。

可尼太太领着女儿朝他们走过去,与他们亲切交谈。她想跟他们融为一体,所以显得极有礼貌,可是目光却又追随着霍洛汉先生瘸拐的身影。瞅准合适机会,她就说了声抱歉,然后跟上去。

"霍洛汉先生,我跟您说几句话。"她说。

两人下楼来到走廊一处僻静的地方。可尼太太问他她女儿什么时候才能拿到钱,霍洛汉先生说菲兹派特里克先生掌管此事。可尼太太说她与菲兹派特里克先生素无来往,女儿签了那份八个詹尼的协议,就应该得到那笔钱。霍洛汉先生说这事与他无关。

"怎么与您无关呢?"可尼太太问,"难道不是您跟她签的这份协议吗?不管怎么说,要是这事与您无关,却与我有关,我可要弄个明白。"

"您最好还是去跟菲兹派特里克先生说。"霍洛汉先生隔膜地说。

"我又不认识菲兹派特里克先生,"可尼太太重复道,"我这儿有协议书,只想按协议书办。"

她回到更衣室时,面色有些发红。更衣室里气氛活跃,两位身穿便服的男子占据了壁炉前的位置,正跟希丽小姐和男中音随意聊着天。他们一位是《自由人报》的记者,另一位是奥麦登·勃克先生。那位《自由人报》的记者是进来说他等不及听音乐会的,因为得去报道一位美国神父在议会大厦所做的演讲。他要他们把音乐会的报道给他留在《自由人报》办公室,等回来以后再来处理。那人长着一头灰发,举止得体,口齿伶俐,手里夹着一支熄灭的烟,身体四周环绕着一股芬芳的烟气。他本来只打算待一会儿,因为实在受不了音乐会和那些演员,但此时他倚着炉架还没有走。希丽小姐站在他对面,说个不停,笑个不止。他相当老成,当然能猜出她这种礼貌举止的用意,可是他又相当年轻,并不想放过眼前这样的时光。她的身体所散发出的那种温馨、芬芳和亮丽全都撩动着他的感觉。他很快活地意识到,在他眼前舒缓起伏的胸脯,此刻正是因为他的缘故才这样起伏的,那份笑容、芬芳和绵绵秋波也全都是对他的犒赏。后来他不能再待下去了,便深怀歉意地向她告辞。

"奥麦登·勃克会写报道的,"他对霍洛汉先生解释说,"我会处理这件事。"

"那就太谢谢您了,亨得里克先生,"霍洛汉先生说,"您会处理的,我知道。走之前就不想喝点什么了?"

"行啊。"亨得里克先生说。

两人穿过几条蜿蜒的走廊,登上一条黑乎乎的楼梯,走进一间安静的屋子,里面有一位小姐正在为几位绅士拔酒瓶塞。绅士当中的一位便是奥麦登·勃克先生,他是凭感觉找到这间屋子的。他是一位非常温和的中年男人,歇着时就将肥硕的身体倚着一把大绸伞。而他那响亮的西部姓氏则如同一把道德的阳伞,庇护着他去处理种种财政难题。他这人广受尊重。

这边霍洛汉先生正在款待《自由人报》的记者,那边可尼太太则正对丈夫振振有词地说着什么,以致他不得不叫她放低些声音。更衣室里其他人的说话声因此而变得小声起来。贝尔先生要第一个演出节目,他拿着乐谱,已准备就绪,可是伴奏者却并没有反应。显然,有哪个环节出了漏子。可尼先生直视前方,不停地揪着胡须,可尼太太则凑近凯瑟琳耳旁,跟她柔声说着鼓励的话。大厅里传来敦促的声音,观众又是拍手又是顿足。第一男高音、男中音和希丽小姐站在一起,若无其事地等待着,可是贝尔先生却异常不安,因为他担心观众会以为他来晚了。

霍洛汉先生和奥麦登·勃克先生走进屋来。霍洛汉先生没过多久就发现里面很安静,他朝可尼太太走过去,开诚布公地与她交谈起来。这边他们在说着话,那边观众席上的声音越叫越响。霍洛汉先生脸色通红,有些激动。他不停地说着些什么,可是可尼太太只是简短地插上一句:

"她不能上场,除非拿到八个詹尼。"

霍洛汉先生绝望地指着音乐厅的方向,那边观众又是拍手又是顿脚。他又转而恳求可尼先生和凯瑟琳。可是可尼先生只是不断地捋着胡子，而凯瑟琳则眼帘低垂，不停移动着穿新鞋的脚尖：这不是她的过错。可尼太太又重复道：

"要是拿不到钱，她不能上场。"

经过一轮短促的舌战，霍洛汉先生急忙跛着脚走了出去。屋内一片沉寂。等到这种沉寂变得有点难以忍受时，希丽小姐便对男中音说："这个星期您见着波特·坎贝尔夫人①了吗？"

男中音没见着她，倒是听说她过得很好。谈话没有再继续下去。第一男高音低下头，开始数挂在他腰间的那串金链子的环扣，一边笑着一边漫不经心地哼着调子，以便看看音响的效果如何。所有的人都不时瞅上可尼太太一眼。

观众席上的喧闹声变成了阵阵骚动，这时候菲兹派特里克先生闯进了屋内，后面跟着气喘吁吁的霍洛汉先生。场内的拍手声和跺脚声不时被口哨声所打断。菲兹派特里克先生手里拿着几张钞票，数出四张塞给可尼太太说，中间休息时再付给她另一半。可尼太太说：

"还少四詹尼。"

然而凯瑟琳提起裙裾对第一位出场者说："上场吧，贝尔先生。"贝尔先生此时正像一株杨树一样瑟瑟发抖。歌手和伴奏者一同走出去。场内的喧闹声平静了下来，经过几秒钟的停顿，响起了钢琴声。

---

① 波特·坎贝尔夫人（1865—1940），英国著名演员。

除了格林夫人表演的节目，音乐会的前半部分可谓非常成功。这个可怜的女人气喘吁吁地唱着《吉拉尼①》，用的是老套而做作的唱腔，可她还自以为挺优雅。她看上去就像是从破旧的舞台储藏柜里拖出来的玩偶，场内后排座位的观众对她尖厉刺耳的嗓门发出了阵阵哄笑。好在第一男高音和女低音还能压得住阵脚，凯瑟琳演奏的一组爱尔兰曲子也还博得了阵阵喝彩。音乐会前半部分的压轴戏是一位业余客串演出的年轻姑娘朗诵的一首激动人心的爱国诗篇。这当然也赢得了掌声，朗诵结束后，男人们出去休息了一阵子，感到很满足。

与此同时，更衣室内乱成了一团。霍洛汉先生、菲兹派特里克先生、贝妮小姐、两位服务小姐、男中音、男低音，还有奥麦登·勃克先生，全都围在一个角落里。奥麦登·勃克先生说这是他所见过的最出洋相的演出。凯瑟琳·可尼小姐的音乐生涯就此在都柏林结束，他说。有人问男中音，他对可尼太太的所作所为有何看法，他什么也不愿说。他已经拿到了钱，只想跟人和睦相处。不过他还是说可尼太太应该为演员们设身处地地着想才是。服务小姐和几位秘书则争论得很激烈，对节目间歇应该怎么办有不同看法。

"我同意贝妮小姐的意见，"奥麦克·勃克先生说，"一个子儿也不给她。"

在更衣室的另一个角落里则聚集着可尼太太、她丈夫、贝尔

---

① 吉拉尼：爱尔兰西南部城镇名。

先生、希丽小姐和朗读爱国诗篇的那位年轻女士。可尼太太说委员会这样对待她真是出尽了洋相，她既出了力又出了钱，可是却得到这样的回报。

他们以为他们对付的只是一个姑娘，所以就可以骑在她头上为所欲为，但是她要让他们明白他们错了。如果她是一个男人，他们就绝不敢那样对待她。不过她还是想让女儿获得自己的权益：她可不会被人蒙。要是他们少付她一分钱，她就要把都柏林搅个天翻地覆。当然，她替演员们为此受到的牵连感到很抱歉。可是不这么办她又能如何？她向第二男高音求助，他说他觉得她没有获得公允的对待。她转而又吁求希丽小姐。希丽小姐内心是向着另一伙人的，可是她又不愿意表露出来，因为她是凯瑟琳的死党，而且可尼夫妇时常邀她上门做客。

前半场的演出刚刚结束，菲兹派特里克先生和霍洛汉先生就走到可尼太太跟前，告诉她另外四个詹尼要等到下个星期二委员会开过会后才能付给她，而且，要是她女儿不参加下半场的演出，委员会将认为协议书已被撕毁，不再支付任何费用。

"我可没看见什么委员会，"可尼太太气愤地说，"我女儿签了协议，就应该把四英镑八便士拿到手，否则她一步也不登台。"

"我对您感到很惊讶，可尼太太，"霍洛汉先生说，"我从来没想到您会这样对待我们。"

"可是你们又是怎么对待我的呢？"可尼太太反问。

她满脸怒容，看上去好像要扇谁几个耳光似的。

"我这是在争取我的权利。"她说。

"您应该礼貌些才是。"霍洛汉先生说。

"我应该,是吗?……我问我女儿什么时候可以拿到报酬,可是没有谁给过我一个礼貌的答复。"

她昂起头,模仿一副傲慢的腔调:

"您应该去跟秘书谈,这不是我的事,我是个大人物,管不了这种事。"

"我还以为您是位夫人呢。"霍洛汉先生说着,忽然从她身边走开。

接下来可尼太太的行为遭到了所有人的谴责:大伙儿全都赞同委员会的决定。她站在门口,怒气冲冲,跟丈夫和女儿争吵着,胡乱舞动着双手。她一直等到下半场开演的时间,希望秘书们还会再来找她。可是希丽小姐已经善意地答应伴奏一两支曲子。可尼太太只得站在一旁,让男中音和伴奏都走上舞台。她一动也不动地站在那里,像一尊愤怒的雕像,等到歌声的第一阵音符在她耳边响起,她一把抓住女儿的斗篷,对丈夫说:

"找出租马车去!"

他马上就走了出去。可尼太太用斗篷将女儿裹住,紧跟在后面。经过走廊时,她停下来,瞥了一眼霍洛汉先生的脸。

"我跟你还没完呢。"她说。

"可是我跟您已经完了。"霍洛汉先生说。

凯瑟琳驯顺地跟在母亲身后。霍洛汉先生开始在屋内踱过来踱过去,想让自己冷静下来,因为他感到自己浑身如火烧一般烫。

"多么有意思的一位夫人啊!"他说,"哎,她真是位有意思的夫人!"

　　"您做得对,霍洛汉。"奥麦登·勃克先生赞同地说,身体倚着他那把雨伞。

(米子　译)

圣 恩

　　那时候厕所里刚好有两位绅士,他们想扶他起来,可他动弹不得。他蜷缩着身子伏在楼梯脚,他就是从上面摔到这儿来的。他们成功地将他翻了个个儿。他的帽子滚到了几码开外的地方,衣服上沾满了尿渍和地板上别的秽物,脸原先是贴着地的。他双目紧闭,呼哧呼哧地喘着粗气,嘴角流出一道细细的血水。

　　两位绅士和一个侍应生把他抬上楼,安放在酒吧的地上。围观的人马上就站成了一圈。酒吧经理问有谁认识他,是谁陪他来的。没人知道他是谁,不过有个侍应生说,他曾经给这位绅士端过一小杯朗姆酒。

　　"他是一个人来的吗?"经理问。

　　"不是,老板,原先有两位绅士陪着他。"

　　"他们在哪里?"

　　谁也不清楚,有个声音喊道:

　　"让他透透气,他晕过去了。"

　　围观的那圈人散开了,然后又极富弹性地重新围拢过来。紧挨那人脑袋的细木地板上,淤积了一块深褐色的血迹。经理看到那人惨白的脸孔,有些发慌,便支使人去叫警察。

　　有人为他解开了衣领,松开了领结。他睁了一会儿眼睛,叹了口气,然后又合上了眼睛。抬他上楼的一位绅士手里拿着他那顶被压瘪的丝帽。经理不断地问有谁认识这个受伤的人，他的朋友都到哪儿去了。酒吧的门被人推开，走进来一位个头壮硕的警官。一伙从巷子里尾随他而来的人聚集在门外，竞相透过玻璃窗格朝里面张望。

经理马上就开始叙述他所知道的情况，那位长得粗粗大大的年轻警官则听着。他慢条斯理地左右摇晃着脑袋，望望经理，又望望躺在地上的那个人，好像害怕成为某种骗局的牺牲品。随后他摘下手套，从腰间取出一个小本子，舔了舔铅笔头准备记录。他用一种极不信任的外省口音问道：

"这人是谁？叫什么名字？住在哪里？"

一个穿一身赛车服的小伙子从围观的那圈人中挤了进来。他马上就跪在伤者旁边，叫人端点水来。警官也跪下来帮他。小伙子洗掉伤者嘴边的血迹，又叫人拿点白兰地来。警官用不容置疑的口气把小伙子的指令又重复了一遍，直到一个侍应生端着酒一溜小跑过来。人们将白兰地灌进那人嘴里。过了一会儿，他睁开眼睛左右环顾。他望着那一圈脸孔，有点明白是怎么回事了，便挣扎着想站起来。

"你好些了吗？"穿赛车服的小伙子问。

"嗨，没事了。"伤者说，仍旧想站立起来。

他被搀扶起来。经理提到了医院，有些旁观者还出了些主意。有人把扁扁的丝帽戴到了他头上。警官问：

"你住在哪里？"

那人也不答话，只是捋着自己的胡子，对这件事并不在乎。

没什么,他说,小事一桩。他的声音非常浑浊。

"你住在哪里?"警官又问。

那人让别人为他找一辆出租马车。正当大伙儿争论着是否该为他这样做时,一位相貌英俊、身穿黄色长袍的高个绅士从酒吧的另一端走了过来。见到这一幕,他就喊起来:

"喂,汤姆,老伙计!出什么事啦?"

"嗨,没事了。"那人说。

新来者端详着面前的这个倒霉蛋,再转向警官说:

"行了,警官,我会送他回家的。"

警官抬手碰了碰警帽,答道:

"好啊,鲍尔先生!"

"走吧,汤姆,"鲍尔先生说着扯住了他朋友的胳膊,"没伤着骨头吧,什么?你能走吗?"

穿赛车服的小伙子扶住了那人的另一只胳膊,围观的人四散而去。

"你怎么闹到这步田地?"鲍尔先生问。

"这位先生从楼梯上摔了下去。"年轻人说。

"我……常……谢您,先生。①"伤者说。

"别客气。"

"我……要不要来一杯?②"

"现在不必,现在不必。"

---

① 伤者因舌头受伤,故而吐字不清。全句应为"我非常感谢您,先生"。
② 全句应为:"我们要不要来一杯?"。

三个人离开酒吧,围观的人也退出门外,消失在巷子里。经理领着警官来到楼梯口察看出事现场,他们都一致认为那位绅士一定是一脚踏了个空。客人们回到柜台前,一个侍应生开始擦去地板上的血迹。

他们从酒吧走出来,到克莱福顿大街时,鲍尔先生吹响了口哨,召唤门外的另一个人。伤者再次尽其所能表示感谢。

"我……常……谢您,先生。希望下次……见。我名……克南。①"

这场惊吓和一阵一阵的疼痛使他部分清醒过来。

"别介意。"小伙子说。

他们握了握手。克南先生被扶进了出租马车,鲍尔先生吩咐车夫从哪儿走时,克南先生一边向小伙子表示感谢,一边为不能聚在一起喝上几口表示歉意。

"下次吧。"小伙子说。

马车驶往西墨兰大街。经过航管局时,钟声敲响了九点半。一阵凛冽的东风从河口方向扑面而来,克南先生冷得直打哆嗦。他的朋友要他说说到底是怎么回事。

"我说……了,"他说,"我……舌……受伤了。②"

"让我看看。"

那人从马车上俯过身子,朝克南先生的嘴里张望,可是什么也看不见。他划着了一根火柴,拢在手心里,又朝克南先生那顺

---

① 全句应为:"我非常感谢您,先生。希望下次再见,我名叫克南。"
② 全句应为:"我说过了,我的舌头受伤了。"

从地张开的嘴里望去。因为马车摇摇晃晃，火花在他嘴里也不停摇曳。下齿和牙龈被淤血盖着，一小块舌头似乎已被咬缺。火柴被吹灭了。

"真糟糕。"鲍尔先生说。

"嗨，没事。"克南先生说着，闭上了嘴，又翻出脏外衣的领子，护住自己的脖子。

克南先生是一位旧式旅行推销员，这种人往往觉得自己的行当很体面。城里的人从来也没有谁见到过他不戴优雅丝帽或不穿高统套靴的样子。有这两样行头，他说，一个人便会显得很有身份。他继承了那位伟大的混血儿拿破仑的气派，一举手一投足都颇有其风范。现代商务方式使得他无事可做，只得在克劳威街安设了一间小办公室，在窗幔上贴上自己公司的名字和地址——伦敦东部中区。在这间小办公室的炉架上陈放着一排铅罐，窗前的桌子上放着四五只瓷碗，碗里通常都盛着半碗黑色的液体。克南先生就用这些碗品茶。他喝一口，细细品啜，再吐进炉子里，然后停下来对茶汁进行判断。

鲍尔先生要年轻得多，受雇于都柏林城堡内的皇家爱尔兰警署。他步步高升，而他这位朋友却每况愈下。不过，克南先生哪怕如此落魄，也依旧可以得到某些朋友的器重，因为他们见识过他飞黄腾达的时候，仍然把他当个人物来看待。鲍尔先生就是这样的一个人。他所负的那些债务常遭圈内人议论；他是个体面而快活的年轻人。

出租马车在格拉斯奈文街的一所小房子前停住，克南先生被搀进房内。他太太扶他上床歇息，鲍尔先生坐在楼下的厨房里，问孩子们在哪儿上学、念些什么书。孩子们——两个女孩子和一个男孩子——意识到父亲动弹不得，而母亲又无法脱身，就开始跟他玩起了恶作剧。他对他们的言谈举止无一不感到惊奇，不由得皱起了眉头。过了一会儿，克南太太走进厨房，呵斥道：

"像什么话！哦，他总有一天要完蛋的，那时就全解脱了。他从星期五就开始喝了！"

鲍尔先生小心翼翼地对她解释，说此事与他无关，说他完全是因为凑巧才看见这一幕的。克南太太想起平日家里吵架时鲍尔先生常常居中调解，而且不时借给他们一些小钱，就说：

"啊，您用不着跟我这样说，鲍尔先生。我知道您是他的一位朋友，不像其他那些人。他口袋里有钱时，那些人就来把他从老婆孩子身边拉走。多好的朋友啊！他今晚跟谁在一起？我还真想知道。"

鲍尔先生摇摇头，一言未发。

"我实在不好意思，"她又继续说，"家里也没什么东西可以招待您。要是您愿意稍等一会儿，我就叫孩子到街角的福高第商店买点东西。"

鲍尔先生站了起来。

"我们一直等着他拿点钱回家。他好像从来没有想到过自己还有个家。"

"好了，好了，克南太太，"鲍尔先生说，"我们会让他重新做人的。我要去跟马丁说说，他有办法。就这一两个晚上，我们会上这儿来商量这件事的。"

她送他到门口。车夫正不停地在人行道上跺着脚,舞着胳膊取暖。

"您能送他回家,真是太谢谢您了。"她说。

"别客气。"鲍尔先生说。

他爬上了马车。马车启动时他向她快活地挥动着帽子。

"我们会让他成为一个新人的,"他说,"晚安,克南太太。"

*

克南太太睁着迷惘的眼睛注视着马车,直到它驶出视野。随后她收回目光,走进房内清理她丈夫的衣袋。

她是位活泼而实在的中年妇人,不久前刚刚庆祝过自己的银婚纪念日①,在鲍尔先生的伴奏下,跟丈夫同跳了一曲华尔兹,以这种方式重温了夫妻间的柔情蜜意。在克南先生追求她的那些日子里,她觉得他可是个风流人物呢。如今每当听见有人结婚,她还会匆匆踏上教堂的门槛,去观看那些成双结对的新人,无比快乐地回忆当年她如何走出仙蒂蒙特的海星教堂,挽着一位红光满面的男人的胳膊。那男人衣冠楚楚,另一只胳膊优雅地夹着一顶丝帽。三个星期后,她对初为人妻的生活感到了厌倦,后来,正当她开始感到忍无可忍时,她已经成了母亲。扮演母亲的角色

---

① 即结婚二十五周年纪念日。

对于她倒不算很难,二十五年来,她一直为丈夫精明地操持着这个家。两个大儿子已经长大成人,一个在格拉斯哥①的一家时装店做事,另一个则在贝尔法斯特给一位茶商做职员。他们都是好儿子,定期写信回家,有时还往家里寄些钱。其他孩子则仍在念书。

克南先生第二天给公司去了一封信,依然卧床不起。她为他做了牛肉茶,喋喋不休地数落他。对他的酗酒恶习,她早就习以为常,每当他喝得烂醉,她就尽责护理他,想方设法让他进点早餐。还有比这更糟糕的丈夫呢。儿子长大后,他就再也没有打过人,她知道哪怕就是为了买一件小玩意,他也会在托马斯大街上来回走一遭②。

过了两个晚上,朋友们来看他。她把他们领到楼上他的卧室。卧室里弥漫着一股病人的味道。她端来椅子让他们在炉火前坐下。克南先生舌头上那处不巧碰伤的地方,白天隐隐作痛,使他有些烦躁,不过此时好多了,说起话来也显得比较利索。他背靠枕头,坐在床上,浮肿的脸上有一些红晕,看上去像是热乎乎的炭灰。他为屋内的凌乱向客人们表示歉意,可是同时又自负地注视着他们,那是一种老资格的自负。

他并没有意识到他成了一个骗局的牺牲品,这是他的朋友们,肯宁汉先生、麦考伊先生和鲍尔先生专门为他设计的。他们在客厅里将此事向克南太太说了个明白。主意是鲍尔先生出的,但是执行的使命交给了肯宁汉先生。克南先生出生于新教徒家

---

① 英国北部苏格兰第一大港口城市。
② 意指克南先生用钱节俭,货比三家。

庭，虽然结婚时皈依了天主教，可是二十多年来却从来没有进过教堂。更有甚者，他还喜欢对天主教指手画脚。

肯宁汉先生是经办这类事情的最佳人选，他是鲍尔先生的年长同事，其本人的家庭生活并不幸福。人们对他寄予深切同情，都知道他娶了个拿不出手的女人，那女人是个无可救药的酒鬼。他为她搬了六次家，但每一次她都用他的名义把家具卖个精光。

大伙儿都挺尊敬可怜的马丁·肯宁汉。他是个异常敏感的人，既聪明又有影响力。他谙熟人情世故，天生精明强干，加上在警署工作时处理过一些案例，因此显得温和而通情达理。他这人很有见地，朋友们都乐于听从他的见解，觉得他那张脸就像莎士比亚。克南太太得知这场骗局后说：

"我把这事全权委托给您了，肯宁汉先生。"

经历了四分之一世纪的婚姻生活，她已经不再抱什么幻想。宗教对于她成了一种习惯，她很怀疑一个像她丈夫这种年龄的男人死前还有什么变化。她虽然觉得这场事故来得有些蹊跷，但也很是时候，要不是不愿意被人看作冷血动物，她真想跟这两位绅士说，克南先生的舌头哪怕是短了一截她也不会觉得痛苦。不过，肯宁汉先生毕竟是个能人，宗教就是宗教。那计谋或许会奏效，至少不会有什么害处。她的信仰并不强烈。她坚定地信奉圣心[①]，认为这是天主教信念中最有用处的东西，并因此赞同圣礼[②]。她的信仰只局限于自己的厨房，可是，要是需要的话，她

[①] 圣心：天主教慈善的象征。
[②] 圣礼：基督教的诸种礼仪。

也会信奉般虚①和圣灵。

男士们开始谈论起这场事故。肯宁汉先生说他以前听说过一次类似的事情。一位七十岁的老头癫痫发作时咬掉了一截自己的舌头,可是舌头后来又长好了,没留下一点咬啮的痕迹。

"可是,我还没到七十岁呀。"病人说。

"你可别这么说。"肯宁汉先生说。

"你现在不疼吧?"麦考伊先生问。

麦考伊先生一度是一位小有名气的男高音。他太太曾是女高音,现在仍旧在教孩子们演奏钢琴,以此赚点小钱。他的人生道路磕磕碰碰,并非一马平川,有那么一阵子,他得绞尽脑汁才能活下来。他曾在中区铁路局做过小职员,为《爱尔兰时报》和《自由人报》拉过广告,还为一家煤矿公司做过城镇旅行推销员,做过私家侦探,又在代理行政长官办公室做过事,最近又成了市政验尸官的秘书。他新近的差事使得他对克南先生的案例产生了职业兴趣。

"疼?倒不算很疼,"克南先生答道,"可是头晕得厉害,有点想吐。"

"肯定是因为酒。"肯宁汉先生断然说。

"不是,"克南先生说,"我觉得是坐车时着了风寒。老有什么东西直往我喉头冒,是痰还是——"

"口水吧。"麦考伊先生说。

"好像是从我喉咙底冒上来的、很不舒服的东西。"

---

① 般虚:爱尔兰和苏格兰民间传说中预告凶兆的女妖。

"是啊,是啊,"麦考伊先生说,"那是胸腔有毛病。"

他用一种不以为然的表情同时望着肯宁汉先生和鲍尔先生。肯宁汉先生很快地点了点头,鲍尔先生说:

"哦,行了,反正没事也就没事了。"

"我非常感谢你,老伙计。"病人说。

鲍尔先生摆摆手。

"跟我一块儿的那两个家伙……"

"你跟谁在一块儿了?"肯宁汉先生问。

"一个小伙子。我不知道他叫什么。真该死,他叫什么来着?反正是一个头发淡黄的小伙子。"

"还有谁呢?"

"哈福。"

肯宁汉先生"哦"了一声。

听见肯宁汉先生的这一声感叹,大伙儿都变得鸦雀无声,因为说话者以通晓各种内幕消息著称。在这件事上,他的这声感叹显然具有一种道德的意味。哈福先生时常会纠集一伙人,星期天中午一过就离开城市,尽快赶往城郊的哪家酒吧,一伙人聚在那儿,自称自己才是真正的①旅行家。可他那些旅行伙伴谁也不曾忘记过他的出身。他一开始是个放高利贷的无名小卒,经常借点小钱给工人们,以换取数目可观的利息。而后他跟一个矮胖的绅士、丽妃信贷银行的高尔德伯格先生结为伙伴。尽管他只是依照

---

① 此处"真正的"一词为拉丁文。

犹太人的道德准则行事,并不信仰犹太教,可是那些天主教信徒却因为他的贷款条件过于苛刻,咒骂他是爱尔兰犹太佬和文盲;鉴于他有个痴呆儿,他们还说这是苍天有眼,恶有恶报。不过,有时候人们还是会记得他的好处的。

"不知道他上哪儿去了?"克南先生问道。

他希望谁也弄不清楚那件事情的细节,希望朋友们会以为,只是因为出了点小小的差错,他和哈福先生两人才互相找不到了。他那些朋友深知哈福先生的醉态,因而都没有吭声。鲍尔先生又说:

"反正没事也就没事了。"

克南先生马上又换了个话题。

"他是个规矩的小伙子,那个医科学生,"他说,"幸亏有他……"

"是啊,幸亏有他,"鲍尔先生说,"要不然就得蹲七天大牢,而且还不能取保。"

"是啊,是啊,"克南先生说,竭力回忆往事,"我现在想起来了,还有个警察呢,看上去好像是个很规矩的年轻人,到底是怎么回事呢?"

"你被起诉了,汤姆。"肯宁汉先生一本正经地说。

"还有传票呢。"克南先生说,同样一本正经。

"我觉得你向警察行贿了,杰克[①]。"麦考伊先生说道。

[①] 鲍尔先生的教名。

鲍尔先生不喜欢别人叫他的教名。他倒不是个死板的人，可他忘不了麦考伊先生近来组织了一项公益活动，四处收罗旅行袋和旅行包，说是给麦考伊太太下乡提供方便。后来他了解了事实真相，觉得自己成了一场如此低级的游戏的牺牲品。因此他回答这个问题，把它当作克南先生提出来的，并不理睬麦考伊先生。

克南先生听到这种叙述，非常恼火。他对自己的市民荣誉非常敏感，期望与其他市民相处时能相互尊重，而现在，被他称为乡巴佬的警察居然辱骂他。

"难道我们纳税，"他问道，"就是为了给这帮蠢货提供衣食……他们什么玩意儿也不是。"

肯宁汉先生哈哈大笑。他只是在上班的时候才是政府官员。

"难道他们还能是什么玩意儿吗？汤姆。"他说。

他模仿一种浓重的外省口音，用命令的口吻说：

"六十五号，接住你的大白菜。"

大家都笑了起来。麦考伊先生老想插进来说话，就装出他没听说过这件事。肯宁汉先生说：

"据说一人家都这么说，你们知道——这种事通常都发生在新兵训练站，他们把那些个头大得吓人的乡巴佬和呆瓜集合起来受训，你们知道。教官要他们背靠墙壁站成一排，手里托着盘子。"

他手舞足蹈，绘声绘色地说着这件事。"就是吃饭的时候，你们知道吧。这时教官面前的桌子上摆着一只装满大白菜的大得可怕的碗，还有一只像铲子一样大得可怕的勺子。他铲起一大勺大白菜,抛向屋子对面,那些可怜虫拼命想用盘子接住:六十五号,接住你的大白菜。"

大伙儿又笑了起来,但是克南先生仍旧有些愤愤不平。他说他要给报社写信。

"这群狺虎① 跑到这儿来,"他说,"以为可以为非作歹。我不用跟你说,马丁,你也知道他们是些什么东西。"

肯宁汉先生深有同感。

"这种事天底下都一样,"他说,"你会碰上恶人,也会碰上好人。"

"呃,是啊,有时是会碰上好人的,我承认。"克南先生满意地说。

"对他们那号人,最好什么也别说,"麦考伊先生说,"这是我的看法。"

克南太太走进屋里,将一只托盘放在桌子上,说:

"自己动手吧,先生们。"

鲍尔先生站起来招呼,把位子让给她坐。她婉言谢绝,说是正在楼下熨衣服,又跟鲍尔先生背后的肯宁汉先生点头招呼过之后,正要离开屋子,她丈夫叫住了她:

"就没为我准备些什么,宝贝儿?"

"哦,你呀!吃我一记耳光吧!"克南太太尖酸地说。

她丈夫又叫住她:

---

① 斯威夫特(1667—1745)所著《格列佛游记》中的半人半兽怪物。

"居然就没为你可怜的小男人准备些什么!"

他拿腔拿调,装模作样,正在分瓶装啤酒的众人都笑成了一团。

男人们个个开怀畅饮,再将酒杯搁到桌子上,歇了一会儿。过后肯宁汉先生转向鲍尔先生,慢条斯理地说:

"你是说星期四晚上,杰克?"

"星期四,是的,鲍尔先生说。

"好!"肯宁汉先生豪爽地说。

"我们可以在麦乌粒酒吧见面,"麦考伊先生说,"那地方最方便。"

"可是不能迟到哟,"鲍尔先生认真地说,"那儿肯定会人山人海,连门都挤不进去。"

"我们定在七点半见面吧。"麦考伊先生说。

"好。"肯宁汉先生说。

"就定七点半在麦乌粒酒吧见!"

一阵短时的沉默。克南先生等着瞧伙伴们是否信得过他,而后他问道:

"怎么回事?"

"呃,没什么,"肯宁汉先生说,"一点小事,准备安排在星期四去办。"

"是看歌剧吧,是吗?"克南先生问。

"不,不,"肯宁汉先生含糊其辞地说,"只是一点……信仰上的事。"

"哦。"克南先生说。

又是一阵沉默。跟着鲍尔先生实话实说：

"跟你说实话吧，汤姆，我们要去避静①。"

"是呀，是这么回事，"肯宁汉先生说，"我和杰克还有麦考伊，我们想去洗心革面一番。"

他兴致勃勃地说完那句玩笑话，被自己的调皮所鼓舞，又接着说：

"你们瞧，我们还不如承认自己是一伙恶棍呢，全都是，我是说，全都是。"他宽容地补上一句，又转向鲍尔先生。"承认吧！"

"我承认。"鲍尔先生说。

"我也承认。"麦考伊先生说。

"所以我们要一块儿去洗心革面。"肯宁汉先生说。

他脑袋里忽然闪过一个念头。他猛然转向那病人说：

"你知道吗，汤姆，刚才我想到了什么？你可以加入进来嘛，这样我们就可以结成四人党啦。"

"好主意，"鲍尔先生说，"我们四个人一块儿。"

克南先生没吭声。这个主意对他来说没有什么意义，可是他由此明白，某些宗教力量试图关怀他、影响他。哪怕为了自尊，他也要摆出一副不从的架势。在伙伴们谈论起耶稣会的时候，他很久不参加谈话，只是满怀敌意地静听着。

"我对耶稣会并无恶意，"他终于插进来说，"他们是一群有

---

① 天主教的一种内省方式。

教养的人。我相信他们的本意也是好的。"

"他们是教会里最庞大的一支呀,汤姆,"肯宁汉先生热情洋溢地说,"耶稣会教长的地位可是仅次于教皇的。"

"确实如此,"麦考伊先生说,"你要是想办好一件事,别惹什么麻烦,那就去找耶稣会,他们是很有势力的一伙人,我可以给你举个例子……"

"耶稣会是一个很好的组织。"鲍尔先生说。

"说起耶稣会教派,"肯宁汉先生说,"倒是很有意思。教会里的其他教派都在某个阶段改革过,可是耶稣会教派一次也没有改。它从不曾衰落。"

"是这样的吗?"麦考伊先生问。

"这是事实,"肯宁汉先生说,"是历史。"

"瞧瞧他们的教堂吧,"鲍尔先生说,"还有他们的信徒。"

"耶稣会是对上流阶层胃口的。"麦考伊先生说。

"当然。"鲍尔先生说。

"是啊,"克南先生说,"我就是因此对他们有一种感觉。那些俗不可耐的神父,既无知,又自以为是……"

"他们都是些好人,"肯宁汉先生说,"各有各的好处。爱尔兰教会在全世界都有好名声。"

"是啊,是啊。"鲍尔先生说。

"不像大陆①上的其他一些教会组织,"麦考伊先生说,"一

---

① 指欧洲大陆。

钱不值。"

"也许你是对的。"克南先生和缓地说。

"我当然是对的,"肯宁汉先生说道,"要是连这点判断力也没有,我岂不枉来世间走一遭,白白见识那么多事情?"

几个男人又开始喝酒,一个接着一个地端起了酒杯。克南先生似乎在心里捉摸着什么。他有些动心。他对肯宁汉先生的判断力和洞察力评价很高。他又问了一些细节问题。

"哦,只是一次避静,你知道,"肯宁汉先生说,"佩尔登神父主持仪式,是为生意人举办的,你知道。"

"他对我们要求不会很严格的,汤姆。"鲍尔先生劝解地说。

"佩尔登神父?佩尔登神父?"病人问。

"哦,你肯定认识他,汤姆,"肯宁汉先生断然说道,"一个快快活活的家伙!就跟我们一样随和。"

"呃……是的,我觉得我认识他,一张红红的脸,高个儿。"

"正是此人。"

"告诉我,马丁……他是个好布道者吗?"

"嗯……并不完全是布道,你知道。只是一种朋友式的交谈,你知道,很随意的。"

克南先生若有所思。麦考伊先生说:"汤姆·勃克神父,那才是个好神父呢!"

"哦,汤姆·勃克神父,"肯宁汉先生说,"那人天生是个演说家。你听他讲过吗,汤姆?"

"我听他讲过吗!"那病人气呼呼地说,"当然!我听他……"

"可是却还有人说，他根本就不像个神学家。"肯宁汉先生说。

"是吗？"麦考伊先生问。

"嗯，当然啦，一点没错，你知道。大家说他有的时候讲道不太正统。"

"呃……他是个很出色的人。"麦考伊先生说。

"我听他讲过一次，"克南先生继续说，"记不清他讲的题目了，我和克罗夫顿坐在后排……你知道……就是……"

"就是后座。"肯宁汉先生说。

"对，后面靠门的地方。我记不清说的……哦，对了，说的是教皇，已故教皇。我记得很清楚。用我的话来说，就是非常了不起，那演说的风格，还有他那嗓音！天哪！那是怎样的嗓音呀！他把教皇称作'梵蒂冈的囚徒'。记得出来时克罗夫顿对我说……"

"可是他是个橙子党①党徒呀，那个克罗夫顿，不是吗？"鲍尔先生说。

"他当然是，"克南先生说，"而且还是个规矩得要命的橙子党党员。我们走进摩尔街的巴特勒酒吧——说老实话，我非常感动，天地良心——一点也不骗你——我对他说的话句句都记得很真切，克南，他说，我们尊崇不同的神坛，可是我们的信仰却是相同的。这话深深地打动了我。"

"说得很不错，"鲍尔先生说，"汤姆神父讲道的时候，小教堂里总是挤满了新教徒。"

---

① 橙子党：一七九五年成立于北爱尔兰的秘密团体，拥护新教和英国王权。

"我们之间倒是没什么分歧，"麦考伊先生说，"我们都信仰……"

他犹豫了一会儿。

"……教主，只是他们不信仰教皇和圣母。"

"不过，当然了，"肯宁汉先生不露声色地说，"我们的宗教才是宗教，是古老而原汁原味的信仰。"

"说得一点没错。"克南先生热烈地附和。

克南太太走到卧室门口喊道：

"又来了一位客人。"

"谁呀？"

"弗嘉第先生。"

"哦！请进！请进！"

一张苍白的圆脸走到了灯光下，快活而惊喜的眼睛上面是两道环形的浅色眉毛，眼睛下面是拱形的浅色胡须。弗嘉第先生是个平平常常的杂货商。他想在城里开一家领执照的酒店，但是未能成功，经济状况迫使他只能与二流酒店和酿酒老板打交道！他在格拉斯奈文街开了一家小店，以为自己的风度可以博得那片区域的家庭主妇们的好感。他显得优雅，善于哄弄小孩，而且说起话来又很机巧。他倒不是一个没文化的人。

弗嘉第先生带来了一件礼物，半品托特酿威士忌。他彬彬有礼地问候了克南先生，将礼物放在桌子上，像这伙人一样坐下。克南先生对这件礼物极为欣赏。因为他明白他在弗嘉第先生那里拿过几件杂货，还欠了一小笔钱。他说：

"我毫不怀疑你,老伙计。打开吧,杰克,你来开如何?"

鲍尔先生再次起身招呼大家。酒杯涮干净后放在桌子上,威士忌被分成五份依次斟满。新添的酒水给谈话注入了活力。弗嘉第先生坐在椅子的边缘上,显得格外兴趣盎然。

"教皇里奥十三世,"肯宁汉先生说道,"是那个时代的一盏明灯。他那些伟大的思想,你们知道,是连接拉丁与希腊教堂的纽带。那是他毕生的目标。"

"我常听人说他是欧洲最有智慧的人之一,"鲍尔先生道,"我是说,撇开他做教皇不说。"

"的确是这样,"肯宁汉先生说,"哪怕不是最有智慧的,也是很有智慧的。他作为教皇的座右铭,你们知道,就是 Lux upon Lux①——光明中的光明。"

"不,不,"弗嘉第先生连忙说,"我觉得你说错了,是 Lux in Tenebris②,我想——黑暗中的光明。"

"哦,对,"麦考伊先生说,"Tenebrae③。"

"请让我说一句,"肯宁汉先生毅然说道,"确实是 Lux upon Lux。他的前任庇护九世④也有一句名言,Crux upon Crux——就是十字架上的十字架,这表明他们两位的训词迥然有别。"

这种解释得到了大家的认可。肯宁汉先生继续说:

"里奥教皇,你们知道吧,还是位了不起的学者和诗人呢。"

---

① 拉丁文:光明中的光明。
② 拉丁文:黑暗中的光明。
③ 拉丁文:黑暗。
④ 庇护九世(1792—1878),一八四六至一八七八年任罗马教皇。

"他的相貌很起来很坚强。"克南先生说。

"对,"肯宁汉先生说,"他写过拉丁文诗歌。"

"是吗?"弗嘉第先生问。

麦考伊先生极有兴致地品了一口威士忌,意味深长地摇了摇头,说:

"这可不是开玩笑,我可以告诉你。"

"我们可没有听说过,汤姆,"鲍尔先生模仿麦考伊先生的口吻道,"谁叫我们上的是廉价学校呢。"

"胳膊下面夹着几页纸去上廉价学校的人多得很,"克南先生强打精神说,"旧式体制是最棒的,诚实规矩的教育,不像你们这些时髦的家伙……"

"非常正确。"鲍尔先生说。

"没有那么多鬼名堂。"弗嘉第先生说。

他有板有眼地吐着字句,又一本正经地喝着酒。

"我记得,"肯宁汉先生说,"曾经读过,里奥教皇写的一首诗,是赞赏照相发明的——当然,用的是拉丁文。"

"关于照相!"克南先生惊叫。

"是呀。"肯宁汉先生说。

他也端起杯子,啜了一口酒。

"是呀,你们想想吧,"麦考伊先生说,"难道你们不觉得照相很奇妙吗?"

"嗯,那当然,"鲍尔先生说,"脑子聪明就是能看透事情。"

"就像那诗人说的:聪明的脑瓜紧挨着疯狂。"弗嘉第先生说。

克南先生似乎有些困惑。他努力回想新教理论对某些棘手问题的看法，最后对肯宁汉先生说：

"跟我说说，马丁，"他说，"是不是有的教皇——当然不是现在这位，也不是他的前任，而是以前的某些老教皇——不太……你知道……守规矩？"

一阵沉默。肯宁汉先生说：

"哦，那自然了，总会有些糟糕的事情……不过让人感到惊奇的是，他们当中也没有谁，哪怕就是老酒鬼或者……十足的流氓，在 ex cathedra[①] 布道时说错过一句话。这是不是让人感到惊奇？"

"确实如此。"克南先生说。

"是啊，因为教皇在 ex cathedra 讲道时，"弗嘉第先生解释说，"他永远都是正确的。"

"对呀。"肯宁汉先生说。

"哦，我可是了解一些教皇的永远正确性。记得小时候……难道不是——？"

弗嘉第先生打断了他的话。他拿起酒瓶，给每人都斟上了一点。麦考伊先生眼见酒已经不够斟一轮，就说他连第一杯都还没喝完呢。其他人推辞一番后欣然领受。威士忌倒进酒杯的愉快声响合成了一种欢快的乐声。

"你说什么了，汤姆？"麦考伊先生问。

"教皇的永远正确性，"肯宁汉先生说，"这就是教会史上的

---

① 拉丁文：御座前。

一种最了不起的现象。"

"你觉得呢,马丁?"鲍尔先生问道。

肯宁汉先生竖起两根粗短的指头:

"在教廷主教团里,你们知道,在红衣主教、大主教和主教中,所有的人都服从这一点,只有两个人提出异议。除了那两个人,其他人都服从。不!那两个人就是不服从!"

"嚯!"麦考伊先生说。

"他们一个是名叫多林的德国红衣主教……或者叫道林……或——"

"道林不是德国姓氏,这一点可没错。"鲍尔先生笑着说。

"反正,不管他姓什么,他是一位伟大的德国红衣主教。另一位叫作约翰·麦克霍尔。"

"什么?"克南先生叫道,"莫非是图阿姆[①]的约翰?"

"你能肯定吗?"弗嘉第先生满怀疑虑地问,"我还以为他是意大利人或是英国人呢。"

"图阿姆的约翰,"肯宁汉先生重复道,"说的正是此人。"

他喝了一口酒,另外几个男人也跟着他端起了酒杯。他随即又说:

"他们聚在一起,从世界各个角落钻出来的红衣主教、主教和大主教,这两人与其他人激烈争论,直到最后,教皇站起来在 ex cathedra 宣布,教会的信条永远是正确的,就在这个时候,刚

---

① 爱尔兰北部城市名。

才还在一遍又一遍争论的约翰·麦克霍尔,直起身用狮吼般的声音大叫:'Credo①!'"

"我相信!"弗嘉第先生说。

"Credo!"肯宁汉先生说,"这表明了他所拥有的信仰。教皇一开腔,他就屈服了。"

"道林怎么样呢?"麦考伊先生问。

"那德国红衣主教不愿屈服。他离开了教会。"

肯宁汉先生的这番话在听众心中筑起了教会的庞大形象。在谈到信仰和屈服时,他的声音深沉而粗哑,给大伙儿以震撼。克南太太一边走,一边擦手,进到屋内,见大家一片肃穆,便不想搅乱这份宁静,只是挨在床脚的栏杆旁。

"我见过约翰·麦克霍尔一次,"克南先生说,"今生今世都难以忘怀。"

他转向太太,以求得见证。

"我是不是经常跟你说起过?"

克南太太点点头。

"那是在约翰·格雷爵士的塑像揭幕仪式上。爱德蒙德·戴尔·格雷胡乱地致了一通辞,那位眼光挑剔的老先生也在场,正透过一双浓眉瞪视着他。"

克南先生皱了皱眉头,像一头发怒的公牛一般低下了脑袋,盯着他的太太。

---

① 拉丁文:我相信。

"天啊!"他叫道,又恢复了脸上那种自然的表情,"我从来没在谁的脸上见到过那样的眼神,那眼神仿佛在说:我可知道你在想什么,小子。他有一双老鹰般的眼睛。"

"格雷家族的人没一个好人。"鲍尔先生说。

又是一阵沉默。鲍尔先生转向克南太太,忽然很快活地说道:

"对了,克南太太,我们要把你先生变成一个善良、虔诚,而且敬畏上帝的罗马天主教徒。"

他挥起胳膊朝在座者舞了一圈。

"我们都要去做一次避静,坦白我们的罪——只有上帝知道,我们的心情有多么迫切。"

"我才无所谓呢。"克南先生说,露出一丝紧张的笑容。

克南太太心想此时最好不要流露出自己的满足感。她因此说道:

"我很同情那位不得不听你们胡说八道的可怜的神父。"

克南先生的表情陡然一变。

"要是他不喜欢听,"他直截了当地说,"他可以……去做别的事情嘛。我只是想跟他说说我的一点伤心事。我又不是一个那么可恶的家伙——"

肯宁汉先生马上就插话。

"我们都要与那魔鬼一刀两断,"他说,"全都这样,只是不要忘记他的那些鬼名堂。"

"离我远点,撒旦!"弗嘉第先生说,一边笑着一边望着其他人。

鲍尔先生一言未发。他觉得完全被人取代了,但是脸上依然露出一丝快活的笑容。

"我们所要做的事情,"肯宁汉先生说,"就是站起来,每人手执一支燃起的蜡烛,重温施洗时的誓言。"

"喂,别忘了蜡烛,汤姆,"麦考伊先生说,"做什么都别忘了蜡烛。"

"什么?"克南先生问,"我非拿蜡烛不可吗?"

"噢,是的。"肯宁汉先生说。

"别,别这样,"克南先生自作聪明地说,"我是很有分寸的。我会好好做这件事,好好避静,好好忏悔,而且……好好做一切事情。可是……不要蜡烛!别,别这样,我不拿蜡烛!"

他一本正经地摇了摇头。

"听他胡说八道!"他太太说。

"我不拿蜡烛,"克南先生说,同时意识到自己的这种表现给听众留下了怎样的印象,便又摇晃着脑袋说,"我不拿那种魔术灯似的小玩意。"

所有的人都朗声大笑。

"就你这样也算是个好天主教徒!"他太太说。

"不要蜡烛!"克南先生固执地重复道,"就这么回事!"

*

伽迪纳街耶稣会教堂的袖廊挤得满满当当,而每时每刻都还有绅士从旁边拥入，在教友的引导下蹑手蹑脚地穿过过道寻找座位。绅士们都穿着体面而得体。教堂的灯光照耀着一片白领子和黑衣服，中间还点缀着苏格兰粗呢；同时也照耀着幽暗斑驳的绿色大理石石柱和一幅阴郁的油画。绅士们坐在长凳上，把裤腿稍稍提至膝盖，又将帽子放稳，摆好，他们坐得稳稳当当，肃穆地注视着远处的一盏红灯，那灯悬挂在高高的祭坛前面。

在靠近布道坛的一张长凳上，坐着肯宁汉先生和克南先生。他们身后孤零零地坐着麦考伊先生一个人，而在他身后则坐着鲍尔先生和弗嘉第先生。麦考伊先生本想找个位子跟其他人坐在一块儿，但未能成功；看见一伙人坐成五点形阵式，他想说几句笑话，但也没人理睬。眼见这些做法均显得不合时宜，他只好作罢。甚至连他也感觉到了庄重的气氛，开始受到宗教的感应。肯宁汉先生提醒克南先生注意哈福先生，就是那个放债人，此时正坐在不远的地方，接着又提醒他注意梵宁先生，那个注册代理人和市长操纵者，那人正坐在紧靠布道坛的长凳上，与新近选出的一位议员挨在一块儿。右手边是老米切尔·格雷姆斯，此人拥有三家当铺。还有丹·霍根的侄子，这人正在市政办公室里谋求晋升。更前面的地方坐着《自由人报》的首席记者亨得里克先生和克南先生的老朋友——可怜的奥卡洛尔先生，后者一度曾被视为商业大亨。认出这么多熟悉的面孔，克南先生渐渐开始感到轻松自在起来。他那顶由太太补过的帽子稳稳地摆在膝盖上。有那么一两次，他一只手将袖子捋下来，另一只手则轻巧地抓住帽檐，但抓得很牢。

一个看上去孔武有力的人上身披着一件白色法衣，在众人的注目下费力地登上祭坛。与此同时，人群一阵骚动，纷纷掏出手帕，铺在地上，小心翼翼地跪在上面。克南先生也照此行事。那个担当神父角色的人笔直地站在祭坛上，探出大半个身子，身子上顶着一张硕大的红脸。

佩尔登神父跪下来，转向那盏小红灯，用双手掩住脸面，喃喃祈祷。过了一会儿，他松开手站起来，众人也跟着站起来，重新坐回长凳。克南先生将帽子放回膝头原先的位置，满脸专注地望着布道者。布道者两手一甩，将法衣的两只袖口往后一褪，缓缓地巡视着一排排听众的面孔。随后他说道：

"因为今世之子，在世事之上，较之光明之子，更加聪明。我又告诉你们，要借着那不义的钱财，结交朋友。到了钱财无用的时候，他们可以接你们到永存的帐幕里去。"[1]

佩尔登神父用响亮的声音念着经文，这是《圣经》中最玄奥的经文之一，他说，讲解起来相当有难度。对于那些漫不经心的人来说，此段经文似乎与耶稣基督在其他场合宣讲的高尚道德有所差别。但是，他对听众们说，他认为此段经文对一些人尤其具有指导意义，这些人命定会在庸碌中度过一生，但又不甘于这种庸碌。这是一段专为商人和职员准备的经文。耶稣基督深知人性的弱点，深知并非所有的人都能受感召而过上宗教生活，绝大多数人仍然被迫于凡尘偷生，并且迷恋凡尘。因而通过这么一段

---

[1] 见《圣经·新约·路加福音》第十六章。

话，他给他们以启迪，有意将那些贪恋财富之徒比作宗教生活的楷模，虽然，在所有的人当中，他们对宗教的兴趣是最淡的。

他告诉他的听众们，今晚他在这里并没有什么令人害怕的企图，他只是想作为一个凡夫俗子与大伙儿随便聊聊。他是来与商人聊天的，故而想用谈生意的方式说话。如果允许他打个比方的话，他说，他就是他们灵魂的会计；他希望每一位听众都打开自己灵魂的账簿，看看里面的收支情况是否与良心相符。

耶稣基督并非一位严厉的工头。他深知我们这些小小的过失，深知我们那可怜而堕落的天性中的弱点，深知如今这世上的种种诱惑。我们或许已经被诱惑过了，我们时时刻刻都在受到诱惑；我们或许有过过失，大家概莫能免。可是有一点，他说，他要问他的听众们，那就是：对上帝是否诚实而坦率。要是账簿上的收支笔笔都清楚，他就可以说：

"好吧，我已经查过我的账簿，丝毫无误。"

可是，要是其中有差错的话，这种事也是有可能发生的，那就要承认事实，像个男人那样坦率地说：

"好吧，我已经检查过我的账簿，发现这里有差，那里有错。可是，借着上帝的圣恩，我会改正这里，改正那里。我会把我的账簿纠正过来。"

（米子　译）

死　者

　　看门人的女儿莉莉，忙得脚不沾地。她才把一位先生引入底层办公室后面的餐具间，帮他脱下外套，门厅那边的铃又叮叮当当响了起来。她只好沿着未铺任何东西的走廊一溜小跑过去，让进又一位客人。还算好，女宾们用不着她侍候。凯特小姐和朱丽娅小姐倒是有所预料，早早把楼上的浴室改作了女宾化妆间。凯特小姐和朱丽娅小姐现在就待在那里，边说说笑笑，边无事忙似的张罗着，还轮番走到楼梯口，顺着栏杆一路张望下来，大声唤着莉莉，问她有谁来了。

　　摩根小姐们的家一年举办一次舞会，这素来是件大事。所有熟人都来参加，其中有这个家的家庭成员，他们的老朋友，朱丽娅所在唱诗班的人马，凯特教过的一些已经长大成人的学生，甚至也有玛丽·简的几个学生。跳舞会从未流于平庸，它年复一年举办下来，在所有人的回忆中，留下异彩纷呈的印象。这情形由来已久，自从哥哥帕特去世以后，凯特和朱丽娅离弃了斯道尼·贝特街上的家，带着她们唯一的侄女玛丽·简，一同住进阿雪岛上这座幽暗荒凉的房子，舞会便开始了。房子是她们从燕麦商福莱姆先生那里租来的，她们租住在楼上，一楼则是生意场。从那时起，已经过去整整三十年了。玛丽·简，那个当年还穿着短裙的小姑娘，如今已成了操持家中事务的顶梁柱。海丁顿街上的那架风琴归她享有,她毕业于专门学校,每年都为自己教授的学生举办一场音乐会,地点就在老音乐厅楼上。她的许多学生都来自金斯敦和道克沿线的体面家庭。两位姑姑虽然上了年纪,也都力所能及地分担一些。头发斑白的朱丽娅,还是"亚当与夏娃"唱诗班的首席女高音呢,至于凯特,身体过于羸弱,不能走动太多,就守着后房里的那架老式方形钢琴,给初学者教教音乐课。莉莉,这位看门人的女儿,为她们干些女佣的活儿。虽然过的是一种有节制的生活,她们却信奉美食,喜欢吃最好的东西,比如带菱形骨头的牛腰肉,三个先令一磅的茶叶,还有最棒的瓶装黑啤。莉莉照吩咐做事,极少出错,所以与三位女主人相处得挺融洽。主人们喜欢没事找事瞎忙一气,但也仅此而已。她们唯一受不了的事就是跟她们顶嘴。

当然,在这样一个夜晚,她们没事找事也是有充分理由的。已经十点多了,伽布里欧和他太太却仍未露面。另外,她们还十分担心弗雷迪·马林斯会醉醺醺地来。无论如何,她们都不希望玛丽·简的学生们看到他那副样子;而且,他一旦喝醉,就有可能极难招架。弗雷迪·马林斯倒是经常迟到,她们纳闷的是,会是什么事耽搁了伽布里欧呢。所以每隔两分钟,她们就往楼梯口跑一次,询问莉莉,伽布里欧或是弗雷迪来了没有。

"啊,孔瑞先生,"莉莉一边为伽布里欧开门一边说道,"凯特小姐和朱丽娅小姐还以为您不会来了呢,晚上好,孔瑞先生。"

"她们肯定会这么想的,"伽布里欧说,"可她们忘了,我这位太太梳妆打扮起来,那是很要命的,得花上足足三个小时。"

他站在踏脚垫上，使劲蹭掉套靴上的雪。莉莉把他太太带至楼梯脚，大声喊起来："凯特小姐，孔瑞太太来了。"

凯特和朱丽娅立即跌跌撞撞地从黑漆漆的楼梯上跑下来。她俩都吻了伽布里欧的妻子，说她一定是给活活冻坏了，又询问伽布里欧有没有陪她来。

"我在这儿，跟邮件一样准时到达，凯特姨妈！上去吧，我这就来。"伽布里欧在暗处大声说道。

三个女人嘻嘻哈哈上了楼，到女宾化妆间去了。他继续卖力地蹭他的脚。撒在他大衣肩上的薄薄一层雪花像副披肩，覆住靴头的雪则像靴子尖；风雪把厚绒大衣冻得梆硬，他一解大衣，扣子就嘎吱作响。户外一股芬芳的寒气，从他衣服的缝隙和褶痕间散逸出来。

"又下雪了吗，孔瑞先生？"莉莉问道。

她将他引至餐具间，帮他脱下大衣。伽布里欧听见她称呼自己姓氏时发出的这几个音节，微微一笑，向她瞥了一眼。她是个身材苗条、正处在发育期的姑娘，面色苍白，头发呈干草色。餐具间里的煤气灯，照得她更加苍白了。伽布里欧早就认识她，那时她还是个孩子，时常坐在楼梯最低的一级上，摆弄她那只破破烂烂的布娃娃。

"是的，莉莉，"他答道，"我看要下一整夜。"

他仰头看看餐具间的天花板，楼上足声杂沓，震得天花板摇来晃去，他聆听了一会儿钢琴声，然后凝视着眼前的女孩，她正在搁物架那边精心叠置他的大衣。

"告诉我,莉莉,"他以一种友好的口吻说道,"你还在上学吗?"

"啊,不了,先生,"她回答,"今年我不上了,往后也不了。"

"哦,那么,"伽布里欧开心地说,"我看最近哪个好日子,我们该去参加你跟你那个年轻人的婚礼了吧,嗯?"

女孩回头瞟了他一眼,无比凄恻地说:

"眼下,男人们只会甜言蜜语,把能从你身上骗走的东西全骗走。"

伽布里欧忽然意识到自己犯了个错,便有些脸红。他不朝她那边看,而是蹬掉穿在外面的套靴,用厚手套不停地挥擦着脚上的黑漆皮鞋。

他是个健硕高大的年轻人,这会儿双颊上泛起的浓重潮红,甚至涌上了他的前额,又在那儿散成几片不成形状的红晕。他一张脸刮得干干净净,擦得一尘不染的镜片和发亮的镀金镜架一刻不停地放出光来,衬托出镜架后一双敏感而不安分的眼睛。亮泽的乌发梳成中分式,蜿蜒至耳后,在帽檐勒出的凹痕下微微鬈曲着。

他挥亮了鞋便直起身来,把紧紧箍住壮实躯干的背心往下拉了拉。接着,他从口袋中飞快地掏出一枚钱币。

"哎,莉莉,"他说,把钱币硬塞到她手里,"今天过圣诞,不是吗?这只是……一点小意思……"

他迅速向门口走去。

"啊,不,先生!"女孩喊起来,紧追过去,"真的,先生,我不要。"

"今天是圣诞节！是圣诞节！"伽布里欧说，几乎是一路小跑着朝楼梯奔过去，一边跑一边挥手阻止她。

女孩见他已经上了楼，就在他身后大声说道：

"那就谢谢您了，先生。"

他在客厅门外等了一会儿，直至一曲华尔兹舞临近结束。只听见裙裾从门边掠过，还有曳步而行的蹬音。他仍然还在想着女孩那悲切而突如其来的反应，并因此而心绪不宁。为了排遣愁绪，他一会儿扯扯袖口，一会儿又整整领结。接着，他从背心口袋中取出一张小纸片，瞥了一眼自己拟定的演讲题。用不用罗伯特·勃朗宁①的诗句呢？他仍在犹豫不决，唯恐这会超出他的听众的理解力。还是引些莎士比亚的或者歌本里的话吧，他们听得出来，那样会好一些。这帮人发出粗俗的噪声，又是鞋跟嚓啪作响，又是靴底拖拖曳曳，这倒令他想起，他们的文化层次跟他不一样。如果他征引的是他们听不懂的诗句，只会使自己陷入可笑的境地。他们定然会以为他是在炫耀自己的高等教育背景。那么他就会像刚才在餐具室跟那女孩打交道一样，在他们这儿遭受同样的挫折。他定下的基调已经错了，他的整个演讲，将会是一个彻头彻尾的错、一场完完全全的失败。

恰好这时，他的妻子和姨妈们从女宾化妆间里走了出来。姨妈们是两位身材娇小、衣着朴素的老妇人。朱丽娅姨妈要高出一

---

① 罗伯特·勃朗宁（1812—1889），英国诗人。

英寸左右，她披垂的头发盖及耳尖，发色已经变灰。同样灰不溜秋、再带点黑影子的，是她那张大而松弛的脸。尽管身板结实，又站得笔直，她那迟钝的眼睛和张开的双唇还是给人一种印象：这是个不知道自己待在哪里，也不知道自己要去哪里的妇人。凯特姨妈就活泼多了，她气色要比姐姐健康，脸上尽是皱纹，像一只干缩的红苹果；头发束成一模一样的旧款式，还没有失却先前的熟胡桃色。

她俩诚心诚意地吻了吻伽布里欧。他是她们心爱的侄儿，已死去的姐姐爱伦的儿子。爱伦嫁的是港口船坞公司的特·杰·孔瑞。

"格丽塔跟我说，今天晚上你们不打算乘出租马车回蒙克斯顿了，伽布里欧。"凯特姨妈说。

"是的，"伽布里欧说道，把脸转向妻子，"我们去年真是受够了，对吗？你难道不记得了，凯特姨妈，格丽塔给冻成什么样子了？车窗一路上吱吱嘎嘎响了一气，车子一过梅里恩，东风就灌进来。真是一场好冻。格丽塔得了场重感冒。"

凯特姨妈颇感严重地皱起了眉头，他说一句话她点一下头。

"太对了，伽布里欧，对极了，"她说，"你们可要多加小心才是。"

"可是格丽塔她这个人呐，"伽布里欧说，"你要是依着她，她会冒雪走回家去呢。"

孔瑞太太笑起来。

"别听他的，凯特姨妈，"格丽塔说，"他才真是个扰人精呢。一会儿说汤姆的眼睛晚上得用绿灯罩呀，让他去练哑铃呀，一会儿又强迫爱娃吃麦片粥,可怜的孩子!她现在简直是见了麦片就咬牙切齿……哦,可是你们永远也猜不着,他今天想逼我穿什么。"

她爆出一串响铃般的笑声,然后瞟了一眼丈夫,后者正以恋慕而幸福的眼神在她身上逡巡,从衣服到脸,再到头发。两位姨妈也由衷地笑了起来,伽布里欧事事操心的劲头一直是她们的笑料。

"套靴!"孔瑞太太说道,"这是最新的名堂。不管什么时候,只要地上潮湿,我就得穿上套靴。今天晚上也一样,他非要我穿不可,可我不愿意。下次,他就该给我买一套潜水服了吧。"

伽布里欧神经质地笑了起来,拍拍领结,好让心里踏实似的。凯特姨妈也笑得差不多直不起身来了,她觉得这笑话的确很好笑。而朱丽娅姨妈脸上的笑意很快便消散开来,她忧郁的双眼直勾勾地盯住侄儿的面颊。不一会儿,她发问道:

"那么套靴是什么呢,伽布里欧?"

"套靴呀,朱丽娅!"她妹妹嚷嚷起来,"上帝,你连套靴是什么都不知道?你一般将它们穿在……穿在鞋子外面,格丽塔,对不对?"

"是的,"孔瑞太太说,"用马来树胶做的。眼下我们俩各有一双。伽布里欧说了,在大陆,人人都穿这东西。"

"哦,在大陆。"朱丽娅姨妈边喃喃低语,边慢悠悠点着头。

伽布里欧似乎有些生气,他皱着眉头说:

"这没什么可大惊小怪的,只是格丽塔觉得非常可笑罢了,她说套靴这个词让她联想到克里斯蒂剧团的演出。"

"可是，告诉我，伽布里欧，"凯特姨妈灵机一动说，"不用说，你已经找好房间了吧，格丽塔刚才说……"

"是的，房间已经安排妥了，"伽布里欧答道，"我在格莱夏姆订了一间。"

"确实，"凯特姨妈说，"这是再好不过的了，只是孩子们呢，格丽塔，你就不为他们担点心？"

"哦，就一个晚上，"孔瑞太太说，"再说，贝茜会照料他们的。"

"的确，"凯特姨妈又说，"有那样一个可以信赖的女孩，多省心啊！那个莉莉呀，我都不知道她近来出了什么毛病，跟原来简直判若两人。"

伽布里欧正想就这事向凯特姨妈问个究竟，然而她突然截住话头，将注意力转向她姐姐，后者这时已经漫步走下楼梯，正在扶栏边探头张望。

"哎，我问你们，"她近乎愠怒地喊道，"朱丽娅上哪儿去了？朱丽娅！朱丽娅！你上哪儿啦？"

朱丽娅这会儿刚下了一半楼梯，转回来，没精打采地通报道：

"弗雷迪来了。"

就在这时，轰然响起了一阵掌声，钢琴手一曲终了，手臂一挥，宣布华尔兹舞曲结束。客厅门从里边向外打开来，有人成双成对结伴而出。凯特姨妈赶紧把伽布里欧拉到一边，与他轻声耳语道：

"你偷偷溜下去，伽布里欧，装作没事一样，看看他是不是好好的，他要是醉了，就别让他上来。他一定醉了，我敢断定。"

伽布里欧走到楼梯跟前，听了听栏杆外边的动静。只听见两个人在餐具间里说话。他听出玛丽·简的笑声，故意脚步喧哗地走下楼去。

"有伽布里欧在这儿，"凯特姨妈对孔瑞太太说，"真是一种欣慰，只要他人在这儿，我就觉得舒心……朱丽娅，我看黛丽小姐和鲍尔小姐那边该上些点心了。黛丽小姐，谢谢你弹奏了一曲美妙的华尔兹，它真叫人觉得愉快。"

一个长着一撮灰硬的胡髭，皮肤黝黑，脸上皱皱巴巴的高个儿男人，和他的舞伴一起从客厅出来，从旁边走过，说道：

"给我们也上些点心吧，摩根夫人？"

"朱丽娅，"凯特姨妈迅速而简洁地作出反应，"这是布朗尼先生和福尔隆小姐，把他们带进去吧，朱丽娅，和黛丽小姐与鲍尔小姐一道。"

"我是个讨女士们喜欢的人，"布朗尼先生说道，他撮唇翘胡，笑意盈盈，"您是知道的，摩根小姐，她们这么喜欢我，是因为……"

他还没把话说完，就见凯特姨妈已经走远了。当即，他把三位年轻女士带进后面屋子。屋子正中陈列着两张紧紧拼接起来的方桌，朱丽娅姨妈和看楼人正在上面扯弄、整理着一大块台布。餐具架上排放着盘碟、杯盏，还有成束的叉匙。就连此时闭合不用的方形钢琴,也被派作了餐柜,上面陈放着精美的食物和糖果。角落处有一只小型餐台,两位年轻绅士在一旁站着喝蛇麻苦酒。

布朗尼先生把受他监护的人带过去,开玩笑似的请大伙儿喝一种醇浓甜蜜的女士热饮。大家均表示从不喝浓烈的饮料,他便给他们开了三瓶柠檬水,然后要求其中一位绅士挪到一边,再握着玻璃酒瓶给自己斟了相当多的威士忌。两个年轻人见他试着啜了一口,眼中流露出欣羡之情。

"上帝保佑,"他边说边笑起来,"是医生告诫我喝的。"

笑容在他那皱巴巴的脸上荡漾开来,三位年轻女人对他的诙谐报以悦耳动听的笑声,直笑得前仰后合,连肩膀都激动地抽动起来。她们当中最勇敢的一位开口道:

"哦,行了,布朗尼先生,我敢断定医生是从来不会提供这种忠告的。"

布朗尼先生又呷了一口威士忌,侧着身子拿腔拿调地说:

"啊,你们看哪,我就是大名鼎鼎的凯西蒂太太,据说她这样声称:'好吧,玛丽·格里姆斯,如果我不喝,你就灌我,因为我觉得自己需要喝。'"

他那张灼热的脸往前凑了凑,一副有秘事相告的样子,又装出挺粗俗的都柏林口音,以便这些年轻女士,出于同一种下意识,都安静下来仔细听他说话。可是福尔隆小姐——她是玛丽·简的一个学生——还是问起了黛丽小姐,刚才她弹奏的那曲优美的华尔兹叫什么名字。看见自己被冷落了,布朗尼先生就迅速转向两位年轻绅士,他们要比她们更欣赏他。

一位身着蓝紫色衣裙、面色通红的年轻女子走进屋来，兴奋地拍着手喊道：

"四对方舞！四对方舞开始啦！"

凯特姨妈紧跟进来，大声宣布：

"还缺两位先生和三位女士，玛丽·简！"

"噢，这儿有贝京先生和克里根先生，"玛丽·简说，"克里根先生，您和鲍尔小姐跳舞好吗？福尔隆小姐，让我来给您介绍一位舞伴，这位是贝京先生。啊，现在全妥了。"

"是三位女士，玛丽·简。"凯特姨妈说。

两位年轻人便问女士们是否肯赏光，玛丽·简则转向黛丽小姐，说：

"喔，黛丽小姐，您真是棒极了，弹完了两支伴奏舞曲，可是今晚我们这儿女士奇缺。"

"我是一点儿也不介意的，摩根小姐。"

"我倒有一位好舞伴推荐给您，巴特尔·达西先生，那位男高音，待会儿我要请他唱上一曲。整个都柏林正在为他发狂呢。"

"好嗓子啊，好嗓子！"凯特姨妈一旁帮衬道。

钢琴已经把第一支舞的序曲弹奏了两遍，玛丽·简带着她招募到的新成员迅速穿过房间。他们刚走出去，朱丽娅姨妈就慢吞吞地踱了进来，一边走一边往身后瞅。

"怎么回事，朱丽娅？"凯特姨妈不安地问，"你在看谁呀？"

朱丽娅正拿进一卷餐巾来，这时便转向她妹妹，轻描淡写地说起来，仿佛这个问题提得很奇怪似的。

"不过就是弗雷迪罢了,凯特,有伽布里欧陪着他呢。"

事实上,就在她身后,人们看得见伽布里欧正引着弗雷迪·马林斯从楼梯口走过。后者是个四十岁左右的年轻人,身量和体格都与伽布里欧差不多,肩膀很圆,面孔多肉而苍白,只在一双厚耳垂和两边鼻翼处才有一点血色。这人相貌粗俗,钝鼻子、塌眉毛,眉骨还向外凸出,嘴唇肿胀而前伸。一双眼睑厚重的眼睛和一头稀疏凌乱的头发,使他看起来跟睡着了似的。他正在楼梯上朗声笑着,对伽布里欧高声讲述着一个故事,一边讲还一边用左手拳头的指关节反复揩擦自己的左眼。

"晚上好,弗雷迪。"朱丽娅姨妈说。

弗雷迪·马林斯以他一向惯用的简慢方式噎声噎气地向几位摩根小姐道了声晚安。随后,看见布朗尼先生正在餐具架边冲自己咧着嘴笑,他便晃晃悠悠走过去,开始低声复述刚才跟伽布里欧讲过的那个故事。

"他情形还不坏嘛,是不是?"凯特姨妈对伽布里欧说。

伽布里欧蹙着眉头,但他很快舒展开来,答道:

"是不坏,几乎看不出来。"

"这么说,他倒不是一个极其差劲的家伙喽!"她说,"他那可怜的母亲让他在除夕夜起过誓的。对了,伽布里欧,咱们到客厅去吧。"

和伽布里欧一块儿离开这间屋子之际,她朝布朗尼先生挑了挑眉梢,又来回伸缩了一下食指,暗示他照应一下。布朗尼先生点头作答,等她一走,他便对弗雷迪·马林斯说:

"我说泰迪,来点柠檬水提提神吧,我给你斟上一杯。"

弗雷迪·马林斯这会儿讲故事正讲到兴头上,便不耐烦地挥了挥手,不予理睬。可布朗尼还是先提醒他服装上有个地方不整齐,再斟了一大杯柠檬水递过去。弗雷迪·马林斯用左手机械地接过杯子,因为右手正忙着机械地整理服装呢。布朗尼先生再一次被逗得满脸笑纹,他给自己倒了一杯威士忌。弗雷迪·马林斯的故事将近高潮,他突然高声爆发出一阵咳嗽般的大笑,然后放下未尝一口、汁水满溢的杯子,开始用左手拳头的指关节来回蹭他的左眼,一边笑,一边还极力想把最后一段话再重复一遍。

*

玛丽·简正在客厅里给一声不吭的听众弹奏她那经院式的、充斥着速奏和繁难乐段的曲子,伽布里欧没法听进去。他喜爱音乐,但她正在演奏的乐曲对他而言是没有旋律的,他简直怀疑别的听众听起来有没有旋律,虽然是他们请求玛丽·简弹点什么的。四个年轻人从吃点心的房间里走出来,听到钢琴声便在门边站住,待了几分钟,成双成对悄无声息地离开了。只有两个人对这曲子发生兴趣,一个就是玛丽·简自己,她的手指正随着乐声的起伏在琴键上不断翻飞,就像一个女巫在念咒的间歇常有的手势一样。另一个是凯特姨妈,她立在玛丽·简身边,给她翻乐谱。

笨重的枝形吊灯在打过蜂蜡的地板上映得熠熠发亮,伽布里欧的眼睛被刺得难受,便将视线移向钢琴上方的墙壁,那里挂着一幅图，描绘的是《罗密欧与朱丽叶》中阳台上的那幕场景。旁边还有一幅，画的是伦敦塔中两位被杀害的王子，这是朱丽娅姨妈年轻时用红、蓝、棕三色毛线绣制而成的。大概是在她们上女子学校那会儿，那儿开设了一年的女红课。伽布里欧的母亲曾为他织过一件紫色波纹毛葛背心，上面还饰有几只狐狸的头像，再用棕色缎子衬里，外加几粒桑葚般深紫色的圆纽扣。奇怪的是他母亲竟然没有音乐天赋，尽管凯特姨妈总是习惯于把她称作摩根家的智囊。因为有这样一个严肃的、主妇般的姐姐，凯特和朱丽娅一直引以为豪。她的照片被摆放在穿衣镜前，照片上的她，膝上摊着一册书，正在给身穿海军服、依偎在她脚边的康斯坦丁指点着书里的什么。是她本人给儿子们取的名字，因为她非常看重家庭生活中的尊荣。还多亏了她，康斯坦丁现在成了贝尔布里根的高级副神父，也多亏了她，伽布里欧自己则在皇家学院取得了学位。一片阴云从他脸颊上掠过，他想起了母亲对自己婚姻的强硬抵触。那些她曾经使用过的轻蔑辞藻一直令他耿耿于怀；她一度声称格丽塔像乡下人那样矫揉造作，这对格丽塔来说是完全失实的。在她最后卧病在床的漫长时日里，正是格丽塔在他们蒙克斯顿的家中陪侍在她身边的。

他知道玛丽·简的演奏快结束了，因为她再次弹起了开头时的旋律，每小节之后都来上一段溜音阶速奏。就在他等待一曲终了的时候，刚才的一番愤懑从他心头消散了。曲子终于以一段高音部八度颤音和一段结尾处的低音部八度音阶宣告结束。掌声雷动，人们向玛丽·简致贺，她红着脸，神经质地卷了卷乐谱就逃出屋去。最热烈的掌声来自门边的四个年轻人,他们在一曲开始的时候走开,到吃点心的房间里去了,琴音终止时却又回来。

跳四对方舞的人都已敲定。伽布里欧发现自己的搭档是艾维丝小姐。这是位坦率而健谈的年轻女士,脸上有雀斑,还长着一双鼓突的褐色眼睛。她没穿低领的紧身胸衣,领子正面别着一枚大号胸针,上面刻有爱尔兰铭文和格言。

他们刚刚各就各位,她就有些突兀地说:

"有件蹊跷事想在您这里找个说法。"

"在我这里?"伽布里欧说。

她严肃地点点头。

"怎么回事?"伽布里欧问道,冲她一本正经的样子微微一笑。

"谁是加·康?"艾维丝小姐回道,用眼睛直盯着他。

伽布里欧红了脸,正想把眉毛一拧,装出不知道的样子,这时她直言不讳地说道:

"啊,好一个无辜的小姑娘!我早就发现您在为《每日快报》写稿了。喂,难道您就不为自己感到害臊吗?"

"我为什么要害臊呢?"伽布里欧问,眨了眨眼睛,试图笑一笑。

"我倒是为您害臊呀,"艾维丝小姐直率地说,"我是说您居然为那样一家报纸写文章。我并不认为您是一个西布里吞人[①]。"

伽布里欧的脸上显出些许困惑,确实,他每周三都在为《每日快

[①] 西布里吞人:即威尔士人,此处是艾维丝小姐对伽布里欧的讽语,喻指他不像个爱尔兰人。

报》文学评论专栏撰文，每次均可拿到十五先令报酬，当然，光这并不足以使他成为一个西布里吞人。与那数目少得可怜的支票相比，他倒是更乐意收到那些供写书评之用的样书。他常爱触摸那些封面，翻弄散着墨香的书页。每天，他教完大学里的课以后，几乎都会沿码头溜达到那些二手书店，比如学士路的希奇书店，艾斯顿码头的维伯书店或马赛书店，还有附近小街的奥克罗希赛书店。面对她的诘难他不知如何是好，他想说文学要高于政治，但他俩是多年的老友，经历也很相似，先是念大学，后来做老师，他不愿冒险对她出言不逊。他依旧眨巴着眼睛，想摆出笑容，口笨舌拙地小声说，写书评与政治毫不相干。

马上要轮到他俩分别同别人穿插了，他依旧一副困惑的样子，还有点心不在焉。艾维丝小姐热情洋溢地抓住他的手，语气温柔友好地说：

"当然，我只是开开玩笑，来吧，我们转过去吧。"

等到两人重又面对面时，她说起了有关大学的话题，伽布里欧顿时轻松了许多。她的一位朋友将伽布里欧评勃朗宁诗歌的文章拿给她看，就这样她才发现了秘密，但她非常喜欢那篇评论。随后她突然说：

"哦，孔瑞先生，今年夏天您去不去阿伦岛[①]远足？我们要在那儿待上整整一个月呢。到大西洋上透透风，可真是美妙极了。您应该来。克兰西先生也要来的，还有基尔克利和凯思

[①] 阿伦岛：爱尔兰西北部大西洋中的一个小岛。

林·可尼先生。如果格丽塔能来，她一定会觉得很棒的，她是康诺特省人，对不对？"

"她老家在那儿。"伽布里欧简略地回答。

"那么您会来的，是吗？"艾维丝小姐说着，用她一只温暖的手热切地握着他的手臂。

"实际上，"伽布里欧说，"我已经有了安排，要去……"

"去哪儿？"艾维丝小姐问道。

"呃，您知道，我每年都要和几个朋友一道，出去兜上一圈，所以……"

"您倒是去哪里呀？"艾维丝小姐问。

"哦，我们一般是去法国或者比利时，也有可能去德国。"伽布里欧窘迫地说。

"您为什么要去法国和比利时，"艾维丝小姐说，"而不在自己国家的土地上看看呢？"

"这个，"伽布里欧说，"部分是为了跟那几个国家的语言多保持接触，另外，也想出去换换空气。"

"那么您就不跟自己的语言——爱尔兰语——保持接触了？"艾维丝小姐又问。

"哦，"伽布里欧说，"说到这个嘛，您是知道的，爱尔兰语不是我的母语。"

他们身旁的人已开始转过身来聆听这一番盘诘。伽布里欧紧张地左顾右盼了一回，力图在这一轮弄得他焦头烂额的煎熬中继续维持好心情。

"您就没有自己的土地需要去看看吗？"艾维丝小姐穷追不舍，"那是您对它一无所知的土地啊。您就不想了解一下自己的人民、自己的祖国？"

"呃，跟您说句实话，"伽布里欧忽然顶撞道，"我讨厌我的祖国，讨厌透了！"

"为什么？"艾维丝小姐问。

伽布里欧不予回答，刚才那一番顶撞已令他周身发热。

"为什么？"艾维丝小姐又重复了一遍。

他们马上得加入大伙儿一块儿跳了，而他还没有回答她，艾维丝小姐便温和地说：

"当然了，你没法回答我。"

伽布里欧极力想掩饰自己的激动，便十分卖力地加入到群舞中去。他避开她的眼睛，因为他在她脸上读出了恼意。可是当他俩在拉成长链的队伍中相遇时，他十分惊奇地发现自己的手竟被她握得紧紧的。她从眉毛下面古怪地打量了他一会儿，直至他微微一笑。接着，就在这串人链快要散开时，她踮起脚尖附在他耳边小声说：

"西布里吞人！"

四对舞一散，伽布里欧便往房间远处的一个角落走过去，那儿正坐着弗雷迪·马林斯的母亲。她是位肥胖衰弱的老太太，满头银发，嗓音和她儿子一样发喑，说话有点结结巴巴的。人们告诉她说弗雷迪已经到了，他好好的，没出什么漏子。伽布里欧问她渡海峡时情况怎么样。她和她已出嫁的女儿住在格拉斯哥，每年回都柏林一次。她安详地回答说情况好极了，船长对她格外关照。她谈到女儿在格拉斯哥的漂亮房子，以及那儿所有的朋友。她这么絮叨着的时候，伽布里欧在试图作出努力，想把刚才与艾维丝小姐相关的那些不快记忆从心里抹去。当然，那女孩或者妇人，或者不管她是什么样的人，倒是一个热心人。然而凡事都得分一下时间场合，也许他不应该像刚才那样回答她，可哪怕是开开玩笑，她也没有权利当着别人的面叫他"西布里吞人"呀。她是想让他在人前下不来台才那么诘难他的，还用一双兔子似的眼睛瞪他。

他看见妻子正从跳华尔兹舞的人群中拨开一条路朝他走来。她一过来就凑近他耳边说：

"伽布里欧，凯特姨妈问是不是还像往年那样由你来切鹅肉，黛丽小姐切火腿，我切布丁。"

"好的。"伽布里欧说。

"这曲华尔兹舞一结束，她就会把年轻客人们先送进来，这样，餐桌就由我们独享了。"

"你刚才跳舞了吗？"伽布里欧问。

"当然了，你不是看见我了吗？你和茉莉·艾维丝吵些什么呀？"

"没吵什么，怎么了？她这么说吗？"

"大概是吧，我在想办法，要让那位达西先生开口唱歌，他挺自以为是的，我觉得。"

"没吵，"伽布里欧不快地说，"不过是她想让我去爱尔兰西部旅行,我说我不想去罢了。"

他妻子兴奋得拍起手来,还略微跳了一跳。

"噢,去呀,伽布里欧,"她喊起来,"我还真想再去看看盖尔维呢。"

"你想去你去好了。"伽布里欧冷冷地说。

她打量了他一会儿,然后转向马林斯夫人说道:

"您有一位好丈夫啊,马林斯夫人。"

她穿过这间屋子回去了,而马林斯夫人并不在意有人打断她的话,继续跟伽布里欧说着苏格兰有些什么美丽的去处和美丽的风光。她女婿年年都带他们到湖边去,他们常在那儿钓鱼。她女婿是个特别棒的捕鱼能手。有一天,他捉到了一条漂亮的大鱼,旅店的主人还为他们烹熟了当菜吃呢。

伽布里欧几乎没听见她说了些什么,此时已近开饭时间,他又开始想到他的演讲和那句引言。看到弗雷迪·马林斯穿过房间来探访他母亲,伽布里欧就把座椅让给了他,自己则躲到窗户的斜墙边。房间已被收拾干净,从后房传来杯盘和刀叉的磕碰声,那些仍留在客厅里的人似乎已经跳累了,正三五成群地悄声说着话。伽布里欧伸出温暖而颤抖的手指轻叩冰凉的窗玻璃,外面该多冷啊!一个人出去散步又该多么惬意,先沿着河边走走,然后再穿过公园!雪花落在树木的枝干上,在威灵顿墓碑[①]的顶端结成一顶明亮的雪帽。站在那儿要比待在餐桌前快乐多了!

---

① 威灵顿(1769—1852),英国统帅,因指挥滑铁卢战役击败拿破仑而著名。此碑为纪念他而立。

他匆匆浏览了一遍讲稿的要点：爱尔兰民族的好客、伤心的回忆、三女神、帕里斯、勃朗宁的名言。他暗暗背诵了一段写在评论文章中的句子："他会感到你正在倾听一段思绪纷乱的音乐。"艾维丝小姐对这句话推崇备至。她说的是真心话吗？莫非她那种论调后面藏有她真实的生活？在那天晚上之前，他俩之间还是不存任何芥蒂的。一想到她也会坐在餐桌旁，瞪着那双挑剔、嘲弄的眼睛听他发言，他就惶惑不安。或许看见他演讲失败，她并不会感到难过。一个念头一闪而过，给他增添了点勇气——他会这样提到凯特姨妈和朱丽娅姨妈："女士们、先生们，我们当中正处于下降期的一代人或许有一些过失，但是在我看来，他们拥有一些优秀的品质，比如好客，幽默，富于人情味，而这一切是我们周围那些严肃并且受过太多良好教育的、正处于上升期的新一代人所缺少的。"很好，这话就是说给艾维丝小姐听的，至于他的姨妈们，不过是两个无知的老妇人而已，他原来是不在乎的。

屋内一阵窃窃私语声，吸引了他的注意力。布朗尼先生正一副骑士派头地陪着朱丽娅姨妈走进门来。后者倚在他的臂间，轻笑着，低垂着头。一阵七零八落、噼里啪啦的掌声把她直送到钢琴面前。紧接着，玛丽·简在琴凳上坐定，朱丽娅姨妈也不再微笑，而是半转身子，好让自己的声音能更好地发送出去，人们的掌声这才渐渐平息下来。伽布里欧听出了前奏。那是朱丽娅姨妈写的一支老歌《布置婚宴》的序曲，她音色浑厚、清晰，劲头十足地配合着一段段对曲调起润色作用的速奏。虽然她唱得很快，却连最细小的修饰音也没有漏唱。不用看歌唱者的脸，只要随着她的歌声，就能感受并分享到她那敏捷而可靠的才思所带来的激情。一曲唱罢，伽布里欧和所有人一起拼命鼓掌，从看不见的外间餐桌旁也有响亮的掌声传进来。掌声听上去如此真诚，以至于当朱丽娅姨妈躬身把封面上落有她姓名起首字母的一本旧皮面歌本放回乐谱架上时，一小朵红云飞上了她的面颊。弗雷迪·马林斯刚才一直偏着头，以便能听得更清楚些，这会儿所有人的掌声都停住了，他还在一边鼓掌，一边热情洋溢地对他母亲说着什么，后者则一脸严肃而慢条斯理地点着头表示赞同。最后，等他再也没法鼓掌了，他就突然站起来，疾步穿过房间，朝朱丽娅姨妈走过去，再用两只手紧紧握住她的一只手摇着。也不知是因为太激动，还是嗓音里噎声太多的缘故，他说不出话来。

"我刚刚跟我母亲说，"他说，"我从来没有听见您唱得这么好，从来没有。没有，我从来没有听见您的嗓子像今天晚上这么好过。好啦！现在您相信吗？是真的。平心而论，是真的。我从来没有听见过您的嗓子这么甜润，这么……这么清丽而甜润，从来没有。"

朱丽娅姨妈宽厚地笑笑，一边把手从他手中抽回来，一边轻语着"过奖了"之类的话。布朗尼先生朝她伸出手去，摊开手心，以一种节目主持人向观众介绍一位天才演员的派头对他身边的人说：

"朱丽娅·摩根小姐，我的最新发现！"

他正在自顾自地大笑时，弗雷迪·马林斯转向他说：

"行了，布朗尼，你要是当真一点的话，你就会发现你的发现并不怎么样。我所能说的仅仅是，自从我到这儿以后，就从来没听过她唱得有今天一半的好。千真万确。"

"我也从来没听过，"布朗尼先生说，"我觉得她的嗓子大有长进。"

朱丽娅姨妈耸了耸肩膀，温和而自豪地说：

"三十年前，跟一般的嗓子比，我的嗓子并不坏。"

"我经常对朱丽娅说，"凯特姨妈言之凿凿，"她在那个唱诗班简直是屈才，可她从不肯听我劝。"

她转过身来，想从别人这儿寻求用来对付倔强孩子的良策似的。这时，朱丽娅姨妈直视着她，脸上隐现出一抹追怀往昔的笑意。

"不肯，"凯特姨妈往下说道，"她不肯接受任何人的劝说或者引导，不分白天黑夜地在唱诗班里瞎忙，不分白天黑夜，甚至连圣诞节早上六点也去。图个什么呀？"

"好了，这难道不是为了上帝的荣耀吗，凯特姨妈？"玛丽·简问道，从琴凳上拧过身来微微一笑。凯特姨妈气咻咻地冲她侄女转过身去说："我知道那些个上帝的荣耀，玛丽·简，可是，把在唱诗班里劳碌了一辈子的女人们赶出来，再让那些自以为是的小男孩骑到她们头上去，我觉得，这对教皇来说没什么荣耀可言。我想如果教皇这么做了，倒是为了教会的利益。可那是不公平的，玛丽·简，那是不对的。"

她说着说着就激动起来，还想继续为她姐姐辩护几句，因为这是个令她感到伤心的话题。然而玛丽·简看到所有跳舞的人都回来了，就和解地插话说：

"好了，凯特姨妈，您正在让布朗尼先生不高兴呢，他的宗教信仰跟您不同。"凯特姨妈转向布朗尼先生，后者听别人这样提到他的信仰，正咧着嘴笑呢。凯特姨妈连忙说：

"啊，我可不是在质疑教皇的对错问题。我只是个愚笨的老太婆，可不敢这样做。可总还是有些事是常识吧，就像日常的礼貌和感谢一样。如果我处在朱丽娅的位置，我就会当面对那个希利神父说……"

"还有呢，凯特姨妈……"玛丽·简说，"我们可真是全都饿了，我们一饿就好吵吵嚷嚷。"

"我们一渴也好吵吵嚷嚷呢。"布朗尼先生补上一句。

"这么说咱们还是开饭吧，"玛丽·简说，"要争以后还可以争。"

在客厅外的走廊上，伽布里欧发现他妻子和玛丽·简正在试图说服艾维丝小姐留下来吃饭。可是艾维丝小姐已经戴好了帽子，正在扣斗篷的纽扣，她不愿意留下来。她一点儿也不觉得饿，况且这时已经过了她预计要待的时间。

"就待十分钟，茉莉，"孔瑞太太说，"不会误你的事的。"

"吃点东西吧，"玛丽·简说，"跳了那么长时间的舞。"

"我真的不能再待下去了。"艾维丝小姐说。

"我是担心，你是不是压根儿就没玩好。"玛丽·简失望地说。

"挺好的,我向你保证,"艾维丝小姐说,"可你真得让我马上走才行。"

"那你怎么回去呢?"孔瑞太太问。

"哦,沿码头走几步就到了。"

伽布里欧迟疑了一会儿,说:

"如果您愿意,艾维丝小姐,我来送您回家吧,既然您非走不可的话。"

但是艾维丝小姐突然离他们而去。

"我不要听这个,"她嚷嚷着,"看在老天爷分上,快回去用你们的晚餐吧,别为我担心。我很好,能照顾好自己。"

"唉,你真是个古怪的姑娘,茉莉。"孔瑞太太坦白地说道。

"晚安,亲爱的①。"艾维丝小姐笑着大声说,然后奔下楼去。

玛丽·简瞧着她的背影,脸上露出忧郁而困惑的表情,孔瑞太太则倚着扶梯聆听着过道上的门开合的声音。伽布里欧自问,难道她是因为自己才突然离去的吗?可是她看上去心情并不坏:她是一边笑一边离开的。他茫然地俯视着楼梯下方。

这时候,凯特姨妈跌跌撞撞地从餐厅走出来,几乎是绝望地绞着自己的手。

"伽布里欧在哪里?"她叫道,"伽布里欧究竟在哪里?所有的人都在那儿等着呢,给他留了位子,谁都不动手切鹅肉呀!"

---

① 原文为拉丁语。

"我在这儿,凯特姨妈,"伽布里欧说道,大梦初醒的样子,"要是需要我切,我可以切一群鹅。"

餐桌的一端搁着一只棕色的肥鹅,另一端,一张饰有西芹茎的纸垫上则搁着一大块火腿,已经剥掉了皮,上面撒着一些面包屑,胫骨还圈着一道纸花边,旁边则放着一块牛排。在这两端之间,摆着两溜菜肴,一红一黄两堆果冻,一只浅盘子里堆满了牛奶冻和红果酱,一只饰着绿叶的大盘里放着紫葡萄干和剥好了皮的杏子,另一只盘子里则放着斯迈纳①产的无花果,还有一盘撒着豆蔻末的蛋糕,一小碗巧克力和用金银纸包裹的糖果,一只玻璃花瓶里插着长长的芹菜。在餐桌的中央立着一只果架,里面装满了橘子和蛇果,两只老式的雕花玻璃瓶,一只装着白葡萄酒,另一只则盛满了深色的雪利酒。在靠近钢琴的那个角落则有一只黄色的大盘装着布丁,盘子后面立着三排酒瓶,分别装着黑啤、淡啤和矿泉水,异彩纷呈。前面两排是黑色的,贴着棕色和红色的商标,第三排也就是最短的一排是白色,系着绿色的丝绦。

伽布里欧大大咧咧地走到餐桌首席,打量了一下刀锋,便把自己的叉子稳稳当当地插进了鹅身。现在他感到十分自在,因为他是个运刀能手,最喜欢入座丰盛餐桌的首席。

"福尔隆小姐,我给您来点什么?"他问,"一只鹅翅还是一片鹅脯?"

"就要一小片鹅脯好了。"

---

① 斯迈纳:土耳其港口。

"希金斯小姐,您呢?"

"哦,随便,孔瑞先生。"

趁着伽布里欧和黛丽小姐把分盛着鹅肉、火腿和五香牛肉的盘子对调的工夫,莉莉端着一盘裹在白色餐巾里的热土豆泥在客人中间来回穿梭着。这是玛丽·简的主意,她还提议给鹅肉抹上点苹果酱,可凯特姨妈说,不用抹苹果酱,光是鹅肉就已经很对她的口味了,她希望千万别败了她的胃口。玛丽·简照应着她的学生,让她们都分得最好的一片。凯特姨妈和朱丽娅姨妈从钢琴那边打开一瓶瓶黑啤酒、淡啤酒和矿泉水,递过来,啤酒是专为先生们开的,而矿泉水则是为女士们准备的。笑语喧哗,处处是让菜声、辞谢声或是刀叉碰撞,软木塞、玻璃塞抽拔等等交织而成的杂乱声音。伽布里欧已开始第二轮供菜,第一轮已经上完,他还没来得及给自己切上一份呢。人们都在大声表示不满,他只好退让地喝了一大杯黑啤,看来切鹅肉还真是件苦差事啊。玛丽·简一声不吭地用着晚餐,凯特姨妈和朱丽娅姨妈仍旧跌跌撞撞地围着餐桌转来转去。二人前脚接后脚,相互间碍这碍那,不为人知地互相交代些事情。布朗尼先生央求她俩坐下好好用餐,伽布里欧也附和着,可是她们说时间还早着呢,所以,最后是弗雷迪·马林斯站了起来,抓住凯特姨妈,将她一把按坐在凳子上,引得众人一阵哈哈大笑。

每个人都被照应得很妥帖了,这时,伽布里欧笑着说:

"各位,如果有谁还想来点俗人说的烤鹅肚子里的填馅,但说无妨。"

大家齐声邀他进餐，莉莉趋前奉上三只早已为他留好的土豆。

"好极了，"伽布里欧友善地说道，又喝了一口开胃酒，"女士们先生们，就当这几分钟我不在场吧。"

他埋头进餐，不再加入闲谈，而这时候莉莉收走了餐桌上的盘碟。话题是其时正在皇家剧院演出的一个剧团。男高音巴特尔·达西先生，一个留着一撮小胡子、脸孔暗黑的年轻人，盛赞剧团的女低音领唱，但是福尔隆小姐却认为那女低音的演唱风格很鄙俗。弗雷迪·马林斯说《欢乐颂》第二章里的那个黑人领唱，那男高音嗓门是他听到过的最棒的嗓门。

"你听过他唱歌吗？"他隔着餐桌问巴特尔·达西先生。

"没有。"巴特尔·达西先生不以为然地回答。

"我倒是很想听听，"弗雷迪·马林斯解释说，"你对他怎么看。我认为他的声音很宽厚。"

"一件东西是不是真的好，只有泰迪才能发现。"布朗尼先生冒冒失失地说。

"为什么他就不能有一副好嗓子？"弗雷迪·马林斯尖锐地问，"就因为他是个黑人？"

谁也没有回答这个问题，玛丽·简把话题又引到正统的歌剧上来。她的一位学生给了她一张《迷娘曲》①的戏票。她说那出歌剧当然好啦，只是老让她想起可怜的乔治亚·彭斯。布朗尼先生则扯得更远，扯到了那些曾经来过都柏林的意大利老剧团——

---

① 法国音乐家马斯泰根据歌德同名原著谱写的歌剧名作。

梯埃特因斯剧团、伊玛·德·穆兹卡剧团、卡姆帕尼尼剧团、第里波利·朱格丽尼大剧团、拉维里剧团和阿让姆波罗剧团。那些日子在都柏林听到的歌声，他说，才有点像是歌声呢。他还说起老皇家剧院的顶层包厢如何夜夜爆满，有天夜晚，有一位意大利男高音演唱《让我像战士一样倒下》时，如何掌声雷动，又连唱了五遍，每遍都唱出一个高高的 C 音。还有，有时候包厢里的小伙子如何激情勃发，解开某个女演员马车上的马，自己当马肩扛手拉，簇拥着女演员招摇过市，直到她下榻的旅馆。为什么如今这些人就不再演唱往日的歌剧了呢，他问道，比如《迪诺拉》和《露克莱齐亚·波吉亚》[①]？因为他们没有那样的嗓门，这就是原因。

"哦，行了，"巴特尔·达西先生说，"我敢说，目前还是有一些歌手唱得和当年一样好的。"

"他们在哪儿啊？"布朗尼先生挑衅地问。

"在伦敦、巴黎、米兰，"巴特尔·达西先生温和地说，"我看卡鲁索，打个比方，哪怕不比你刚才提到的那些人更好，至少也很棒。"

"也许是这样吧，"布朗尼先生说，"不过我可以告诉你我很怀疑。"

"唉！要是能听到卡鲁索演唱，那该有多好啊。"玛丽·简说。

"在我看来，"凯特姨妈摆弄着一块骨头说，"只有一位男高

[①]《迪诺拉》是德国音乐家迈尔贝尔作曲的意大利语歌剧；露克莱齐亚·波吉亚据说是文艺复兴时教皇亚历山大六世之女，用她的故事写的剧本不止一个。

音,我是说,能让我喜欢,但是我想你们当中没谁听过他演唱。"

"是谁呢,摩根小姐?"巴特尔·达西先生礼貌地问。

"他嘛,"凯特姨妈说,"名叫帕金森,我听过他在首演式上的演唱,觉得从来没有哪个男人的嗓门能够唱出那么纯粹的男高音。"

"这就怪了,"巴特尔·达西先生说,"我可从来没有听说过他。"

"是啊是啊,摩根小姐是对的,"布朗尼先生说,"记得我听过老帕金森唱歌,不过那可是很久以前的事了。"

"那可真是美妙、纯粹、动听、圆润的英国男高音啊!"凯特姨妈热情洋溢地说。

伽布里欧吃完了,那只庞大的布丁被移到餐桌上,重又响起了刀叉磕碰的声音。伽布里欧太太一勺一勺地舀出布丁,依次递送着布丁盘,玛丽·简则接过来,再浇上草莓汁、橘汁、奶冻和果酱。布丁是朱丽娅姨妈制作的,人人都夸她做得好,她则自谦颜色烤得还不够黄。

"我倒是希望,摩根小姐,"布朗尼先生说,"对您而言,我已经够黄的了,您瞧,我整个一个'老黄'[①]。"

除了伽布里欧,所有的绅士都出于对朱丽娅姨妈的礼貌吃了布丁。因为伽布里欧从来就不吃甜食,所以芹菜就留给了他。弗雷迪·马林斯也要了几根芹菜,就着布丁一起吃起来,他说有人

[①] 布朗尼先生的姓氏"Brown"在英文中的意思正好是"黄褐色"。此处布朗尼先生在借机开玩笑。

告诉他，芹菜可以补血，他这样做是谨遵医嘱，马林斯夫人整个用餐期间一直没有吭声，这时候说他儿子在一两个星期之内要去麦雷里山，于是就餐的人就开始说起麦雷里山来，说是那儿的空气多么新鲜，那儿的修士多么好客，他们又如何从不向客人要一分钱。

"那您的意思是说，"布朗尼先生疑虑地问，"随便一个家伙就可以去那里，好像住旅馆似的待下来，吃上几顿，然后一毛不拔就溜回来？"

"哦，多数人离开时多少都要给修道院施舍一点。"玛丽·简说。

"要是我们的教会也有这样的规矩就好了。"布朗尼先生坦率地说。

听说修士们从来不说话，每天早晨两点钟起床，而且睡在棺材里，他感到很吃惊。他问，他们为什么这样呢。

"那是规矩。"凯特姨妈认真地说。

"这我知道，可是为什么呢？"布朗尼先生说。

凯特姨妈重复说那是规矩，就这么回事。布朗尼先生似乎依然不能理解。弗雷迪·马林斯尽量对他解释说，修士们想借此来赎外界所有罪人们犯下的罪行。此番解释在布朗尼听来并不是很清晰，他咧开嘴笑着说：

"我非常佩服这种想法，可是一张舒适的弹簧床睡起来不是和一口棺材一样舒坦吗？"

"棺材嘛，"玛丽·简说，"是为了提醒他们记住自己最后的结局。"

话题是如此沉闷,大家都变得沉默无言起来,只听得见马林斯夫人悄声对她的邻座说:

"那可都是些好人啊,那些修士,非常虔诚的人。"

这时候端上来葡萄干、杏子、无花果、苹果、橘子、巧克力和糖果,朱丽娅姨妈邀请所有的客人都来点葡萄酒或雪利酒。巴特尔·达西先生起先两样都不想要,但是一位邻座用胳膊肘碰了碰他,又低声说了些什么,于是他就让自己的杯子斟满了酒。渐渐的,等到所有的杯子都斟满,说话声也停了下来。接下来是一阵沉默,只有酒杯声和椅子挪动的声音。摩根家的三位小姐都低头望着桌布,有人发出一两声咳嗽,又有哪位绅士轻轻敲了敲餐桌,似示意大伙静一静。等到静下来时,伽布里欧推开椅子站了起来。

为了对他表示鼓励,有人又更用力地敲了敲桌子,这时候全场鸦雀无声。伽布里欧双手颤抖着支在桌面上,朝大伙儿露出紧张的笑容,眼神碰上一溜仰起的面孔。他抬头望了望枝形吊灯。钢琴正在演奏一曲华尔兹,他听见裙裾扫着客厅的门,或许有人正站在外面码头的雪地上,仰望着灯光闪亮的窗户,倾听着华尔兹的乐曲。外面空气清新,远处公园里树木被雪压弯了枝条,威灵顿墓碑戴上了闪亮的雪帽,照亮了西边的"十五亩地"①。

他开始说:

"女士们、先生们,今天晚上我有幸与往年一样,来履行一

---

① 十五亩地:都柏林市的一个地名。

项非常愉快的义务，只是本人才疏学浅，由我来尽这项义务恐怕太不相称了些。"

"不，不！"布朗尼先生说。

"不过无论如何，今晚我还是要敬请各位花一点儿时间耐心听我演讲，允许我向各位表达我此时的感受。

"女士们、先生们，我们相聚在这间好客的屋子里，环绕着这张好客的餐桌，并不是第一次了。我们也不是第一次受用几位好客女士的款待，成为享乐者——或者可以这样说，成为牺牲品。"

他抬手在空中画了一个弧，停顿了一会儿。所有的人都朝凯特姨妈、朱丽娅姨妈和玛丽·简发出笑声，她们则全都因为快乐而涨红了脸。伽布里欧继续说，说得更加胆大了：

"随着时光的流逝，我更加强烈地感觉到，在我们这个国家，没有哪一种传统比好客赢得更多的荣誉，也没有哪一种传统比好客更需要得到呵护。据我对许多现代国家的了解（我到海外走访过的地方也不在少数），这种传统是独一无二的。有人也许会说，这与其说是一件值得夸耀的事，还不如说是一种弱点，可是即便是这样，我认为它也是一种高贵的弱点，是一种我相信会继续长久滋长的弱点。至少对此我是确信不疑的，只要前面提到的那几位好客的女士还住在这幢房子里——我打心眼里希望这样的日子还会有许多许多年——那么这种真诚而热情的爱尔兰式好客传统，这种由我们的父辈传下来而我们又将传下去的传统，就将在我们当中长存不衰。"

餐桌上响起一阵赞同的低语。伽布里欧由这声音想到艾维丝小姐并不在场，她极其不礼貌地走掉了。他充满自信地继续说道：

"女士们、先生们，新的一代正在我们当中茁壮成长，这是一代由新思想和新观念造就的新人，这些新的观念和热情是严肃的，哪怕运用不当，我相信也是真诚的。然而我们生活在一个充满怀疑的，或许我可以用上这样的字眼，一个心烦意乱的时代，有时候我很担心这代新人，这些有教养的，或者如他们所说过于有教养的人，将会缺乏属于旧时代的那些仁爱、好客和幽默的品质。今晚听到那些往日歌唱家的大名，我不得不承认，我们正生活在一个不够大度的时代，而那些过去的日子，却可以毫不夸张地被称之为大度的日子，假如它们已经不可能再被召唤回来，那么至少在这样的聚会上，我们就可以用骄傲和热烈的语言谈论它们，在心中充满对那些死者的回忆，他们的英名就不会被世人所遗忘。"

"听啊，听啊！"布朗尼先生大声喊道。

"但是，"伽布里欧继续说，声音变得温和起来，"在这样的聚会上，常常会有一种悲观的思想重现在我们的脑海里，那是些关于往日青春、变化和今晚为我们想念的、没有到场的那些面孔的思想，我们那生活的小路充满了这类悲伤的回忆，如果总是耽迷于这种回忆，我们就无法在活人的世界勇敢地做自己的事情。我们每个活着的人都有自己的责任和喜好，并受制于它们，做出种种不懈的努力。

"因此，我不会缠绵于往昔，今晚也不会让任何阴暗的说教打扰我们。此时我们在这里短暂相聚，回避了日常生活的喧哗与忙碌。我们本着友朋精神在此相聚，本着志同道合的精神像同事一样在此相聚，而且还作为她们的客人——我怎么称呼她们呢？——都柏林乐坛三女神。"

听到这个比喻，餐桌上响起了笑声和掌声，朱丽娅姨妈徒劳地挨个询问她的邻座，想知道伽布里欧说了些什么。

"他说我们是三女神，朱丽娅姨妈。"玛丽·简说。

朱丽娅姨妈并没有听懂，但她抬起头朝伽布里欧笑着。

伽布里欧继续用同样的口吻往下说：

"女士们、先生们，今天晚上我并不想扮演帕里斯在另一个场合扮演过的角色，我也不想在她们当中进行选择，这种差事令人厌恶，也非我这点可怜的能力所及。我依次注视着她们，首席女主人，她那过于善良的心已经成为所有认识她的人的笑柄，而她的姐姐，看上去有一种与生俱来的青春气息，唱起歌来总是那么令人惊奇，今天晚上真是出乎我们每一位在座者的意料。还有最后但并非最末的一位，一想到我们最年轻的女主人，那么富有天分，那么快乐，那么勤劳，世间最好的侄女，我承认，女士们、先生们，我真不知道该向她们当中的谁颁奖。"

伽布里欧扫视着他的姨妈们，看见朱丽娅姨妈脸上露出灿烂的笑容，而凯特姨妈的眼睛里已经充盈着泪水，于是便草草收场。他优雅地举起他那杯葡萄酒，这时所有的人也都期待地端起了酒杯，他高声说：

"让我们为她们三位干杯吧。祝愿她们健康、富有、长寿、幸福、兴旺,祝愿她们永葆凭自己的职业所赢得的自豪地位以及在我们心中的美名。"

客人们全都站了起来,手里端着酒杯,面向三位坐着的女士,由布朗尼先生领头齐唱:

> 她们全都是些快活人,
> 她们全都是些快活人,
> 她们全都是些快活人,
> 谁也不能不承认。

凯特姨妈无所顾忌地用起了手帕,连朱丽娅姨妈似乎都被深深感动了。弗雷迪·马林斯用布丁叉子打起了节拍,唱歌的人则转身面对着面,好像音乐会中那样,卖力地唱着:

> 除非他撒谎蒙人,
> 除非他撒谎蒙人。

然后他们又再次转向女主人们,唱道:

> 她们全都是些快活人,
> 她们全都是些快活人,
> 她们全都是些快活人,
> 谁也不能不承认。

接下来,餐厅门外的客人们也一次又一次地应声欢呼起来,弗雷迪·马林斯像个军官似的高高挥舞着手中的刀叉。

*

他们站在餐厅里,早晨清凉的寒气扑面而来,凯特姨妈说:"谁去把门关上?马林斯夫人会被冻死的。"

"布朗尼出去了,凯特姨妈。"玛丽·简说。

"布朗尼哪里不去呢?"凯特姨妈说,压低了声音。

她那种口气逗得玛丽·简咯咯直笑。

"真的,"她调皮地说,"他很周到的。"

"圣诞节期间,"凯特姨妈用同样的口气说,"他在这儿像空气一样无孔不入。"

这一次她也自顾自大笑起来,又很快补上一句:

"不过还是叫他进来吧,玛丽·简,然后把门关上。但愿他没听见我说什么。"

就在这时候,客厅门被推开了,布朗尼先生从门口走了进来,笑得心花怒放的样子。他穿了一件长长的绿色外套,配着仿阿斯特拉坎羊羔皮袖口和衣领,头上戴了一顶椭圆形的皮帽子。他手指白雪皑皑的码头,从那边传来一阵拖长了的呼啸声。

"泰迪快把都柏林所有的马车都叫出来了。"他说。

伽布里欧从办公室后面的餐具间走了出来,努力撑进外套里,环视着客厅说:

"格丽塔还没下来?"

"她正在穿衣服,伽布里欧。"凯特姨妈说。

"谁在那儿弹钢琴?"伽布里欧问。

"没人呀。他们全都走了。"

"嗯,不,凯特姨妈,"玛丽·简说,"巴特尔·达西先生和奥克莱罕小姐还没走。"

"反正有人在折腾钢琴。"伽布里欧说。

玛丽·简瞥了一眼伽布里欧和布朗尼先生,哆哆嗦嗦地说:

"看见你们两位绅士缩成这样,连我都觉得冷。我现在可不愿看着你们就这样往家走。"

"我现在什么事也不想,"布朗尼先生豪迈地说,"就想去乡村踏踏青,或者赶着马车去野外逛逛。"

"我们家原先有一匹非常好的马和一辆轻便马车。"朱丽娅姨妈伤心地说。

"就是那匹永远也忘不了的约翰尼。"玛丽·简笑呵呵地说。

凯特姨妈和伽布里欧也笑了起来。

"怎么了,约翰尼有什么稀罕事?"布朗尼先生问。

"是指已故的帕特里克·摩根,也就是我们的老祖父,"伽布里欧解释道,"这位老先生是个做熬胶生意的人,晚年时大家都这么称呼他。"

"哦,对了,伽布里欧,"凯特姨妈笑着说,"他有一座面粉厂。"

"不管是熬胶还是制粉,"伽布里欧说,"反正那老先生有一匹马叫作约翰尼,而约翰尼也在老先生的工厂里干过活,一圈一圈地拉磨。本来一切都挺好,可是后来约翰尼遇上了倒霉事。一个晴天,老先生忽发奇想,要骑马去公园里巡游。"

"愿主可怜他的灵魂吧。"凯特姨妈怜悯地说。

"阿门,"伽布里欧说,"于是那老先生就像我所说的,骑着约翰尼,戴上最好的高帽,穿上最好的硬领,堂堂皇皇地驶出了老宅。那老宅就靠近后街,我想。"

大伙儿都笑了起来,连马林斯夫人也对伽布里欧说话的神态感到好笑,凯特姨妈说:

"唉,好了,伽布里欧,他不是住在后街,真的。只是那面粉厂在那里。"

"他骑着约翰尼驶出老宅后,"伽布里欧继续说,"一切都还挺顺当,后来约翰尼走到望得见比利皇帝雕像的地方,也不知道是它爱上了比利皇帝的坐骑呢,还是它又想走回面粉厂,它开始绕着雕像转来转去。"

伽布里欧在众人的笑声中穿着套鞋在厅里绕了一圈。

"它转啊转啊,"伽布里欧说,"老先生本来是个非常清高的人,这时候也被惹得怒气冲冲的,'走呀,伙计!你想干吗,伙计?约翰尼!约翰尼!真是太莫名其妙了,这马到底怎么了!'"

大伙儿正被伽布里欧的模仿逗得哄堂大笑,这时客厅的门上响起了敲击声。玛丽·简跑过去把门打开,只见进来的是弗雷迪·马林斯。弗雷迪·马林斯的帽子歪在后脑勺上,冷得肩膀直哆嗦,累得气喘吁吁、浑身冒气。

"我只能搞到一辆马车。"他说。

"哦,我们可以到码头那边再搞一辆。"伽布里欧说。

"是呀,"凯特姨妈说,"最好别让马林斯夫人老站在风口。"

马林斯夫人被儿子和布朗尼先生搀扶着走下门口的台阶,手忙脚乱了一阵,然后爬进了马车。弗雷迪·马林斯也跟在她后面爬了上去,又花了很长时间把她在座位上安顿好。布朗尼先生则在一旁出谋划策,最后她终于舒舒服服地坐定了。弗雷迪·马林斯叫布朗尼先生也钻进马车。大伙儿又说了一通废话,布朗尼先生这才上了马车。车夫将一条毯子盖在他们的膝头上,然后弯下身来又交代了几句。废话越来越多,弗雷迪·马林斯和布朗尼先生将各自的头都伸出了窗户,指示车夫往不同的方向走。问题在于他们不知道让布朗尼先生在哪里下车。凯特姨妈、朱丽娅姨妈和玛丽·简站在门口,七嘴八舌也加入了讨论,结果相互矛盾、笑料百出,而弗雷迪·马林斯却一言不发,只是笑。他不停地在车窗上探头探脑,冒着帽子被碰掉的危险,告诉他母亲讨论的进展情况,后来布朗尼先生终于对晕头转向的车夫大喊一声,声音盖过了所有人的笑闹声。

"你知道三一学院在哪儿吗?"

"是的,老爷。"车夫说。

"那好,就直奔三一学院的大门而去,"布朗尼先生说,"我们会告诉你怎么走的。现在懂了吗?"

"懂了,老爷。"车夫说。

"那就像鸟儿一样飞向三一学院吧。"

"好咧,老爷。"车夫说。

只听一声鞭响,马儿便拖着马车在一阵阵笑声和告别声中驰向码头。

伽布里欧没像其他人那样送客到门口,他待在门厅中阴暗的一角,凝视着楼梯。一个女人正站在第一级台阶的顶部,也待在暗处。他看不清她的脸,却能看清她裙子上褐色和橙色的图案,那图案在阴影中显得黑白分明。那是他妻子。她倚着栏杆,在聆听着什么。伽布里欧对她的沉静感到惊奇,也竖起耳朵聆听。可是他只能够听见前门台阶上传来的一些笑闹声、钢琴的几个琴音,还有一个男人唱出的几个音节。

他静静地站在客厅的阴影里,试图捕捉那声音唱的是什么,同时又注视着他的妻子。她身上有一种优雅和神秘,好像象征着什么。他自问一个女人站在楼梯的暗处,倾听着远方的音乐,那会象征着什么呢?要是他是位画家,他会画出她的这种姿态。她那蓝色的便帽将会把她那棕色的头发在暗处衬托出来,而裙子上暗色的图案又会衬托出浅色图案。如果他是位画家,他会把这幅画命名为《远方的音乐》。

客厅的门关上了,凯特姨妈、朱丽娅姨妈和玛丽·简走进了客厅,依旧笑个不停。

"是的,弗雷迪很淘气吧?"玛丽·简说,"他真的很淘气。"

伽布里欧一言不发,只是指了指他妻子伫立的那处楼梯。此时客厅门关上了,歌声和钢琴声听得更为真切。伽布里欧示意她们肃静。那首歌听上去是古老的爱尔兰风格,歌手似乎对自己的嗓门和吐词都缺乏信心。由于距离和歌手沙哑的嗓门，那歌声带有一种忧伤的意味：

  哦，雨点落在我浓密的发间，
  露珠打湿了我的皮肤，
  我的孩子躺在凄风冷雨中……

"哦，"玛丽·简说，"是巴特尔·达西在唱，他该不会唱一个晚上吧。噢，我倒是想让他在走之前再唱上一首歌。"

"嗯，说得对，玛丽·简。"凯特姨妈说。

玛丽·简从其他人身边走过，奔向楼梯，可是还没等她爬上楼梯，钢琴声便戛然而止。

"唉，太可惜了！"她叫道，"他下来了吗，格丽塔？"

伽布里欧听见他妻子说是的，又看见她朝他们走下来。在她身后几步远的地方，跟着巴特尔·达西先生和奥克拉罕小姐。

"哎，达西先生，"玛丽·简叫道，"我们正听得入迷呢，你就忽然不唱了，这多不好啊。"

"我整晚都跟他在一起，"奥克拉罕小姐说，"还有孔瑞太太，他说他冷得厉害，没法再唱了。"

"唉，达西先生，"凯特姨妈说，"这个谎撒得可不小哟。"

"您没听见我唱起来就像乌鸦叫吗？"达西先生嘎声嘎气地说。

他连忙走进小餐具间，穿上外套。其他人被他这句粗鲁的回答顶蒙了，不知该说什么好。凯特姨妈皱了皱眉头，朝其他人使了个眼色，示意作罢。达西先生站在那儿，小心翼翼地缠着围巾，一副愁眉苦脸的样子。

"都怪这天气。"朱丽娅姨妈过了一阵说。

"是啊，人人都感冒，"凯特姨妈马上接着说，"无一能免。"

"人家说，"玛丽·简道，"已经有三十年没下过这样的雪了，今天早上我在报纸上看到整个爱尔兰都在下雪。"

"我喜欢雪景。"朱丽娅姨妈伤感地说。

"我也是，"奥克拉罕小姐说，"我觉得要是没有雪，圣诞节就根本不像是圣诞节了。"

"可是可怜的达西先生却不喜欢雪。"凯特姨妈笑着说。

达西先生从餐具间出来，脖子围得严严实实，还扣上了扣子，有点内疚地向他们诉说他着凉的过程。大伙儿都安慰他，说真是太遗憾了，叮嘱他晚上要好好保护自己的嗓子。伽布里欧注意着自己的妻子，她并没有加入谈话。她立在布满尘埃的扇形吊灯光影中，灯光映亮了她那一头棕铜色的头发，那头发他几天前曾见她在炉前烤过。她保持着同一种姿势，似乎并没有去注意她身边的谈话。后来她朝他们转过身来，伽布里欧看见她颊飞红晕，目光灼灼。他的心里猛地涌起一股欢乐的潮水。

"达西先生，"她说，"您刚才唱的那首歌叫什么名字？"

"叫《奥格里姆的小姑娘》，"达西先生说，"不过我也记得不太清楚。怎么了，你听过？"

"《奥格里姆的小姑娘》，"她重复道，"我想不起这样的歌名来了。"

"这是一首非常好听的歌，"玛丽·简说，"可惜今晚您嗓子不好。"

"好了，玛丽·简，"凯特姨妈说，"别烦达西先生了，我可不想让他心烦。"

眼看大伙儿都已准备停当，她就把他们送到门口，道了声晚安：

"好了，晚安，凯特姨妈，谢谢您安排了这么一个快乐的夜晚。"

"晚安，伽布里欧。晚安，格丽塔！"

"晚安，凯特姨妈，太谢谢您了。晚安，朱丽娅姨妈。"

"哦，晚安，格丽塔，我没见着你。"

"晚安，达西先生。晚安，奥克拉罕小姐。"

"晚安，摩根小姐。"

"晚安，再说一声。"

"大家都晚安，一路顺风。"

"晚安，晚安。"

清晨仍是一片暗黑。幽微的黄光笼罩着房屋与河流，天空似乎沉下来了。脚下是一片融化的雪，屋顶上、码头的护墙和栏杆上覆盖着一层层的雪花。灯盏依旧在昏暗的夜色中红光闪闪，在河的对岸，四院宫[①]耸立在黑沉沉的天空中。

她和巴特尔·达西先生走在他前面，鞋子扎成一个棕色小包携在胳膊下，两手提着裙子以免沾上雪泥。她那姿态已不再优

---

① 四院宫：都柏林的著名建筑。

美，可是伽布里欧的眼睛依旧因欢乐而放出异彩。血液在他的脉管里奔涌，思绪在他的脑海里翻腾，自豪而快乐，温柔而勇猛。

她走在他的前面，如此轻巧、笔直，他渴望无声地跟在她身后，抓住她的双臂，对着她的耳朵说出几句傻乎乎又情真意切的话。他感到她是那么脆弱，他只想护住她又单独陪伴着她。共同生活的秘密时光如星光一般划过他的脑海：一只紫色的信封搁在他早餐的杯子边，他用手抚摸着它；鸟儿在常春藤上吟唱，阳光交织而成的珠网撒在地板上，他欢乐得什么也吃不下。他们站在拥挤的月台上，他把一张车票塞进她那戴着手套的暖融融的手心里。他和她站在寒风中，透过一扇格子窗注视着一个男子在一个呼哧作响的炉子前制作瓶子；那天非常冷。她的脸在寒冷的空气中散发出清香，与他的脸挨得很近，他忽然召唤炉前的那个男子：

"炉火很烫吗，先生？"

可是炉火声音太响，那人并没有听见他说的话，这样也好，要知道他或许会回答得很粗鲁。

一阵更为温柔的欢乐流出他的心底，伴随着他的热血在脉管里奔涌。他们相聚的生活，如同温柔而短暂的星光——过去没有人注意到，将来也不会有人注意到——忽然闪现于他的脑海。他渴望让她回想起那些时光，让她忘掉那些沉闷生活的岁月，而只记得那些喜悦的瞬间。他感到无论是他还是她的灵魂都没有被岁月所侵蚀，他们的孩子，他的写作，她对家务的操劳，并没有侵蚀二人灵魂中如火的柔情。在一封他写给她的信中，他这样说：

"为什么这些字眼在我看来都那么沉闷而冷酷,莫非是因为没有哪个字眼可以温柔到成为你的名字?"

这些他几年前写下的字眼,如同遥远的音乐,又从往日向他飘来。他渴望与她两相厮守,等到他和她待在酒店的房间里,两人就可以两相厮守了。他会温存地唤她。

"格丽塔!"

也许她不会马上听见:她可能在脱衣服。这时他声音里的某种东西打动了她。她会转过身来,看着他……

在温塔文街的转角,他们叫了一辆出租马车。他很喜欢它那种叮叮当当的声音,好像可以把他从谈话中解脱出来。她望着窗外,似乎已经疲倦。其他人也言语不多,不时地指指楼房或街道。马匹在清晨阴暗的天空下疲倦地奔跑着,拉着四蹄后面老旧的车厢,伽布里欧再次与她同坐在一辆马车里,奔跑着去追逐那只小船,追逐他们的蜜月。

马夫驶过奥康纳大桥时,奥克拉罕小姐说:

"人家说要是你没看过一匹白色的马,你就算不上驶过奥康纳大桥。"

"这次我看见了一个白色的人。"伽布里欧说。

"在哪里?"巴特尔·达西先生问。

伽布里欧指着那尊雕像,上面积满了雪。他朝它亲热地点了点头又挥了挥手。

"晚安,丹。"他快乐地说。

等到马车驶到酒店跟前时,伽布里欧跳了下来,也不顾巴特尔·达西先生的反对，就付了钱。他多给了车夫一个先令。车夫行了个礼说：

"祝您新年万事顺心，老爷。"

"你也一样。"伽布里欧诚恳地说。

她下车时扶了扶他的胳膊，站在路桩边向其他人道晚安。她轻巧地倚着他的胳膊，轻巧得就如同几个小时前她与他跳舞时一样。这时他感到既自豪又快乐，快乐是因为她属于他，自豪是因为她的优雅和妻子般的仪态。然而在又经历了那么多回忆之后，第一次接触她的身体，那么奇异、芬芳而富于韵味，他立刻感到全身有一种强烈的冲动。趁着她默默无语，他把她的臂膀拉到他身边；在他们站在酒店门口时，他感到两人逃离了生活和责任，逃离了家庭和朋友，怀揣着狂乱而喜悦的两颗心去经历新的冒险。

门厅里，一个老头正坐在一只高背靠椅上打瞌睡。他在柜台上点了一支蜡烛，领他俩走上了扶梯。他们无声地跟在他后面，双脚轻轻落在铺着厚地毯的楼梯上。她紧跟着看门人攀爬着楼梯，脑袋低垂着，柔嫩的双肩如同不堪重负一般溜斜着，裙子紧紧地贴在身上。他想伸出双臂拥抱她的臀部、静静地搂住她，然而他的手臂因为充满了捕捉她的欲望而抖个不停，他唯有用指甲狠抠手心，才止住了这种冲动。看门人停在楼梯口，以便放稳流淌的蜡烛。他们也在他下面停住了脚步。伽布里欧在寂静中听见熔化的蜡烛滴进了托盘，还听见他的心贴着肋骨怦怦乱跳。

看门人带着他们穿过走廊打开了一扇门，然后将手中摇摇晃晃的蜡烛搁在了梳妆台上，问早晨几点钟叫醒他们。

"八点吧。"伽布里欧说。

看门人指了指电灯的按钮，咕咕哝哝地说起了道歉的话，伽布里欧制止了他。

"我们不要灯光。街上的亮光已经够了。听我说，"他又补了一句，指着那蜡烛，"你还是做点好事，把这只漂亮的烛台拿走吧。"

看门人又拿起了蜡烛，动作却很缓慢，因为这奇怪的念头让他有些惊讶。他咕哝了一句"晚安"就走出去了。伽布里欧"砰"的一声把门关上。

街灯幽暗的亮光曳着长影从窗口照到门上，伽布里欧将外套和帽子扔在沙发上，穿过屋子走到窗前。他俯视着街道，以便平静一下自己的感情。接着他转过身来，靠着衣柜，背对着光线。她已经取下软帽和斗篷，正站在一面可以转动的大镜子前，松解着束腰。伽布里欧顿了顿，盯着她，然后说：

"格丽塔！"

她缓缓从镜前转过身来，穿过灯光的长影朝他走近。她的脸看上去是那么肃穆而疲惫，一下便将伽布里欧的话语挡在了嘴边。不，还不是时候。

"你看上去很累。"他说。

"有点儿。"她答道。

"你没生病或是不舒服吧？"

"没有，只是累，就这么回事。"

她走到窗前，站在那里望着窗外。伽布里欧又等了等，害怕会被自卑所慑服，便突然说：

"听我说，格丽塔！"

"怎么了？"

"你认识那个可怜的家伙马林斯吧？"他说得很快。

"认识。他怎么了？"

"唉，可怜的家伙，不过他毕竟是个正派的人，"伽布里欧用一种虚弱的声音继续说，"他把我借给他的那一英镑还给我了，说真的，我没想到他会还。可惜他老跟布朗尼黏糊在一起，好在布朗尼也不是个坏心肠的人。"

这时他因为不安而全身颤抖。为什么她看上去那么心不在焉呢？他不知道该从何说起。难道她也在为什么事心烦意乱？要是她朝他转过身或者朝他走过来，那该多好啊！就这样上去搂住她是粗鄙的，不，他得先在她眼中看到一点热情才行。他渴望操纵她的心绪。

"你什么时候借给他那一英镑的呢？"过了一会儿她问。

伽布里欧极力控制住自己，以免自己用粗鄙的语言提起酒徒马林斯和那一英镑。他在灵魂深处渴望对她哭诉，用自己的身体压住她的身体，成为她的主宰，然而他说：

"哦，是在圣诞节，那时他在亨利街上开的那家小小的圣诞卡商店刚刚开业。"

他是如此激动并充满欲望，以致没有听见她从窗前走了过来。她在他面前站了一会儿，表情怪异地看着他，然后忽然踮起脚尖,将两手轻轻地放在他的双肩上,吻了他。

"你是个非常慷慨的人,伽布里欧。"她说。

因为她那突如其来的吻和说话的口气,伽布里欧颤抖起来,两手拢着她的头发,将它捋到她脑后,手指几乎都没有触到头发。那头柔发因为刚梳洗过,显得柔滑而有光泽。他的心洋溢着欢乐。他正满怀着渴望,而她却自动走了过来。也许她的内心与他有一种呼应吧。也许她感觉到了他心中的那种渴求,于是就有了顺从的想法。此刻,她是那么轻易地就投进了他的怀抱,他真不明白他为什么要那么自卑。

他站着,双手捧着她的头,一只胳膊轻轻顺着她的躯体滑下来,将她拉向自己。他温柔地说:

"格丽塔,亲爱的,你在想什么?"

她没有回答,也没有依从他手臂的动作。他又温柔地说:

"告诉我你在想什么,格丽塔。我想我知道你想的是什么,我知道吗?"

她没有立刻回答。后来她说话了,泪水夺眶而出:

"啊,我在想那首歌,《奥格里姆的小姑娘》。"

她挣脱他的胳膊奔到床边,双臂伸到床架上掩住自己的脸。伽布里欧因为惊讶怔怔地站了一会儿,随后便跟了过去。走过转式穿衣镜时,他看见了自己全身的影像、宽展挺括的衬衣领,还有一张每次照镜总令他感到困惑的脸,外加熠熠生光的金丝架眼镜。他在距她几步远的地方停下来说:

"那首歌怎么了?为什么会让你哭起来?"

她抬起头，像个孩子似的用手臂抹了抹眼睛。他又说话了，声音里有一种比他自己想象得更温柔的语调。

"怎么了，格丽塔？"他问。

"我在想一位很久以前唱过这首歌的人。"

"那很久以前的人是谁？"伽布里欧笑着问。

"是我跟奶奶一块儿住在盖尔维时认识的一个人。"她说。

笑意从伽布里欧的脸上消失了，他的脑海里又涌出一阵恼怒，脉管里燃烧起欲望的火焰。

"是你曾经爱过的人？"他讥讽地问。

"是我认识的一个男孩子，"她答道，"名叫米切尔·福雷。他曾经唱过那首歌，《奥格里姆的小姑娘》。他非常聪明。"

伽布里欧没吭声。他不想让她以为他对这聪明男孩感兴趣。

"我还可以那么清楚地看见他，"过了一会儿，她说，"他的那双眼睛又黑又大！还有眼睛里的神情——那是一种怎样的神情啊！"

"哦，那么说，你爱上他了？"伽布里欧说。

"以前我住在盖尔维时，"她说，"常跟他出去散步。"

伽布里欧的脑海里闪过一个念头。

"或许这就是你要跟那个艾维丝姑娘去盖尔维的原因啰。"他冷冷地说。

她看着他，惊奇地问：

"为什么？"

她的眼神让伽布里欧感到有些不自在，他耸了耸肩说：

"我怎么知道？去看他，也许吧。"

她移开目光，顺着影子无声地朝窗户看去。

"他死了，"她最后说，"才十七岁就死了。这么年轻就死去是不是一件很可怕的事？"

"他是干什么的？"伽布里欧问，依旧带着讥讽。

"他在煤气站工作。"她说。

因为自己的讽刺落空，同时也为扯出一个在煤气站工作过的死者，伽布里欧感到无地自容。就在他充满了柔情、快乐和渴望的时候，她却在脑海里将他与另一个人进行比较。一种羞耻感席卷了他的内心。他觉得自己像个小丑，像个跟姨妈们讨钱的小破孩儿，像个神经兮兮的伤感分子，正朝一帮乡巴佬卖弄着风情，把自己的欲望当成了理想，像个自己刚才在镜子里瞥见的可怜虫。他本能地转过身背朝亮光，以免她看见他的额头因羞辱而青筋暴突。

他试着依旧保持那种冷冷的语调，可是话一出口，那声音又显得卑微而毫无脾气。

"我想你爱上过那个米切尔·福雷，格丽塔。"他说。

"我跟他在一起时很快乐。"她说。

她的声音含混而忧伤。伽布里欧眼见对她的引导纯属徒劳，便摸着她的一只手也很忧伤地说：

"他为什么那么年轻就死了呢，格丽塔？肺炎，是吧？"

"我想他是为了我。"她答道。

伽布里欧听到这回答，心中涌出一阵恐惧，就好像他正满怀期望凯旋时,某种不可捉摸的东西出来捉弄他,聚集了冥冥之中的一切力量。但是他凭理智挣脱了出来,继续抚摸着她的手。他不再盘问她,因为他觉得她自己会说出来的,她的手温暖而潮润,对他的触摸并无反应,但是他继续抚摸,就好像那个春日的早晨他抚摸着她的第一封情书一样。

"那是在冬天,"她说,"大概是初冬的时候,我正准备离开我奶奶家,来这儿的修道院,这时候他在盖尔维的家中病倒了,出不了门,便给他在奥特拉德的家人写了信。人家说,他得的是肺炎之类的病。我始终就不是很清楚。"

她停了停,叹了口气。

"可怜的人儿,"她说,"他很爱我,是个那么有教养的男孩。我们经常一块儿出去散步,你知道吧,伽布里欧,就像人们到了乡下时常做的那样。要不是因为生病,他就去学唱歌了,他的嗓子非常好,可怜的米切尔·福雷。"

"那后来呢?"伽布里欧问。

"后来,等到我要离开盖尔维来这儿的修道院时,他就病得更重了。人家不让我去看他,我就给他写了封信,说我要去都柏林了,夏天才回来,希望他那时候会好起来。"

她歇了歇,清了清嗓门,又继续说:

"在离开尼姑岛我奶奶家的前夜,我正在收拾东西,就听见有石块掷在窗户上,那窗户是那么潮湿,我根本就看不清外面,于是就跑下楼,从后门溜进了花园里,只见那可怜的人儿正在花园尽头瑟瑟发抖。"

"你就没叫他回去?"伽布里欧问。

我求他马上回家,告诉他淋雨会死的。可是他说他不想活了。我可以清清楚楚地看见他那双眼睛,他站在墙角,那儿有一棵树。

"那他回家了吗?"伽布里欧问。

"是的,他回家了,我才在修道院里待了一个星期,他就死了,被埋在了他的老家奥特拉德,噢,就是那一天,我听说他死了!"

她停下来,伤心地抽泣着,激动得不能自已,把脸埋在床上,藏在被子里哽咽不止。伽布里欧不知所措地又握了握她的手,后来怯于惊扰她的悲痛,就轻轻垂下那只手,无声地走到了窗前。

*

她睡着了。

伽布里欧斜倚着自己的臂弯,静静地看了一会儿她蓬乱的头发,还有那半张着的嘴,聆听着她那深长的呼吸。原来她的生活中还有那么一段罗曼史:一个男人因为她而死去了。一想到她的丈夫在她的生活中扮演过那么一个可怜的角色,他就不觉得有什么痛苦了。他瞧着她熟睡的样子,就好像他和她从来也没有成为过夫妻。他那双好奇的眼睛长久地停留在她的脸蛋和头发上,想到那时候她有着怎样的少女的美丽,一种奇异而友善的怜悯涌上了他的心头。他甚至不愿意告诉她，她脸上的美丽将不会延续太久了。但是他知道，这张脸已经不是米切尔·福雷为之英勇而死的那张了。

或许她并没有告诉他事情的全部。他的目光移向了她堆放衣服的椅子。一根裙带垂在地上，一只靴子直着，靴帮已经塌落，它的伙伴则躺在一旁。他对自己一小时前那种澎湃的激情感到纳闷，那激情是由什么引发的呢？是由姨妈的晚餐、他自己愚蠢的讲演、美酒和跳舞、在客厅里道别的欢声笑语，还有沿江踏雪的欢乐引起的。可怜的朱丽娅姨妈！她很快也会变成一个影子，随帕特里克·摩根和他那匹马的影子而去。当她演唱《布置婚宴》时，有那么一瞬间，他捕捉到了她脸上那种憔悴的神情，也许，要不了多久，他就会坐在这同一间客厅里，一身黑衣，丝帽放在膝头上。窗帘会垂下来，凯特姨妈会坐在他身边，一边哭，一边揉着鼻头告诉他朱丽娅姨妈是怎么死的。他会搜肠刮肚，试图找出几句可以安慰她的话，可是说出来的话全都笨拙而毫无意义。是的，是的，这样的事很快便会发生。

屋内的空气让他感到肩膀发凉。他小心翼翼地钻进被窝，躺在他妻子旁边。他们一个挨着一个，全都变成了影子。与其随时光而衰残、凋落，不如趁着锦绣华年勇敢地走进另一个世界。他心想，躺在身边的这个女人，将她的情人说不想活时的那种眼神，在自己心中深藏了多少年啊。

伽布里欧泪水盈眶。他从来也没有对哪个女人怀有过这种感情。他知道这样的感情一定是爱。泪水在他眼里越积越多，在半明半暗中，他觉得自己看见一个年轻男人的影像，站在一棵滴水的树下。其他影像也显露出来。他的灵魂已经接近那片住满了死者的区域，他可以意识到，但无法说出他们那无形的存在。他自己则凋残于一个不可捉摸的灰色世界里——这个曾经生养过那些死者的坚实的世界，正在融化和瓦解。

　　窗框上几声轻轻的敲击使他转向窗外。又开始下雪了，他睡意绸缪地望着雪花。雪花呈暗银色，斜飘向灯光。动身西去的时间到了。是的，报纸上说得对：大雪覆盖了整个爱尔兰，它落在这片黑暗的中央平原的每一个角落，落在无树的山冈上，轻轻落在阿伦沼泽和更西边的地方，落进在暗夜中翻滚的香浓河里。它也落在山坡上那座掩埋米切尔·福雷的孤零零墓园的每一个角落里。雪花厚厚地积在歪斜的十字架和墓碑上，积在小门的尖顶上，积在荒凉的荆棘丛中。他听见雪花轻轻飘过宇宙，像落地时那样轻柔地飘在生者和死者身上，这时，他的灵魂便缓缓睡着了。

（米子　译）

乔伊斯二三事

◎沈东子

一　花开的日子

说起乔伊斯，大家都会想到他的《尤利西斯》。我曾在天津的一次会议上，与已故《尤利西斯》中译本译家金隄先生比邻而坐，有过交谈的机缘，获益良多。与《尤利西斯》相关的另一件事，同样给我印象深刻。那是上世纪九十年代中期，一天我在办公室值班，来了一位老先生，说要跟我谈谈外国现当代作家，说着拿出一套上中下三本的《尤利西斯》。我当时很惊讶，因为这种书别说中国人看不懂，洋人十个也有九个不明白，被称为史上第一天书。老人发了一通感慨，说真难读呀，又说反正也看不懂，把这套书送你吧。当时事情多，我也未及细问，就收下了，后来在上册中间看到一张卡片，上书："耐着性子读到这儿，硬是读不下去了，呜呼，世界名著这样与我无缘！"我至今不知这位老先生是谁。

还是说回乔伊斯。他的小说并不多，除了《尤利西斯》，还有长篇《一个青年艺术家的画像》和短篇小说集《都柏林人》，再就是前两年首译成中文的《芬尼根的守灵夜》，一共也就四部。这当中最迷人的当然还数《尤利西斯》，坊间都认为这部书难啃，其实是被里面的怪诞表述吓着了，撇开那些曲里拐弯的典故，可以看到老乔的一往深情。《尤利西斯》的主人公叫布卢姆，小说写的是布卢姆某一天的生活，这一天是哪一天呢？一九〇四年六月十六日，乔伊斯在这天认识了他未来的妻子诺拉，一位天性烂漫的酒吧女招待。诺拉点燃的爱情之火，温暖了他的一生。

爱尔兰人是很感谢老乔的，有了这位乔老爷，都柏林才算卓有文气。一九五四年六月十六日，是布卢姆形象诞生五十周年纪念，这天爱尔兰文化界发起活动，沿布卢姆的足迹行走一天。参加者还挺多，不乏各界名流，不过大家只走了一半就累坏了，坚持的人越来越少。小说就是小说，作家可以不管不顾往下写，用笔指点江山，现实中的人却受不了这番折腾。不过此后每年六月十六日都有纪念活动，爱尔兰人把这天称为 Bloomsday，可以译作布卢姆节，也可以理解为"花开的日子"。乔伊斯与诺拉相伴二十七年后，赶在父亲老乔伊斯去世前，选定父亲的生日那天办了婚事，那时他们已经有了两个孩子。

二　两巨匠

一九二二年五月十九日，一位英国富商忽发奇想，在巴黎富丽大饭店设宴，款待他认为当时巴黎最牛的四位文化界大腕：音乐大师斯特拉文斯基，大画家毕加索，还有普鲁斯特和乔伊斯。这后两位不用说了，一位创作出鸿篇巨制《追忆逝水年华》，另一位构思出千古奇书《尤利西斯》，都是响当当的文学巨匠。富商本来不想请乔伊斯的，这乔老爷性情不合群，写的小说看不懂。一个人一天的事情本来很简单，他可以写成一厚本书，而且他生性内向不爱说话，心思很难猜透，可他毕竟名气大呀，不请似乎也不太好。富商想了想，托人给老乔捎了个信，说如果方便的话，请他晚餐后过来小坐。他以为古怪的乔伊斯是不会来的，谁知老乔竟然来了，果然让人猜不透。

乔伊斯侨居巴黎不久，对名人聚会还是挺看重的。他当时已经名满欧洲文坛，连远东的中国、日本都有人译介他，徐志摩、茅盾曾先后撰文做过介绍。老乔一次走在苏黎世大街上，有个年轻粉丝上来说，我可以吻一下您这只写出《尤利西斯》的手吗？老乔拒绝了，说不行，这手还干许多别的事。几位巨匠先后抵达，最先到的是毕加索和斯大师，两人是来吃正餐的。乔伊斯晚餐过后才来，喝得醉醺醺的，一来就枕着胳膊昏睡。

普鲁斯特果然一副大佬做派，直到凌晨才姗姗迟来，将乔伊斯从鼾声中唤醒，两人自我介绍一番后并排落座。这两个人其实都知道彼此的地位，评论界也喜欢将两人做比较，都是现代主义文学的开拓者，照理说应该有许多共同语言，甚至应该成为挚友。但现代派的粉丝们猜错了，他们虽然近在咫尺却无言以对，如同偶遇的路人。两人坐一块儿究竟聊了什么，这世上没人知道，但大家也很好奇，事后流传出许多版本。一个版本说两人互相诉苦，乔伊斯说我每天头疼，眼神也不好，普鲁斯特说我胃痛，痛死了，现在就想回家。乔说我也是，要有人扶一把，我立马就走。

另一个版本说普鲁斯特先开口,说乔先生,我读过你的《尤利西斯》,乔伊斯立即回应,普先生,我也读过你的《追忆逝水年华》。说完两人再没话可说。普鲁斯特读没读过乔伊斯的书,我们不知道,但乔伊斯是肯定读过普鲁斯特的书。据朋友回忆,一九二〇年乔伊斯曾读过几页普鲁斯特的那部代表作,说难读死了,实在读不下去。还有一种说法,说普鲁斯特一直喋喋不休议论眼前的娇美妇人,乔伊斯则瞅着她们一言不发。这个场面倒也符合两人性格,普鲁斯特终生爱美人,乔伊斯则与诺拉厮守到老。这是两位大师唯一一次见面,半年后普鲁斯特因肺炎去世,乔伊斯从第二年春天开始写他最后的巨著《芬尼根的守灵夜》。

三　幽微的光影

乔伊斯的书难读,这是读书界的共识,不过他早期的短篇小说集《都柏林人》并不费解,文字也浅显,要不是《尤利西斯》把他推到巨匠的地位,《都柏林人》会显得过于散淡。由《都柏林人》的浅显,到《尤利西斯》的艰涩,这当中有一条不为人知的心路历程,一般人找不到路径,就是找到了也走不下去。

乔伊斯对用词极其挑剔,要吃透每个词的形和音,才能决定接下来用什么词,因此他拒绝用打字机,一直坚持手写,觉得手写可以更好地琢磨词形、词义。可是乔伊斯又有个很要命的问题,就是视力不太好。说起来很矛盾,这位内心强大的男人,身体自幼就很孱弱,小时候不但多病,运气也糟糕,五岁时被狗咬，从此患上恐犬症，家中还有一个神神怪怪的姨妈，经常给他讲鬼故事，警告他电闪雷鸣时千万不要出门，那是上帝在大发雷霆，小乔为此又得了闪电恐惧症，看见闪电就赶紧躲。

更严重的是，这个爱尔兰人的视力有问题，左眼几近失明，这对一个讲求文字的作家来说，是致命的麻烦。我由此想到近代书法大师沈尹默。沈先生晚年目力大减，一行字写下来是否端正，要问守在一旁的夫人才知道。乔的眼睛从小近视，二十五岁那年的一次高烧导致虹膜炎，此后视力急剧下降。为了医治眼病，他去巴黎找一位叫波什的名医，先后做了九次眼科手术。后来波什去世了，他又去瑞士寻医，可是很不幸，所有的治疗都没效果，眼疾伴随了他的一生。这位给人类带来智慧启蒙的大作家，始终生活在幽微的光影里。

那么乔伊斯是怎么写作的呢？上世纪二十年代中期，乔伊斯夫妇隐居于意大利北部小城的里雅斯特，他把妹妹艾琳叫来看护孩子。艾琳回忆说，每当黄昏来临，他就缩到床上，不是为了睡觉，而是就着一块写字板，用蓝铅笔在上面写。最关键的是他那身衣服，他会换上一件白色上衣，看上去有点古怪，但非常实用，为什么？可以增加眼前的亮度。那些不朽的作品，从《一位青年艺术家的画像》开始，都是这样产生的。

在给朋友的一封信中，他这样写道："我每天花十二个小时写作、修改，有时用两只眼睛，有时用一只，中间得不时休息五分钟，否则什么也看不见。"《尤利西斯》就是这样一个字一个字、一行一行写出来的。有一天他很兴奋，问他为什么，他说刚刚完成了两个句子。"作家的任务就是找到最完美的词语搭配。"他说。但是他的视力还在持续恶化，等到看校样时，得把两副眼镜叠加起来才能看清楚。后来看最后一部小说《芬尼根的守灵夜》校样时，他甚至要戴三副眼镜。

四　"我的《俄利塞斯》"

人一旦出名，旁人有敬畏，自己又端着，相处起来会感到别扭。乔伊斯自出版《尤利西斯》后，性格变得很孤僻，不太乐意跟人交往。这当中的原因很复杂，有内心的因素，也有身体的局限。他早年就有眼疾，眼睛总共做过十一次手术，不但未能治愈，视力反而更加糟糕，平日要斜戴一只黑眼罩保护左眼。按尼科尔森的形容，"他看东西时会忽然转向，如同一只警觉的猫头鹰"。尼科尔森擅写政治小说，有作品《公共脸庞》等传世。

因为视力不好，乔伊斯出门都由诺拉陪伴，这一陪就是二十七年。两人一直共同生活，连女儿都生了，但没办婚姻登记，等到一九三一年七月，为了安慰年迈的父亲，乔伊斯这才跟诺拉去补办手续，这年女儿都满二十三岁了。婚后不久，乔伊斯来到伦敦，接到普特南出版社老板的邀请，请他携太太赴家宴。普特南是老牌出版社，在作家中有相当大的号召力，老板当然也不是只请乔伊斯，同时还请了包括尼科尔森在内的其他作家，但就名气和分量而言，乔伊斯当然居首。

说实话，乔伊斯会不会来，大家都没底，即便来了，气氛好不好，大家也没底。乔伊斯通常比较沉默，只有遇上很感兴趣的话题，才会插几句话。他曾经整晚一言不发，不过表情并不冷漠，脸上一直带着捉摸不透的笑容，似乎并未游离于谈话主题，让大家感觉既亲近又遥远。这天众人来到普特南老板家，坐在二楼的会客厅闲聊等待。等待谁？虽然谁也没说，但所有人都知道，等待乔伊斯，只要乔老爷没到，家宴就不会开始。

不一会儿，楼下传来声响，大伙儿一齐拥到楼梯口，果然是乔夫妇来了，他俩还真来了！诺拉在前面走，乔伊斯紧随其后。主妇赶紧让座、倒茶，因为过于紧张，竟然用意大利语与乔伊斯互致问候。乔在意大利北部小城的里雅斯特住过多年，懂意大利语，其他人就尴尬了，插不上话，只好各自捉对东拉西扯，注意力却始终在乔伊斯身上。有人谈起当时轰动一时的一桩军人谋杀案，尼科尔森便趁机问乔伊斯，对这凶案感兴趣吗？乔伊斯摇头。

大家重又陷入沉默，谁也不说话。乔伊斯似乎很享受这种沉默，他甚至有点得意，对自己能将众人陷入无语感到很满意。尼科尔森见状，赶紧换了个话题，问乔伊斯认不认识一个叫伯顿的人，那人曾任英国驻的里雅斯特总领事。乔伊斯摇头。他肯定认识伯顿，但对那英国官僚没兴趣。眼见又要冷场了，尼科尔森急中生智，忽然说自己曾在广播中向听众讲解《尤利西斯》，这下乔伊斯来劲了。

"你是怎么讲解的呢，你怎么讲解我的《俄利塞斯》？"乔伊斯的都柏林口音，总是把"尤利西斯"念成"俄利塞斯"。只有谈到他自己的作品时，这个戴眼罩的爱尔兰男人才会兴奋。那天的家宴结束后，女作家麦卡锡说："乔伊斯真的很无趣，跟他一道吃饭没意思。"几年后，《芬尼根的守灵夜》出版了，尼科尔森在评论中写道："我非常努力想去理解这本书，但完全归于徒劳，好不容易理解了一两行句子，很快就被其他无解的句子所淹没。我真的觉得他完全不在乎与读者沟通。这是一本非常自私的书。"

乔伊斯生平年表

一八八二年　二月二日　出生于都柏林。
一八八八年　进"爱尔兰的伊顿公学"克隆格维斯寄宿学校就读。
一八九一年　因家道中落辍学,在家随母亲学习音乐。
　　　　　　十月　爱尔兰自治运动领袖巴奈尔逝世,写下悼诗《巴奈尔之死》。
一八九三年　四月　免费入贝尔维第尔学校就读。
一八九七年　获爱尔兰最佳作文奖。
一八九八年　九月　入都柏林大学主修哲学和语言学。
一九〇〇年　首篇文章《论易卜生的新戏剧》发表于英国《半月评论》。
一九〇二年　毕业于都柏林大学。结识叶芝、格雷戈里夫人和拉塞尔等。
　　　　　　十月　考入都柏林医学院,但因无力缴纳学费辍学。
　　　　　　十二月　出走法国巴黎,第一次"自我放逐"。
一九〇三年　八月　母亲去世。
一九〇四年　开始写作自传体小说《一个青年艺术家的画像》。
　　　　　　六月十六日　认识来自西爱尔兰的姑娘诺拉·巴纳克尔。

	八月　发表《两姐妹》。
	九月　发表《伊芙琳》。
	十月　与诺拉私奔，出走巴黎。
	十一月　抵达亚得里亚海滨的普拉（现属克罗地亚共和国），在一所语言学校教授英文。
一九〇五年	三月　转赴的里雅斯特（现属意大利）教书。
	七月　儿子乔治亚出生。
	十二月　将《都柏林人》书稿十二篇寄给伦敦出版商理查兹。
一九〇七年	五月　第一部诗集《室内乐》出版。
	七月　女儿露茜亚出生。
一九〇九年	就《都柏林人》出版事宜转而求助爱尔兰的莫塞尔出版公司。
一九一二年	九月十一日　与莫塞尔出版公司谈判破裂，当晚偕家人永远离开了爱尔兰。
一九一三年	经叶芝介绍与庞德书信来往。
一九一四年	经庞德安排由伦敦《唯我主义者》杂志开始连载《一个青年艺术家的画像》。
	六月　《都柏林人》出版。同月开始写作《尤利西斯》。
一九一五年	六月　移居瑞士苏黎世。
一九一六年	十一月　经《唯我主义者》杂志主编维沃尔推荐，《都柏林人》和《一个青年艺术家的画像》

		在美国纽约出版单行本。
一九一七年	二月	《一个青年艺术家的画像》出版英国版。
一九一八年	三月	纽约文学刊物《小杂志》开始连载《尤利西斯》。
	五月	完成仿易卜生风格剧本《流亡》。
一九一九年	五月	获维沃尔接济。
	七月	《流亡》在慕尼黑公演。
一九二〇年		美国政府以"淫秽"为由禁止《小杂志》继续连载《尤利西斯》。
	七月	移居巴黎。
	八月	结识艾略特。
一九二一年	五月	结识普鲁斯特。
	十月二十九日	完成《尤利西斯》全书。
一九二二年		《尤利西斯》英文版在巴黎出版。
	二月二日	四十岁生日收到《尤利西斯》样书。
	八月	赴伦敦与经济赞助人维沃尔初次见面。
一九二三年	三月	开始写作《芬尼根的守灵夜》
一九二四年	三月	《一个青年艺术家的画像》法语版出版。
一九二五年	二月	《流亡》在纽约上演。
一九二六年	二月	《流亡》在伦敦上演。
一九二七年		诗集《潘尼雅克》出版。《尤利西斯》德语版出版。
一九二九年	二月	《尤利西斯》法语版出版。
一九三一年	七月四日	选定于父亲生日在伦敦与诺拉结婚。

　　　　　　　十二月　父亲去世。

一九三二年　《尤利西斯》日语版出版。

　　　　　　　二月　孙子史蒂芬出生。

一九三四年　一月　美国官方禁令解除，《尤利西斯》在纽约
　　　　　　　　　出版。

一九三六年　十二月出版《诗集》。

一九三七年　十月　《年轻内向的斯特奈列》出版。

一九三八年　十一月　完成《芬尼根的守灵夜》全书。

一九三九年　五月　《芬尼根的守灵夜》在伦敦和纽约同时出版。

一九四〇年　十二月　返回瑞士苏黎世。

一九四一年　一月十三日　病逝于苏黎世。

一九四四年　早年作品《斯蒂芬英雄》经整理后出版。

一九五一年　四月　诺拉去世，与乔伊斯合葬于苏黎世。

一九五七年　《乔伊斯书信集》出版。

（米子　辑）